Merci pour tout :)

Amandi...
16/02/2...

Nina Bouraoui

Mes mauvaises
pensées

Gallimard

Nina Bouraoui est née le 31 juillet 1967 à Rennes. Elle a reçu pour son premier roman *La voyeuse interdite* le prix du Livre Inter 1991. Depuis elle a publié *Poing mort, Le jour du séisme, Garçon manqué, La vie heureuse, Poupée Bella, Mes mauvaises pensées*, récompensé par le prix Renaudot 2005, *Avant les hommes* et *Appelez-moi par mon prénom*.

Je viens vous voir parce que j'ai des mauvaises pensées. Mon âme se dévore, je suis assiégée. Je porte quelqu'un à l'intérieur de ma tête, quelqu'un qui n'est plus moi ou qui serait un *moi* que j'aurais longtemps tenu, longtemps étouffé. Les mauvaises pensées se fixent aux corps des gens que j'aime, ou aux corps des gens que je désire, je me dis que l'histoire des tueurs commence ainsi, cela prend la nuit, jusqu'au matin. J'aimerais me défaire de mon cerveau, j'aimerais me couper les mains, j'ai très peur, vous savez, j'ai très peur de ce que je suis en train de devenir, je pense à A., le philosophe qui poignarda sa femme ; je crois que c'était comme dans un rêve pour lui, j'ai si peur que mon crime arrive ainsi, dans un demi-songe, dans un état où je ne contrôlerais plus rien. C'est M. qui m'a donné votre numéro de téléphone, je ne la vois plus et c'est mieux ainsi, j'aurais eu l'impression de prendre sa place, j'aurais eu l'impression de lui devoir une histoire, j'aurais eu l'impression d'être son messager, elle était si amoureuse de vous. Je ne suis pas venue pour voler son passé ni pour le remonter, je ne suis pas venue pour vérifier votre visage, votre voix, vos mains, je n'ai jamais désiré M. et je n'ai jamais été jalouse de vous. Je ne suis pas venue pour vous séduire, non plus, si je ne pleure pas, c'est que l'effroi a pris mes larmes. Je pourrais m'agenouiller, je pourrais vous supplier, je ne pourrais pas vous embrasser. Vous êtes un corps blanc, vous êtes le corps du médecin, le corps qu'on ne touche pas. Je suis sans fierté, je peux tout vous dire, tout vous expliquer, je n'aurai aucun secret. M. disait veiller sur ses mots, je n'exercerai pas cette censure, je n'en ai pas besoin, je n'ai pas honte de ma parole, J'ai toujours écrit, vous savez. Avant j'écrivais dans ma tête, puis j'ai eu les mots, des spirales de mots, je m'en étouffais, je m'en nourrissais; ma personnalité s'est formée à partir de ce langage, à partir du langage qui possède. Je n'ose plus me regarder dans le miroir, je ferme les chambres de notre appartement à clé, je cache les couteaux, je dors seule, j'ai si peur de faire du mal à l'Amie. La nuit qui précéda mes mauvaises pensées, je me souviens d'une voix de femme qui appelait au secours, je me souviens avoir entendu des coups contre une fenêtre fermée : on frappait un corps. Il y a eu un glissement de la violence sur ma violence, ces cris ont réveillé d'autres cris, si secrets, si noyés au fond de moi. J'aurais dû venir plus tôt, j'aurais dû vous appeler, il y a un an quand M. se confiait à moi, j'aurais dû séparer son histoire de la mienne, j'avais si peur de lui voler son amour, il remplissait sa vie. Vous étiez devenue sa fiancée idéale. J'avais peur aussi de me lier à M. par l'intermédiaire de votre corps, j'avais peur d'échanger nos rêves, de creuser ensemble vers notre enfance. M. est si différente de moi, si grande, si blonde, si garçonne aussi dans sa manière de séduire les femmes. Je ne vous reconnais pas, elle avait une image très précise de vous, une image inventée. Vous êtes jolie et douce, mais je ne vous reconnais pas. M. vous voyait très sexuelle. Vous avez un sourire adolescent, M. dirait que c'est parce que c'est notre première séance, qu'il y aura un jour ce basculement, de la parole au corps. Je vais entrer dans une histoire, une histoire qui tournera autour de moi, qui m'enveloppera, qui me mangera, ce ne sera pas une romance, ce ne sera pas une légende, je vais porter ma voix sur vous, je n'en espère aucun amour, aucune intrigue, je porterai le masque d'un visage innocent. Vous êtes silencieuse, c'est de ce silence que je dois revenir, c'est vers ce silence que je dois aller. Il me faudra m'abandonner. Je ne peux pas vous regarder dans les yeux, M. fixait la fenêtre ou la prise de téléphone ; je ne prends pas ses repères, je m'en défais, je les efface, je ne marche pas dans ses pas. Je regarde derrière vous, le tableau noir d'une femme assise. Elle est peut-être nue, je ne sais pas. Elle est quadrillée, barrée, brouillée par des lignes au fusain, elle est comme moi, elle est comme tous vos patients. Vous êtes entre nous deux. Vous serez mon père, vous serez ma mère, vous serez ma sœur, vous serez l'Amie, vous serez le monde entier. Vous portez une jupe avec un chemisier bleu, vos jambes sont croisées ; je n'ai pas peur de les regarder, je n'ai pas honte de cela, ce sont vos yeux qui me ruinent, ce sont vos yeux qui font baisser les miens. Je marche rue des Gravilliers, la rue des grossistes chinois, je marche déjà avec votre visage en tête, c'est un visage ami, qui m'accompagne, rue Beaubourg, dans le métro, rue de Prony. Hier, j'ai pensé qu'on ne devait pas me laisser seule avec des enfants, que je pourrais les blesser, par mégarde. J'ai votre voix aussi avec moi : « Vous souffrez de phobies d'impulsion », ce sont mes nouveaux mots, mes mots préférés. Je me considère comme une personne malade et je sais que cette maladie est un arrangement avec le réel. J'ai toujours voulu fuir la vie ; l'écriture et l'amour en sont les ultimes moyens. Il y a un décollement de moi, une sorte de brouillard, je ne suis plus la femme de la rue des Gravilliers que les marchands chinois regardent en fumant, je ne suis plus l'auteur, la peur a ravi mon trésor d'écriture, je ne suis plus l'amoureuse non plus, je suis prise dans une mécanique de haine. On m'a toujours aimée pour ma douceur, il y avait, avant, cette phrase à mon sujet : « Que cette fille est tendre. » Je veux retrouver ce temps où je disposais une chaise devant la fenêtre de la chambre, de peur de sauter pendant mon sommeil ; les phobies se sont déplacées, comme moi je me déplace, du réel à un monde qui n'existe pas, l'angoisse est une chute vertigineuse, de l'esprit, dans le corps : je tombe ou je *me* tombe, je deviens le vigile de mes mains, celles qui pourraient griffer, étrangler, dépecer ; on se réveille un jour et ce jour n'est plus le jour d'avant, on se réveille avec un visage, et sous la beauté de la peau se déploient les écailles d'un monstre, je ne sais plus qui je suis, et pire encore, je crois devenir ce que j'ai toujours été. Avant mes mauvaises pensées, il y a cet été à Nice, ces vacances à Castel Plage, mes soirées sur le cours, mes nuits à l'Hôtel Suisse, je crois que tout commence là, dans une confusion des lieux, le sud de la France que je découvre, l'Algérie qui revient par superposition d'images : la mer, la baie, les palmiers, les jeunes garçons qui sifflent sur la Promenade, ces yeux, les yeux de mon enfance. J'ai retrouvé mon paradis — les bains chauds et profonds, l'odeur des fleurs, la lumière rose — et j'ai retrouvé mon enfer : l'idée d'une force qui étouffe. Je ne suis jamais retournée en Algérie, c'est un lieu silencieux que je tiens secret ; le Sud est son relais, le Sud est son mensonge aussi : je reviens sans venir vraiment, Nice est une ville entêtante à cause de sa beauté, à cause des sirènes des cargos qui partent vers la Corse, à cause des milliers de lumières qui enflamment la baie, à cause de la mer, noire dans la nuit, qui semble avancer sur la ville pour l'engloutir. Nice a la force d'Alger et je pense que c'est la force d'un homme. Les villes du Sud sont des villes sexuelles, ma culpabilité vient de ce trop-plein de chairs et d'images, de ce qui me constitue, de ce que je n'accepte pas aussi. Avant, je connaissais une fille qui avait peur de sa nudité, elle disait : « Tu sais, quand je suis dans la rue, je pense que tous les passants voient au travers de mes habits. » Je deviens ainsi, nue dans ma folie, je pense que c'est la punition des gens qui écrivent. J'ai lu, dans un livre d'Hervé Guibert, qu'il y avait des gens malades de leur enfance ; cette maladie s'appelle *l'enfance qui saigne*. Le langage est aussi un langage qui saigne, je crois. Les corps des enfants sont des plombs. L'Amie a failli se noyer à cause d'un enfant, l'Amie a failli mourir et je n'ai rien vu. Tout commence dans la baie de Nice, le 17 août dernier, tout revient aussi, c'est mon corps dans la piscine de Zeralda ; j'ai failli me noyer et je ne l'ai jamais dit à personne, mon enfance repose sur ce secret, je n'ai rien dit parce que ma mère aurait pleuré, je n'ai rien dit parce que je pense qu'il est important d'avoir des zones d'ombre dans sa vie, c'est de là que prend l'écriture. L'Amie s'est sauvée du poids de l'enfant grâce a ses palmes, l'Amie dit que la baie est si grande et si profonde qu'il aurait fallu une heure avant de retrouver son corps, posé au fond des sables ; je ne supporte pas cette image. Je me suis sauvée seule de la piscine de Zeralda, je suis revenue de moi et tout est parti de moi, comme là, devant vous, tout vient de moi vers votre silence, vers votre corps immobile, vous ne prenez aucune note alors que je déploie un livre, le livre rêvé, qui ne s'écrit pas mais qui se dit. Ma dernière mauvaise pensée se fixe au corps de mon père, j'ai eu l'image de son éventration ; je m'en suis tant voulu que j'ai fouillé dans mon enfance, j'ai cherché une image innocente : mon père dans la cuisine d'Alger. Il casse la coque des œufs entre ses mains, il frotte l'œuf encore chaud et la coque se détache de la chair blanche, comme par miracle. Je pense que la vie des corps opère de cette façon, il a fallu un jour me détacher de lui, je ne sais pas si j'ai réussi, j'ai ses mains et sa peau, j'ai cette chair fossile qui nous lie. J'ai voulu écrire pour répondre à ses cartes postales, j'ai voulu écrire pour qu'il soit fier de moi, j'écrivais sur un papier si fin qu'il ressemblait à de la soie, j'écrivais si petit qu'il n'arrivait pas à me lire. Mon père préfère mes romans à mon journal, il déteste cette forme, de la vie annotée, répertoriée, cette somme amoureuse ; il dit qu'il ne faut pas arrêter le temps, que même le langage ne peut sauver de l'impatience, qu'un livre doit épouser son lecteur et non l'inverse ; il n'ose jamais me demander si j'écris, il demande si je vais bien, si *j'avance*. Avancer signifie-t-il bâtir ? Avancer signifie-t-il aimer ? Avancer signifie-t-il oublier ? Dans le métro quand je viens vous voir, il y a ce joueur d'accordéon qui joue le *Kazatchok*, c'est Alger à nouveau : le soleil dans notre appartement, la mer, les montagnes noires de l'Atlas, la route de la corniche, les glaces italiennes du club des Pins, la chambre de ma sœur, les nuages qu'elle avait peints sur ses murs parce qu'elle était *romantique*, les avions dans le ciel, l'électrophone de la chaîne Hitachi, la chanson de Joe Dassin : *L'Été indien.* C'est cette superposition d'images qui entre dans ma vie, c'est cette interférence, je suis rattrapée, je suis envahie, je suis dépassée, l'amour vient aussi du divorce. Je ne sais pas si la vie peut se démettre du passé ou si elle est toujours en correspondance avec lui, comme si nous devions refaire ce trajet, d'avant en arrière, de Paris vers Alger, parce que c'est dans l'histoire de notre famille, parce que c'est dans l'histoire du monde. Je me souviens des enfants des Douars filmés pour le journal télévisé, ce sont ces yeux dans ma nuit, je suis de leur famille, nous finissons par nous ressembler, chaque image relaie une autre image, c'est l'image qui entre dans ma vie et ce n'est pas moi qui entre dans l'image, ces yeux pourraient être les miens, quand je fixe la caméra super-8, quand je monte sur les ruines romaines de Tipaza, quand je tiens mon père par les épaules dans la crique de Bérard. J'ai toujours mal aux pieds, à cause des rochers ; j'ai besoin de la force de mon père. Le regard de ces enfants est sans fond, il vient de la mort, mon Algérie est silencieuse, mes parents nous emmènent, chaque vendredi, à la campagne. C'est notre *coin*, près d'une rivière sèche. On aime se faire peur, on dit que l'eau va monter de la terre et nous noyer ; ma sœur joue aux épées avec moi, je manque, un jour, lui crever un œil, je crois qu'on s'ennuie, l'enfance se perd dans la nature, nous sommes seuls au monde, mon père fume, allongé, il porte une chemise sur un pantalon, avec un blouson en daim, il est élégant, j'aime cette image de lui, les pieds nus, la tête renversée, j'aime cette image inscrite, il n'y a rien à effacer, il n'y a qu'à remonter jusque-là. Je me souviens d'un champ de marguerites sauvages, elles sont plus grandes que moi, j'aime m'y enfoncer, j'aime cette idée de disparition, je crois que je veux quitter notre famille, à cause de l'histoire de Tom Sawyer. Nous vivons dans un immeuble construit sur pilotis, bordé par une forêt d'eucalyptus ; la nuit, le vent ressemble à des voix prises dans les arbres, je vais sur la petite terrasse rouge et je regarde, après la forêt, il y a la baie, ce miracle de l'Algérie, et il y a la mer qui semble avancer vers moi ; je ne sais pas si je viens de là, je ne sais pas si je suis constituée de cela, il n'y a que des terres humaines je crois, Alger existe parce que j'y ai vécu, parce que je m'y suis laissée ; c'est moi qui fais Alger et non l'inverse. Je ne suis pas une exilée, je suis une déracinée. Après la campagne, je cherche à la télévision le canal de la RAÏ, c'est d'une grande excitation, c'est d'une grande liberté aussi, la RTA diffuse des programmes religieux ou des discours politiques, je vis dans un monde d'hommes. Il n'y a pas d'enfance en Algérie, il n'y a qu'une première vie. Je n'ai pas détesté être une enfant, j'ai détesté l'enfance en général à cause de l'écrasement du monde. J'ai des rêves orientaux ; pour moi la magie, c'est ma sœur qui chante Fairouz, c'est mon père qui danse sur Abdelwahab, les mains levées vers le ciel, le ventre en avant, c'est Le Caire, c'est Nasser, ce sont les torches des puits de pétrole que nous passons en voiture, je suis de cette histoire, je suis de cette légende ; je vous dis, tout de suite, que je suis de mère française et de père algérien, comme si mes phobies venaient de ce mariage. C'est au-delà de l'histoire des corps, je suis dans une conscience politique, je suis dans le partage du monde, je n'ai jamais séparé mes deux amours, je suis faite de ce ciment, la violence du monde est devenue ma propre violence. J'ai pris l'habitude d'écrire après les informations de LCI, je regarde tous les flashes, je suis dépendante des images, qui semblent parler de moi sans jamais me nommer : j'ai peur de moi, parce que j'ai peur des autres. Il y a cette scène au restaurant, à Lyon, c'est l'été, encore l'été, la saison-catastrophe, nous sommes à table, ma sœur, ma mère, un oncle, je crois, et mon grand-père, dans une phrase si banale pour lui — vous savez, le langage usuel des gens, quand cette façon de parler entre dans la vie, quand il n'y a plus de mesure —, il dit : « Je suis allé acheter mon journal chez le *b.* du coin. » Je ne comprends pas le sens du mot, je ne l'ai jamais entendu auparavant, pour lui, ce n'est rien, c'est juste un mot, un mot français, entre deux gorgées de vin, avant le dessert, c'est un mot que tout le monde dit après tout, et puis il a assez prouvé qu'il nous aimait, on ne va pas tout remettre en question pour un petit mot ; ma mère se lève et dit : « Pas devant mes filles. Tu peux tout me faire, mais pas devant mes filles. » Nous quittons le restaurant, je suis triste ; il y a un

20

vide immense qui se creuse autour de moi, ce vide ne vient pas du mot *b.*, c'est l'autre élément de la phrase, *tu peux tout me faire*, mon angoisse est là, dans une violence qui en cache une autre. Après j'ai conscience de ma nudité ; cette impression revient souvent, surtout en famille. J'ai un corps envahissant. J'ai longtemps nié le désir des hommes sur moi, je l'ai souvent trouvé déplacé, ce n'est pas ma vie algérienne qui explique cela, il y a autre chose, dans ma féminité et dans ce que je perçois dans la féminité en général quand elle s'unit à la virilité, quelque chose d'obscène, qu'on ne pourrait dire, quelque chose qui étouffe, c'est comme ce rêve que ma sœur me raconte, elle est enveloppée puis écrasée par une masse noire, il y a un lien avec la possession d'un corps par un autre corps ; cette relation de guerre n'existe pas entre femmes. Il y a cette scène dans *Mulholland Drive,* ce ravissement des corps, il y a une ouverture et non une prise, il y a un effet miroir, puis un effet loupe, il ne s'agit plus simplement de femmes mais de corps parfaits dont les tensions ne sont pas des tensions meurtrières. C'est tout de suite un rapport amoureux, ou plus encore, c'est une sexualité amoureuse, indéfinissable. Aimez-vous David Lynch ? Allez-vous au cinéma ? Que pensez-vous de mes livres ? Je ne peux plus regarder les auteurs à la télévision, je leur en veux, parce qu'ils ont un livre dans leurs mains, moi je suis dans une écriture blanche ; j'en ai conscience, c'est une conscience organique, je pense à mon cerveau, à ses matières molles, aux milliers de ramifications qui me font écrire, qui me font douter ; j'ai peur d'altérer ce mécanisme-là, *la main libre*, la main qui raconte. J'ai peur de tout perdre, j'ai peur de placer mon sujet sans mon verbe, j'ai peur de déstructurer mon langage. Chaque roman vient du désir, je crois. C'est ce que je ressens chez Hervé Guibert, dans ses livres, dans son film sur sa maladie, dans sa voix qui fait l'inventaire de chaque parcelle de peau, de chaque signe du sida, ce n'est pas un langage médical, c'est un langage sensuel. Je rêve d'un livre de transformation, qui m'aurait suivie depuis mon enfance, je rêve d'un album, je rêve d'un almanach ; je dois tout écrire pour tout retenir, c'est ma théorie de l'écriture qui saigne. J'ai si peur de devenir un assassin. Quand je rentre chez moi, je garde votre visage, votre main que je serre, je suis d'une grande nervosité, j'ai des pans entiers de mon enfance qui reviennent, le jardin de Rennes en hiver, la balance dans la cuisine, les haricots secs que ma grand-mère m'achète pour jouer à la marchande, le chien endormi contre l'Aga, le feu dans la cheminée, ma sœur en blanc qui répète le défilé de la fête de la jeunesse. Je suis restée un hiver chez mes grands-parents, je n'ai aucune tristesse de cette période, juste des petits souvenirs, comme des petites perles sur un fil de soie ; je sais que ma mère vient nous voir, mais je ne m'en souviens pas, je sais que mon père téléphone du Venezuela mais je ne m'en souviens pas, il reste l'odeur de ma grand-mère, de son savon à la rose, sa blouse de chirurgien, sa montre fine en or, une chanson qu'elle joue au piano : «Cahin-caha, va chemine» que je ne comprends pas, il y a les petits animaux préhistoriques que je trouve dans les paquets de biscottes Heudebert, les jeux du jardin de Maurepas, la voix forte de mon arrière-grand-mère, son manteau de fourrure, son parfum Guerlain, il y a la lumière noire de l'hiver, il y a l'odeur du grenier où nous prenons des habits pour nous déguiser, il y a le petit salon bleu, les médailles de Napoléon, les vases de Chine, tous les trésors de mon grand-père dont le visage reste absent de mes souvenirs. Il y a ces femmes autour de moi, comme une pyramide, ma sœur qui me serre dans ses bras, ma grand-mère qui nourrit, mon arrière-grand-mère qui nous prend dans son appartement-musée tous les dimanches, madame Valo, mon institutrice de la crèche du Tabor. Il y a le son des cloches dans le ciel, la pluie fine sur mon visage, l'odeur de l'herbe puis l'odeur de la terre mouillée qui fait penser à la mort, toutes ces petites bouffées ne sont rien, et je sais que tout est là : la force et le déraillement de ma personne, l'immense liberté d'être en vacance de soi, et l'immense peur de ne pas se retrouver. Le printemps arrive et nous rentrons à Alger, ma sœur court sous les préaux de la Résidence, il fait chaud, nous retrouvons un pays, nous retrouvons nos corps bénis, nos corps heureux. Pensez-vous que je puisse éventrer mon père ? Pensez-vous que je puisse faire du mal à l'Amie ? Dois-je ranger tous les couteaux de notre maison ? J'ai lu qu'il y avait des gens à personnalités multiples, qu'on pouvait être jusqu'à cinq dans un même corps. Je ne sais pas ce qu'est la mémoire comme je ne sais pas ce qu'est la jeunesse, je cours après, c'est une invention chez moi, l'esprit de jeunesse : la musique, la voiture sur le barrage de la Rance, le corps des garçons torse nu, l'écriture, l'Amie qui éclate de rire, nos soirées au Lutétia, la force que nous avons, toutes les deux, à vivre bien notre vie, à en avoir conscience. La jeunesse, c'est le désir, et le désir de tuer, dans mes mauvaises pensées, est aussi le désir de me tuer. Quand je suis dans votre cabinet, je crois être votre seule patiente, votre seul amour ; je sais qu'une porte ouvre sur votre appartement, je croise votre fils un jour. Il y a une odeur de café aussi, derrière le mur, il y a tous ces appels que vous prenez, des rendez-vous et des messages personnels quand vous dites : « Je ne peux pas parler, je suis en *séance.* » En *séance* de quoi ? Combien de flots par jour ? Combien de tristesses à remonter ? Combien de mécanismes à défaire ? On dit que les traumatismes ont une logique de répétition, que chaque peur en couve une autre, que chaque tristesse vient d'un foyer de tristesse. On peut ainsi remonter si loin. J'ai l'image d'une femme préhistorique qui aurait mes forces et mes peurs, je crois à la Mère des mères, je crois à ce cercle. Je détesterais être vous, je peux à peine m'entendre. Vous ne portez jamais les mêmes vêtements, vous êtes élégante, les malades ont besoin de beauté. C'est une obsession chez moi, cette beauté, ce plein de beauté, mes premiers livres qui sont trop écrits, à cause de la beauté, mes amies, ma famille, mes traversées du Louvre, vite, chaque jeudi matin, pour être dévorée de beauté, Vélasquez, les christs, Caravage, les garçons nus, les livres d'Hervé Guibert, les photographies de son amour, les garçons du Marais, Laura Palmer dans *Twin Peaks*, les amantes de *Mulholland Drive*, la beauté, l'immense beauté d'Alger un jour sous la neige, la mer blanche, les pistes de Chréa, le désert glacé, les bateaux à quai, la beauté de l'amie de ma sœur, M.B., la beauté de l'adolescence des années soixante-dix que je retrouve dans le film de Sofia Coppola un jour. Je ne suis pas une enfant suicidaire, mais je suis fascinée par la mort, vous dites que c'est à cause de la maladie de ma mère, à cause de ses asphyxies ; c'est encore la beauté des nuages en avion, la beauté de la forêt d'eucalyptus, la beauté de ma mère qui étouffe, sa peau bleue, son corps presque perdu, sa beauté quand je déjeune avec elle dans son appartement de la rue X quand mon père est à Alger, la beauté de sa peau que j'ai peur d'ouvrir avec une petite paire de ciseaux qu'elle a laissée près du téléphone, la beauté de sa solitude, de ce chagrin dans mon cœur qui me donnera toujours des yeux différents sur les femmes que je fréquente, sur les femmes de la rue ; toutes les femmes sont seules, parce qu'elles passent toutes par le corps isolé de ma mère que je viens voir chaque dimanche puis un dimanche sur trois à cause de mes mauvaises pensées. Je viens avec des fleurs, avec un poulet rôti, je viens dans le petit appartement qui garde nos affaires d'Alger, le petit cheval du Bénin, la tête de guerrier, les tableaux de Baya, les peintures du Mexique, je viens ouvrir l'album photos. Comment j'étais enfant ? C'est votre première question : comment j'étais ? J'ai déjà des mauvaises pensées mais je ne m'en souviens plus, j'ai le visage d'un ange, je suis blonde avec les cheveux bouclés, puis à l'âge de sept ans, il y a ces yeux qui mangent tout ; je ne sais pas si je vais bien, je suis triste, mais je ne suis pas triste à cause de ma famille, je suis triste à cause de l'Algérie, je suis le cœur de l'Algérie, il y a ces photos prises dans les champs de ruines romaines du Chenoua ou de Tipaza, ces photos qui disent bien toute la beauté et toute la solitude de l'Algérie, je suis triste à cause de cela, je suis comme cet homme un jour, à Barbès, qui crie : «Je vous déteste tous parce que vous avez oublié les Algériens», j'ai des milliers de mots dans ma tête, des milliers de petits organismes vivants, j'ai des gestes répétitifs — éteindre, allumer, éteindre, allumer, cent fois, mille fois par nuit, toucher les feux rouges, les pylônes électriques, les arbres, la pierre, les murs de mon école. Mon corps est aussi le corps du monde, je ne suis pas séparée. Je sais ce dont je souffre, les T.O.C. Quand je regarde les enfants qui témoignent à la télévision, je me dis que nous employons tous le même mot. C'est la peur qui fait cela vous savez, il faut se soumettre à un rituel pour ne plus avoir peur, il faut multiplier ses gestes pour se protéger du monde, cette peur a l'appétit d'un ogre, elle est dans tous mes souvenirs, elle est dans toutes les histoires que je vais vous raconter, c'est comme si je portais le sang de cette peur. Je suis au club des Pins avec ma mère, c'est l'hiver, les petites maisons blanches sont fermées, nous marchons sous les arbres, il y a l'odeur de résine, j'entends les rouleaux contre les rochers, nous marchons vers la plage, déserte, ma mère retire ses chaussures, il y a ce vent, nous marchons contre lui, ma mère porte ses lunettes de soleil, elle est en jupe avec un cardigan, il y a cette odeur, de sable, d'eau, d'écume, le soleil est froid, la lumière est comme transparente sur nos corps qui avancent, ma mère dit : « Retournons à la voiture, un homme nous suit. » Je ne vois rien, juste la mer et la forêt de pins, l'homme est caché, ma mère marche vite, je crois qu'elle a peur, je suis en colère, parce que cet homme se dresse entre ma mère et moi, et c'est cette colère qui revient quand je suis dans la rue, cette colère contre les hommes qui se cachent. Et je suis en colère, ici, parce que je n'arrive pas à décrire le mouvement de mes idées fixes qui surgissent, par deux, par quatre, qui se démultiplient, qui naissent d'une image télévisuelle — un enterrement, un cercueil —, d'une situation : quand je quitte ma mère après le déjeuner — toujours trop tôt pour elle, toujours trop tard pour moi —, parce que je ne sais pas rester en place, je dois marcher, je dois courir, je dois vivre, je dois remonter les marches de l'escalier blanc de mon immeuble construit sur pilotis, les remonter vite, deux par deux, jusqu'au dernier étage où nous habitons, je dois me retourner, pour vérifier si un homme ne me suit pas, c'est toujours l'homme de la plage, dans ma tête, ils ont tous le même visage, ils veulent tous serrer ma gorge, vite ouvrir les portes de mon enfance et chercher ce qui manque ou ce qui traverse ; encore cette impression de mort quand je descends votre escalier rouge, quand je croise le patient qui me remplacera, je suis jalouse. Je pense à M., je pense à son désir pour vous. J'ai un tableau d'elle chez moi, c'est tout ce qu'il reste de notre amitié. Je ne pourrais jamais lui dire que je vous vois, je ne pourrais jamais lui faire cet aveu-là. Il y a la tristesse de Nice aussi, après la plage, après les petites rues du cours Saleya, après le casino, après l'hôtel Beau-Rivage, il y a quelque chose d'écrasant, à cause des avions, de la montagne, à cause de la route qui va jusqu'en Italie, à cause du château, à cause du monument aux morts, à cause des cargos. Cette tristesse remonte de l'enfance, elle est là, dans la voiture de mon grand-père, ma sœur est près de moi, on porte des anoraks jaunes, on traverse la France, ce sont nos vacances françaises. Ma grand-mère est devant avec son petit chien sur les genoux, elle tient une carte de l'Auvergne, nous allons voir les volcans, il fait froid, c'est pourtant l'été mais j'ai froid, mon grand-père a des mains immenses sur le volant de sa Buick — il ne conduit que des voitures américaines —, « Quel drôle de goût », dit ma mère, il y a mon arrière-grand-mère aussi, elle parle fort, elle a un parfum qui donne la nausée, et ce n'est pas Nice, et ce n'est pas Alger, et ce ne sont pas les champs de marguerites sauvages, et c'est toujours cette tristesse sur ma peau, ce froid, quand mon grand-père dit : « Ça va mon petit oiseau ? », quand ma grand-mère dit : « On est bientôt arrivés. » Mais on n'arrive jamais, on n'arrive jamais là où je voudrais arriver, on n'arrive jamais à la fin de ma tristesse, ou à la fin de la tristesse de ma mère que je reprends comme une maladie, que je revis comme un devoir. Mon corps guérira son corps, mon enfance soignera son enfance, mes yeux prendront les larmes de ses yeux, mon cœur donnera l'amour. Mon père dit : « J'ai sauvé ta mère. » Je ne sais pas de quoi, je ne veux pas savoir. Elle est là, ma mère, dans l'appartement d'Alger, élégante, un foulard noué, des sandales hautes, une robe en lin, si légère, si amoureuse, et parfois si grave et si seule, *dans son monde*, dit-elle. Je lis dans un livre qu'il y a un sujet buvard dans une famille, que c'est dans le système même de la famille, une peau qui prendrait tout ; mes livres sont faits de cette peau, la peau lisse et fragile, la peau photographique, mes livres sont devenus mes livres-miroirs, puis mes livres de guerre, puis ils se sont retournés contre moi ; j'ai perdu mon écriture pendant trois ans, j'ai repris mon rôle de buvard auprès de ma famille, j'ai entendu un livre que je ne pouvais pas retranscrire, j'ai reçu un livre de paroles que je ne pouvais pas convertir, je me tenais à côté de la

littérature, je regardais les trains passer. J'ai aimé
cet abandon, j'étais en faillite de moi-même, de
ce qu'il y a de plus profond et aussi de plus innocent en moi, je coulais, tous les jours, devant
mon bureau, devant les feuilles à remplir, à la
piscine des Buttes-Chaumont où j'épuisais quatre
fois par semaine mon corps. C'est l'époque de la
Chanteuse, vous savez, il y a des gens qui confis-
quent l'écriture. C'est à cause de cette histoire.
Elle prenait ma force, sa voix recouvrait ma voix.
C'est à cette époque aussi que je rencontre
mon nouvel éditeur. J'ai cette chance qui est de
l'amour, je crois. Au début, je lui mens, je dis que
je suis sur quelque chose, que j'écris tous les
jours, il dit : « Je suis impatient, vous savez », il dit :
« Vous êtes un véritable auteur », il dit : « Nous
ne serons jamais assez à vous lire », ce que je comprends ainsi : « Nous ne serons jamais assez à
vous aimer. » Nous déjeunons ensemble, à Montmartre, il m'écrit une lettre par semaine, tous les
mercredis parce que c'est le jour des enfants,
parce qu'il ne faut jamais se prendre au sérieux,
parce qu'il faut rire de tout et profiter de la vie,
dit-il. J'avais si honte de moi, je ne voulais plus
écrire et je ne voulais plus aimer. Mon écriture
est revenue lorsque j'ai rencontré l'Amie, je suis
née une seconde fois. L'Amie est à la source de
mes livres, c'est elle la force, vous savez, elle
m'entend, elle sait quand je suis hors de mon
sujet, hors de moi, elle sait et elle me sait. J'écris
parce que je suis en colère, je ne sais pas quitter l'enfance, je suis le chevalier de ma mère, je

réponds à ses appels au secours, je fais passer son corps avant le mien, j'ai la mémoire de ses maladies, j'ai souvent voulu être malade à sa place, j'ai souvent voulu me punir d'une faute que je n'avais pas commise ; l'écriture est aussi l'écriture du corps de ma mère, de son corps allongé à l'arrière de l'avion, un jour. Nous rentrons à Alger, j'ai un sac Galeries Lafayette sur les genoux, je porte un pantalon beige et une chemisette, je vais retrouver mon père et l'appartement, je vais retrouver ma chambre et mon chat Moustache, je suis heureuse et ma mère étouffe dans l'avion ; on nous change de place, les hôtesses la démaquillent, à cause de l'oxygène, ma sœur ne pleure pas, je regarde ma mère comme une passagère anonyme, je suis sûre d'être un monstre parce que j'ai honte. Je me sens responsable. Le corps des enfants fatigue, le corps qui a porté un autre corps s'épuise, moi je ne porte rien, je ne veux pas. Ma mère perd connaissance, les nuages filent derrière mon hublot, je me concentre sur le ciel, si beau, si blanc, si rose, si différent de la terre. J'entends les hôtesses, les jets d'oxygène, les réacteurs, les rafales de vent, je me crois importante parce que ma mère est malade, mais ce n'est rien, c'est la vie, c'est ma vie, c'est d'une grande banalité d'étouffer, d'être là, dans cette logique, d'asphyxie, ma mère s'étouffe d'elle-même, elle est possédée et elle est sa propre possession, l'Algérie n'est rien, je ne suis rien, ce sont les nuages qui comptent, ce sont eux que je regarde, c'est là que j'aimerais être, juste der-

rière le hublot. Je n'aime pas ma place, je n'aime
pas les mots qui me désignent : *la petite fille*. Je
pourrais écrire le roman de ma thérapie, je pourrais écrire sur nos rendez-vous, ce serait une histoire d'amour, ou une histoire de haine, je ne
sais pas encore, ce serait contre M. qui a voulu,
un jour, séduire ma mère. Nous passons la voir,
une nuit, dans l'appartement de la rue X, juste
une heure, elle est seule, mon père est à Alger,
M. est là, forte comme un homme, je sais tout
de suite qu'elle veut séduire ma mère. Tout se
confond vous savez, c'est la vie *monument*. Ma
mère offre de l'alcool d'orange, c'est fort et brûlant, j'ai mal au cœur d'être la fille du corps
désiré de ma mère, je pense à Diane de Zurich, je
pense à sa beauté, à sa voix, à son corps si fin, si
souple, qui danse autour de ma mère un jour ; je
pense que les filles aiment les femmes plus âgées,
je pense que je suis dans un cercle amoureux
dont ma mère occupe le centre. Nous sommes
encore mariées, vous savez, je ne sais pas si vous
pouvez me comprendre, j'aimerais vous faire rire,
je sais que je suis en train de vous donner un
livre, je sais que je suis en train de contrôler mon
langage et mes gestes : je suis piégée par le désir,
je commence à rêver de vous, c'est votre corps,
mais votre visage est brouillé, je rêve aussi de mon
grand-père, il a le visage d'un avocat célèbre, il
m'offre des roses, il me fait la cour, et je lui dis
que je ne suis pas attirée par les hommes âgés.
J'ai la tête ouverte depuis que je viens ici, tout
sort, tout passe, je suis visitée par mes propres

informations, je n'ai plus peur, je suis la peur. Je suis en Corse, sur la plage des Sanguines, je nage loin, j'ai des lunettes de plongée, j'ai beau aller loin, il y a toujours ces algues brunes sous mon corps; la Chanteuse fait des signes pour que je revienne, l'eau est si chaude, mon esprit si faible, je me laisse aller sur le dos, je suis au-dessus de la mer, comme je pourrais être au-dessus du corps de ma mère, la Chanteuse dit qu'elle n'arrive pas à entrer dans mon histoire, je reviens vers elle, elle porte un maillot de bain rouge, elle est rousse et fine, je ne sais pas si nous avons vraiment du désir l'une pour l'autre ou si nous avons juste le désir du désir, avec elle il y a une lenteur du temps, c'est pour cette raison que je n'écris plus, je suis en dehors de la vraie vie. Je marche derrière elle sur le sentier qui mène à la maison, sa main cherche la mienne, je ne la prends pas, c'est un jeu entre nous, de s'ignorer, puis de se serrer comme deux démentes, de se faire un peu mal puis de se séparer, il y a cette odeur de feu, il y a l'odeur de son corps aussi que je reconnais dans la nuit, nous sommes ensemble et nous sommes si désunies. Elle a peur de perdre son succès, elle ne dit rien sur mon écriture, elle ne dit rien sur moi, sur mon passé, sur ma famille, elle sait que je suis là, à chaque concert, à Berlin, à Barcelone, à l'Olympia, elle dit qu'elle ne peut pas me regarder dans les yeux mais quelle sait exactement où je me trouve dans la salle, souvent près de la console, en hauteur. Je la regarde comme un point dans la nuit, elle danse bien, les hanches en avant, les yeux fermés, en pantalon et chemisier noirs, elle sait faire, elle sait faire monter le désir de son public, c'est un don, elle chante en battant la mesure avec sa main gauche, elle ressemble à un prieur, elle a cette chose dans la voix, si particulière, si agaçante aussi, parce qu'elle en est trop consciente ; elle sait que je sais, mais je ne dis rien, je l'entends, cette voix qui chante est la voix qui me parle, cette voix qui chante est la voix qui dit : « J'ai envie de toi », ou : « Je ne te supporte plus », ou : « Tu es sublime », ou : « Nous devrions nous quitter. » Les chansons sont si légères et les livres sont si graves. Je l'envie, parfois, d'écrire de façon si heureuse. Elle est si différente de moi, si détachée de tout ; nous sommes si loin, même quand je la sens contre moi, c'est comme dans un rêve ; je suis ce corps qu'elle caresse, qu'elle embrasse, qu'elle désire, et je ne suis plus ce corps, je nous regarde et mes yeux sont fatigués de nous regarder, il faut de la force pour partir, mon manque d'écriture prend tout, je reste parce que le succès des autres est une prison ; je vis dans sa voix, dans ses tournées, dans ses vacances, j'ai encore besoin d'un corps, je veux qu'on me serre dans les bras, c'est toujours moi qui essuie ses larmes, c'est toujours moi qui recueille l'histoire de son enfance ; avec elle, je suis sans passé, je me tiens au bord de la vie, dans cette violence, avec elle, je perds mon nom. J'aime la Chanteuse parce qu'elle est la Chanteuse de ma jeunesse, j'aime son corps parce que c'est un corps qui monte sur scène, j'aime le désir des autres qui se pose sur mon désir et le modifie, j'aime cette projection, j'aime disparaître derrière elle, j'aime ne plus écrire, j'aime cette fausse liberté. L'écriture est aussi une prison, je dois la justifier, je dois la réparer, je dois la supplier quand elle ne vient pas, quand elle est mauvaise. Je suis folle d'écriture parce qu'elle ferme la petite enfance. C'est ce passage que je recherche, la première phrase écrite, le roman avant le roman. Je pourrais parler d'une écriture physique, comme ce peintre qui peint avec son sang pour le rouge puis le noir de ses tableaux. C'est encore l'écriture qui saigne. Je refuse d'écrire à partir de la mort ou de la méchanceté, j'écris à partir de la vie, à partir de l'amour. Je pourrais faire une liste de mes mauvaises pensées, une sorte de catalogue ; on dit qu'écrire sur son mal fait disparaître le mal. Hervé Guibert dit que l'image du cancer de sa mère ressemble à un animal. Je suis dans ma chambre d'Alger, ma chambre est la plus lumineuse de l'appartement, le soleil mange le bois de mes volets, je suis sur mon lit, je transpire, j'ai conscience de mon corps, c'est une conscience érotique, je pense que tout le monde devrait se désirer avant de désirer les autres, cette façon de me voir revient dans la chambre de Diane de Zurich, je ne sais pas si c'est un regard de l'intérieur, d'un œil cyclope dans mon ventre ou je ne sais pas si c'est l'effet d'un désir boomerang, de mon corps sur le corps de Diane. Avec l'Amie, il y a un prolongement des sangs, une adoption de l'une par l'autre. Je me rends toujours chez ma mère dans l'appartement de la rue X, parce que je vous l'ai dit, je ne sais pas me séparer, on m'a élevée ainsi, mon père dit : « Je n'ai que vous » ; ma mère dit : « Tu seras toujours mon cœur » ; depuis les mauvaises pensées, je les vois tous ces cœurs qui battent pour mon petit cœur, ils sont rouges et humides, ils sont traversés de filaments bleus, il y avait cette histoire dans les années quatre-vingt, des lunettes qui permettaient de voir au travers des vêtements, moi je vois au travers de la peau ; sous le visage de ma mère, il y a les os de la mâchoire, sous les yeux de l'Amie il y a deux béances qui me fixent, sous les peaux des enfants, il y a les cartilages blancs, sous le ventre de mon père, il y a moi, sous l'écriture de mon livre, il y a l'écriture de ma thérapie, sous le *Je*, il y a ma grand-mère qui est malade. Je ne vous ai encore rien dit. Cela se passe dans la grande maison blanche, près du jardin aux roses, dans le petit salon bleu transformé en chambre, il y a le corps de ma grand-mère que je ne viens pas visiter, je ne peux pas, je ne peux plus, j'ai honte de mon silence et je me cache dans ce silence. Avant je ne parlais pas, je pensais que la parole pouvait tuer, à cause de l'histoire de mon professeur dont j'avais souhaité la mort. Il me battait, il m'humiliait ; il avait une peau fine et blanche, il s'appelait monsieur S. Il a eu une crise cardiaque. J'ai toujours pensé que c'était ma faute, j'ai toujours cru à ce crime. Sous mes livres, il y a cette histoire de silence, sous mon visage, il y a mes mauvaises pensées, sous la mer, il y a ces algues grises qui ressemblent à des cheveux. Je suis au Rocher Plat, à l'extérieur d'Alger, je suis avec M.B., l'amie de ma sœur. Elle est assise sur le bord du rocher, elle porte un maillot de bain blanc, elle dit : « Regarde si je perds du sang » ; puis se superpose la voix de ma mère dans la chambre d'Alger, avec son châle, en chemise de nuit : « Je perds du sang » ; je ne veux pas regarder, je ne veux pas vérifier, je descends dans le parc de la Résidence, il y a cette odeur de nèfles, d'orange, de fleurs, de résine, il y a quelque chose de sensuel qui efface, vite, toute idée de mort, je suis dans la beauté, contre la mort. Toutes ces vagues de sang sur moi, tous ces liens. Après le sang de ma mère, je vis pendant une semaine chez M.B., c'est sa mère au téléphone qui dit : « Je la prends, ne vous inquiétez pas. » J'ai un sac bleu marine sur le dos, j'ai ma raquette de tennis, j'ai mes vêtements préférés, j'ai ma bouteille d'Eau de campagne de Sisley, j'attends madame B. à l'entrée de la Résidence, avec Kader, le gardien. Elle arrive en voiture, elle est blonde avec un chignon, elle est grande, elle porte une chemise à rayures, serrée, sur un jean et des sandales hautes, elle ne quitte jamais ses lunettes, Ray-Ban aviateur. Madame B. prend toute la beauté de l'Algérie, elle prend tout mon épanchement à la beauté, il y a cette façon de jeter mon sac dans le coffre de la voiture, de fumer avec un fume-cigarette, de m'asseoir près d'elle, de rire, de conduire vite, de mettre dans la radiocassette ma chanson préférée, *The Logical Song*; tout est là, mon destin amoureux, mes rêves, madame B. n'est pas en vie, elle est dans la vie, je jure d'exister ainsi, c'est-à-dire de *m'exister*. L'Amie a ce don. C'est à cause de cela notre rencontre au jour de l'an, le couloir des yeux, le silence autour de nous, cette force d'être dans le monde et ensemble dans le monde. Cela me fait penser au mot *cosmogonie*, dont j'ai perdu le sens. Depuis mes mauvaises pensées, je perds aussi le sens du monde, ou de ma faculté à y participer, je reste en dehors, comme les malades dans leur maladie; je suis épuisée, tous les matins je fais l'inventaire de mes phobies de la veille, tous les matins je porte ma culpabilité, c'est aussi une façon de voir, c'est comme les images en trois dimensions, je vois après la première image, je vois, après la première vérité. Je suis dans le garage de ma tante Joëlle, c'est l'été mille neuf cent soixante-seize, l'été de la canicule. Je suis avec mon cousin qu'on prend souvent pour mon frère. J'ai longtemps cette relation avec les garçons, l'image-miroir. Il y a cette odeur d'essence avec la chaleur, j'ai la tête qui me tourne et c'est agréable, puis j'ai la tête qui explose et c'est encore mieux. Nous fabriquons une voiture en bois. Mon cousin me traîne avec une corde; je suis attachée à une planche montée sur quatre roues. Nous sommes torse nu, la corde blesse mon flanc; je ne dis rien. Il y a une sensualité dans cette blessure, dans la force de mon cousin qui pourrait être mon frère, dans l'été orageux, dans les aboiements du chien

Tzarine, dans la voix de ma tante qui nous cherche ; après la maison de Couëron, il y a la forêt, noire, que je regarde du garage, il y a cette impression d'enfoncement du corps dans une chair étrangère qui n'est autre que ma propre chair que je rejette par honte ou que je dédouble par désir de moi-même, et c'est encore la forêt, il y a cinq ans, chez ces deux filles qui vivent près de Clermont dans une maison isolée ; elles m'ont invitée, pour quelques jours, parce que je suis triste à cause de la Chanteuse, parce que je ne sais plus écrire ; je pense que j'ai appris seule à écrire des livres, que cet apprentissage est sauvage et qu'il peut s'annuler, vite, qu'il peut se perdre comme on peut perdre son chemin ou perdre sa mémoire. Je descends en train vers Vichy, elles m'attendent à la gare, il y a une fille qui chante de l'opéra, l'autre qui est chercheuse. Elles me font conduire, je n'ai pas encore mon permis, je n'ai pas la notion des distances comme je n'ai plus la notion des reliefs qui m'entourent, je suis un corps libre. Nous descendons un sentier qui s'enfonce dans un bois, là je reviens au visage de mon cousin qui m'a attachée à une corde, c'est la nuit des arbres, c'est la nuit de mon enfance, c'est la nuit de l'amour de ces deux filles qui vivent ensemble, qui n'ont jamais peur, qui sont deux corps attachés l'un à l'autre, presque pendus ; j'ai ma chambre, avec une cheminée, j'ai un grand lit, je marche pieds nus, c'est le début de l'hiver, il faut couper du bois, je porte des gants en caoutchouc, je me sens regardée, il

y a ces images en trois dimensions, il y a les varia-
tions des zones du cerveau ; nous faisons du pain
dans un vrai four, j'apprends à vivre, sans la Chanteuse, sans sa voix, j'apprends à être avec ces
deux filles qui s'aiment, qui se parlent en arabe,
en français, en anglais, qui racontent l'Australie
où elles vivaient, l'immensité de la Terre, qu'on
peut aussi avoir à l'intérieur de soi. Je dors près
d'elles, sous l'étage. Je ne veux pas aller à Vichy,
à cause du nom de la ville, il y a le casino quand
même, les cinémas, le lac qui brille comme brille
le lac de Zurich, que je longe à pied avec Diane, le
lac de ma jeunesse, le lac des désirs perdus, je
reste dans la maison du bois, je veux écrire parce
que je me retrouve, avec la Chanteuse il y a cette
idée de me perdre à l'intérieur de moi-même
ou de ne plus me contrôler ; je crois que je me
contrôle avec vous, ma voix n'est pas libre, je suis
encore prise dans la culpabilité, je vais peut-être
vous mentir sur mon enfance, vous savez, et il ne
faudra pas m'en vouloir, j'ai toujours voulu protéger les gens que j'aime, c'est peut-être aussi
une forme de protection vis-à-vis de moi-même ;
quand M. vient vous voir, elle dit à votre sujet :
« Il n'y a aucun mur entre elle et moi, je suis tout
de suite dans le désir. » M. vous voyait comme
une femme, moi, je vous regarde comme un docteur, puisque je suis sûre de ma maladie, vous
savez, il y a ces mots de ma sœur sur la schizophré-
nie qui reviennent, les mères qui ont contracté la
grippe ont des enfants schizophrènes, il y a l'histoire de mes parents, une nuit, après une fête,

c'est peut-être là, le jour de ma conception, puis la grippe de ma mère, il y a cette légende, et c'est encore la forêt de Baïnem en Algérie avec madame A. ; c'est avec elle que j'ai failli me noyer. Elle lit un livre sur la plage de Zeralda. Elle a cet air triste qui ne la quitte jamais. Je franchis le mur de l'hôtel, je coule dans le bain profond de la piscine. Elle est dans son livre, comme on est absorbé par le corps de quelqu'un. Les livres ont ce pouvoir d'annuler le monde, d'étouffer les cris ; ce sont des livres-murailles, il y a plusieurs façons de quitter la vie, les livres sont de cette drogue. Dans la forêt de Baïnem, il y a ces arbres qui ressemblent à des arbres japonais, il y a la résine sur mes mains, il y a la force de mon corps qui monte, toujours plus loin, vers le ciel, il y a l'odeur de la terre, celle-là même qui me rattache à mon pays, au pays de ma première vie. Je retrouve l'odeur de cette terre avec l'Amie au Cap-Martin, c'est toujours le même chemin, derrière la gare de Roquebrune, le sentier étroit, protégé par des grillages, il y a un mur, avec un graffiti : « Je Sais Qui Tu Es », et le visage de Jésus dessiné en noir, je reste derrière l'Amie mais ce n'est pas comme avec la Chanteuse, l'Amie me protège et ouvre la marche, je la suis, je la suis et nous restons à égalité, je la suis et j'ai confiance, je la suis et la montagne nous protège du feu, je la suis et je pourrais la suivre longtemps. Le chemin des Douaniers longe la mer, la plage du Buse, le cabanon du Corbusier, les maisons d'architectes, peut-être la maison d'Eileen Gray, sous

les arbres, sous les aiguilles de pins, sous les
feuilles sèches de l'été, il y a des rochers polis qui
ressemblent à des petits plongeoirs lisses, c'est de
là que nous entrons dans la mer, prises par le
soleil, prises par la chaleur, au loin, l'Italie, en
haut le village de Roquebrune, la tombe du Corbusier, puis le restaurant panoramique, en rond,
qui pourrait être le restaurant du casino de Saint-
Malo, où mon cousin se marie, un hiver. Il me
demande d'être son témoin, il me demande un
texte, je ne sais plus écrire, mais j'écris pour lui.
Ce que j'écris ? Le barrage de la Rance, nos nuits
de fête, la vitesse, la musique. Ce que je n'écris
pas ? Nos corps siamois, le mariage, la salle de bal,
la province, le DJ, un disque de la Chanteuse, je
ne veux pas danser, un disque de la Chanteuse,
je ne veux pas rentrer ; avec l'Amie, c'est tous les
jours l'été, c'est tous les jours le Cap-Martin, son
corps sous l'eau, son deux-pièces noir, ses mains
qui ouvrent, ses jambes qui battent, sa trajectoire,
dans les rayons du soleil qui tombent, dans l'œil
de la petite caméra DV qui filme ses brasses, ses
plongeons, ses rires, son occupation parfaite de
la vie. Avec vous, je suis dans la vie, dans ma vie,
dans ses replis et c'est une façon pour moi de
retrouver l'écriture, de la fouiller ou de la fonder, je sais, je comprends mieux, j'écris sur le sensible, c'est une écriture vivante, je suis un auteur
vivant, la disparition de l'écriture est aussi l'effacement du sentiment de vie ; l'abandon, c'est
la mort, l'absence c'est la mort, parce que j'ai si
peur pour ma mère, quand elle étouffe, quand

elle traverse les rues d'Alger, quand elle rentre par la route moutonnière, quand elle dit, à la campagne : «Je vais derrière le champ, les marguerites me semblent plus grandes.» Elle est là et elle n'est plus là. Dans *L'Homme aux loups* de Freud, il se passe quelque chose avec l'enfant quand il lance sa balle et qu'elle ne revient pas ; c'est cela la compréhension du monde et de soi, c'est aussi cela la construction de la personne, je lis que les sujets qui souffrent de claustrophobie sont des sujets qui n'ont pas brisé avec la mère, ils subissent encore le *claustra* de celle-ci ; pour moi, cela veut dire un corps qui enveloppe, qui s'accroupit sur son enfant, pour le protéger, et pour se protéger aussi ; quand ma mère disparaît derrière le champ, les marguerites deviennent mes loups : pour moi, elle ne reviendra pas. Mon grand-père français m'emmène à la grande fête de Mickey à Saint-Malo. La salle de spectacle est construite en rond, nous prenons deux places hautes — pour mieux voir la scène ; il y a des magiciens, des danseurs, des acrobates, il y a des gens déguisés, mon grand-père est près de moi, dans le noir, il dit : «Tu vois bien mon petit oiseau ?» Ce que je vois, ce sont les visages de la plage, ce que je vois ce sont les petits baigneurs du club que je fréquente, ce que je vois, ce sont mes mains sur mes genoux, ce que je vois c'est mon corps englouti par les rires de la foule ; il y a une femme avec un micro, seule sur la scène, dans un rond de lumière, elle pourrait être la chanteuse de *Mulholland Drive* qui dit : «Silenzio » ; parce que moi je veux le silence, je ne veux rien voir, je ne veux rien entendre et je ne quitte pas mon siège quand la femme annonce le numéro du ticket gagnant de la tombola : le 67. C'est ma date de naissance, c'est l'année où je suis arrivée à Alger, c'est l'été des fleurs et de la mer, c'est le jour des photographies à l'hôtel-dieu ; c'est le sourire de ma mère qui me tient comme un trésor, c'est ma grande sœur qui porte sa robe à imprimés rouges, c'est mon père qui filme en super-8, c'est mon premier voyage en avion, c'est l'odeur du tarmac et des réacteurs, c'est la lumière blanche d'un été-incendie. 67, c'est mon ticket, que je garde dans ma poche, que je déchire avant que mon grand-père ne vérifie. Après il y a la voiture sur le sillon, il y a cette chanson de Françoise Hardy, *Des ronds dans l'eau*, il y a l'odeur du pain que nous achetons à Roche-bonne, puis celle des mimosas du jardin, il y a le chant des tourterelles dans les arbres, il y a le bruit de la mer au bout du chemin qui nous sépare de la plage, puis il y a le bruit de ma honte, qui descend au fond de moi, et c'est encore ce bruit quand je dois défendre un livre, quand je dois m'expliquer, quand je dois dire qui je suis vraiment. Il y a des échappées en moi, il y a des parties invisibles, je sais si peu sur mon grand-père algérien, il est blond avec des yeux clairs sur les photographies, il a le visage très fin. Quelle était son enfance ? Je ne sais pas. Qui étaient ses parents ? Je ne sais pas. Il avait une moto, il jouait de la mandoline, il achetait des champs d'œillets à Nice, il avait un don pour le langage et la conversation. Il y a sa peau sous la mienne, il y a son nom, il y a ses yeux, il y a ses mains sous mes mains. Je ne le sais pas, je le ressens peut-être, quand je suis en colère, quand je cours sur la plage de La Baule pour oublier la Chanteuse, quand je plonge de la piscine du Cap-Ferrat avec l'Amie ; c'est là qu'elle venait avec son père, c'est là qu'il la regardait nager, c'est une piscine d'eau de mer, creusée dans les rochers, comme la piscine de Zeralda, c'est une piscine d'hôtel peut-être, totalement déserte, qui pourrait être la piscine vide du film avec Kinski et Ben Kingsley ; c'est le père de l'Amie qui revient, il est là, il est encore vivant, l'Amie dit : « Mon père n'est jamais mort, il sera toujours avec moi, regarde mes mains, c'est lui. » Les morts ne meurent pas deux fois. Il porte un pantalon peau de pêche, des sandales, il a sa fille sur ses épaules nues, il faut passer les buissons, l'Amie a des souvenirs à deux avec son père, elle et lui au Cap, elle et lui au marché Mouffetard, elle et lui en Bourgogne, elle et lui à la pêche à la truite, ils portent des bottes hautes et des vestes kaki, ils partent dans l'aube, elle se sent si bien, en sécurité avec son père, il conduit la Méhari vers les rivières, il faut attendre le soleil, il faut marcher lentement dans l'eau, il faut lancer la ligne comme un lasso, il faut viser la roche, l'ombre, c'est le jour, ce sont les jours heureux, c'est la vie, ce sont les vies du père et de sa fille ; ainsi l'Amie dit : « Il faut trois mois pour se rendre compte ce qu'est vraiment la mort, c'est comme une pierre qui assomme, c'est indescriptible comme douleur. » L'Amie dit aussi : « J'ai quelque chose en moi qui fait si mal. Cette chose ne doit jamais sortir, chaque jour est l'apprentissage de cette chose, chaque jour est l'éducation de cette chose. » L'Amie dit : « Je suis dans une maison sans toit, voilà ma vie. » L'Amie ne reste jamais dans la tristesse. Elle dit, vite, la propriété à la campagne, les champs, les courses de vélo, le tournoi des orcs, le feu, la carabine, le loir qui se couche un jour dans son berceau, les fermiers, le lapin des fermiers qu'ils offrent dans une boîte de Ricoré, sa vie parisienne, la rue Pierre-Nicole, la rue de Beaune, son adolescence, le Palace, la Piscine, L'Apoplexie ; ces années-là, nos années qui se superposent sans se mélanger. Je ne sais pas si on doit parler des morts au passé. Les morts sont chaque fois ressuscités par notre langage, par notre manière de les raconter, ce sont eux les livres, ce sont eux l'écriture qui court, ce sont eux les petits papiers amoureux. Je pourrais écrire la légende de mes grands-parents algériens. Je pourrais écrire sur cette femme qui me caressait les cheveux et le visage, qui offrait des gâteaux et des galettes à la fleur d'oranger, je pourrais écrire aussi sur les vivants : sur mon père qui pêche les murènes à la main, je pourrais écrire sur son voyage vers la France, sur sa valise, sur son costume noir, sur ses trajets Vannes-Rennes-Alger, je pourrais écrire sur la chambre de ma mère dans la grande maison blanche, je pourrais écrire sur la chambre de la cité universitaire, sur le mariage des étudiants, sur la naissance de ma sœur, je pourrais écrire le livre d'une histoire et faire de moi un sujet avec des racines profondes ; les livres sont comme des bras, je me couche dans cette chaleur-là. Quand je rentre de nos séances, j'écris sur un carnet mon histoire, qui devient, lentement, votre histoire, parce que je n'arrive plus à vous dissocier de moi, je crois que vous êtes entrée dans ma vie, il m'arrive de souhaiter vous rencontrer ailleurs, par hasard, d'avoir un autre lien ; il m'arrive aussi d'envier M. puisqu'elle a construit une légende autour de vous dont je ne possède que des bribes. Avec vous, je cours après mon passé. À La Baule, la Chanteuse court devant moi, elle ne m'attend jamais, la mer est loin, le sable brille comme de la glace, c'est la fin du jour et le cœur de l'hiver. Nous fêtons le jour de l'an à l'hôtel Royal, la Chanteuse suit une thalassothérapie, à cause des concerts, de la fatigue, du corps si pétri, si désiré, si haï par moi. Je prends *Les Gangsters* d'Hervé Guibert, la Chanteuse dit que c'est une écriture trop froide pour elle, Guibert est mon propre feu, je rêve d'une transmission, d'un langage siamois, le sien sur le mien comme deux corps imbriqués. La mer avance derrière la baie de la salle de repos, je dois, moi aussi, me reposer, je ne me sens pas malade, je porte un peignoir et des chaussons en éponge, je glisse dans les couloirs comme un fantôme. Je l'attends dans la chambre double, je l'attends, je nous attends, j'achète un carnet au complexe commercial, j'essaie d'écrire, ce que je vois, ce que je sais, les heures lentes de nos vacances, les joueurs de polo sur la plage, la crêperie, l'agent qui organise, nos sorties au Derwin, à l'Indiana, au Nossy Bé, nos sorties vers rien, toujours rien, les journaux à lire, les photographies à choisir, le concert de Bercy, je ne peux pas écrire sur le rien, les mots s'effacent, chaque fois, parce que je m'efface, chaque fois, bonne année, il faut compter jusqu'à sept, bonne année, si on allait danser, bonne année, l'océan de champagne, bonne année, les lignes de lumière dans le ciel, bonne année, mon cœur ne bat plus. Il y a cette odeur de pin à La Baule qui pourrait être l'odeur de Saint-Briac. Il y a les routes à descendre vers les marais de Guérande, il y a toujours cette route du barrage de la Rance, les fenêtres baissées, la voix de la Chanteuse que je ne connais pas encore, l'amour est une remontée vers la jeunesse : le premier garçon embrassé, la première fille désirée ; je perds mon passé, je ne couvre plus tous ces liens, toute ma famille amoureuse ; à Rennes dans le parc du Thabor ma sœur prend ma main parce que je veux m'enfuir ; dans le jardin de la maison, je reste sur un tas de bois à guetter les vers de terre ; j'ai peur des perce-oreilles, de la cave, des montagnes de charbon de bois, j'ai peur du grenier, du garage, de la dernière chambre sous les toits, j'ai peur de la sculpture du second étage, *La Guerre du Diable*, j'ai peur encore du silence, dans la nuit, j'ai peur de mon avenir. Dans la chambre de Diane de Zurich, il y a un globe lumineux ; dans la nuit

je le regarde tourner sur lui-même et je pense à
tous les gens dont je pourrais tomber amoureuse
et cela me donne le vertige, à cause de l'immensité, à cause de Diane aussi dont je n'arrive jamais
à percer le mystère ; il y a des livres qui ressemblent à des rapports de police, il y a des écrivains
qui ne possèdent que la vérité de l'écriture. À
Zurich, mon père ne sait rien de ma vie amoureuse, quand il vient nous voir je lui montre comment j'apprends vite à skier, à dévaler les pentes,
à faire la godille dans les neiges poudreuses,
quand il vient, je cache les lettres et les photographies de Diane, nous marchons ensemble dans
la forêt, il dit que ce que je suis en train de vivre
— le dépaysement — est fondateur pour mon
avenir, qu'il faut visiter le monde pour se
connaître soi, ce que je comprends ainsi : il faut
visiter les autres pour se savoir soi ; nous n'aimons jamais la même personne, nous nous adap-
tons au dépaysement, à la nouvelle peau et à la
nouvelle voix qui appelle. Il y a dans l'amour une
déconnexion de soi, je me suis toujours fondue
au corps de l'autre, il y a toujours cette forme
d'évanouissement ; il y a toujours le corps de la
Chanteuse endormie sur son lit, j'ai cette image
d'elle, l'abandon. Il y a ce décollement de la
réalité. Je me regarde aimer, il faut peut-être plusieurs formes d'amour à l'intérieur d'un amour,
comme il faut plusieurs formes de vie à l'intérieur de la vie. Aux Seychelles, sur l'île de Praslin,
je suis l'Amie en palmes, en masque et en tuba,
nous nageons au-dessus de la barrière de corail ;

sur l'île de Praslin, je pense souvent que je suis arrivée au bout de la vie, qu'il n'y a rien de meilleur après, rien de plus vrai, à cause de l'immensité du paysage, à cause de l'immensité des fonds marins que nous frôlons ; le silence de la mer est aussi le silence de notre lien. Avec l'Amie, nous avons des conversations à l'intérieur de la tête. Il y a l'idée d'appartenir à la même famille, une famille de peau ; c'est une idée sans aucune perdition, sans aucune érosion, sans aucune dégradation. Quand je suis dans la maison, près de Clermont, que je regarde sur la terrasse les deux filles qui sont ensemble, je sais qu'elles sont seules au monde, comme perdues dans leur lien, serrées comme les branches de la forêt qui nous encercle, je pense à Laura Palmer de *Twin Peaks*, je pense à la peur, je pense aux ombres dans les bois, la Chercheuse dit que mon imagination me joue des tours, que je suis influencée par la télévision, par les films que je regarde, que ce n'est pas la réalité, que tout est silencieux et paisible autour d'elle, que personne ne viendra les tuer pendant la nuit. Souvent, je préfère lire au lieu d'écrire, parce que la lecture m'arrache au réel, tandis que l'écriture — mon écriture — m'oblige à m'y tenir au plus près. La Chanteuse aime les concerts, elle dit s'y perdre et s'y retrouver, elle dit s'aimer vraiment aussi à cause des voix qui l'appellent. On me place, pour l'admirer, j'obéis. Je redeviens l'enfant qu'on accompagne à l'aéroport, qui porte une pochette autour du cou — nom, prénom, adresse —, que les hôtesses d'Air Algérie surveillent, je redeviens la fille qu'on fait danser, je redeviens la patiente qu'on ausculte, je redeviens l'auteur qui passe à la télévision, qu'on équipe d'un micro, qu'on maquille, qu'on filme, qu'on questionne, il y a toujours ce moment dans ma vie où je me laisse faire, où je m'abandonne, où l'on pourrait tout faire de moi, où l'on pourrait tout faire de mon corps. Mon esprit ne plie jamais, mon corps est plus souple, parce qu'il cherche le désir. Vous regardez mes mains, mes jambes, mes pieds; moi aussi je fais attention à mes vêtements, je ne viens jamais avec le même pull-over, j'alterne, jupe, pantalon, rose, noir, je ne donne aucun signe extérieur de mon humeur et je sais que ce contrôle est déjà un signe, déjà un indice, et je sais que vous savez. Vous savez que je suis étonnée de vous voir porter du cuir, une montre Swatch, un foulard serré. Vous savez que je suis énervée quand le téléphone sonne, quand vous êtes grippée, quand il y a cette odeur de café qui passe sous la porte fermée du cabinet et qui veut dire : il y a de la vie derrière ces murs, moi je ne m'intéresse qu'à ma vie, ma vie d'Alger, le parfum des fleurs, la lumière sur le sable, mon corps qui court vers la mer, moi je ne sais que mes plaisirs et j'ai toute ma vie pour les retrouver, puis pour les défaire. Nous dormons à l'hôtel Diodatto, près du Cap-Martin, l'Amie prend des photographies de la piscine désertée par les clients; il n'y a que mon corps sous l'eau, plié en deux puis détendu, posé sur le fond, posé à la surface, pris par le soleil, puis par l'objectif de l'appareil. C'est l'image de la piscine de Zeralda qui revient. Le Corbusier s'est noyé ici, au large d'une crique, il adorait la mer, il nageait loin, il n'avait pas peur, il disait que la mort et la vie sont si indissociables qu'il y a dans ce lien quelque chose de l'ordre de la beauté. Nous montons au village de Roquebrune, par les escaliers creusés dans la roche, il y a une Vierge en mosaïque sous le cimetière, avec la liste des guerriers. Je pense au frère de mon père dont on n'a jamais retrouvé le corps, je pense aux images de la guerre d'Algérie, aux maisons de pierres blanches cachées dans le maquis; mon oncle a posé devant l'une d'elles; j'ai sa photographie dans le tiroir de mon bureau, il sourit, il porte un fusil et un chapeau, je ne sais pas s'il ressemble à mon père, je ne sais pas si je lui ressemble, il a la beauté de la jeunesse. C'est toujours cette histoire, au fond de moi, de venir de deux familles que tout oppose, les Français et les Algériens. Il y a ces deux flux en moi, que je ne pourrai jamais diviser, je crois n'être d'aucun camp. Je suis seule avec mon corps. C'est cela, peut-être, perdre sa jeunesse; je suis, à force de venir ici, à force de me raconter, en train de perdre ma jeunesse, je suis en train de perdre ma haine et mes désirs fous, je me contente d'être en vie, je me contente du jour qui se lève et de la nuit qui arrive, je me contente de la valse des mots. La Chanteuse ne voulait pas vieillir, elle aimait les jeunes pour garder sa jeunesse, elle aimait les jeunes pour figer ses succès.

Il y a une passation de pouvoir dans l'histoire des gens. Je l'ai aimée alors qu'elle vieillissait ; elle a pris de moi, comme je pourrais prendre un jour de quelqu'un qui débute. Il y a cette phrase que j'aime tant : « J'ai commencé très jeune dans le métier. » Avec l'Amie, nous marchons jusqu'à Menton, le chemin des Douaniers longe la montagne jusqu'en Italie ; il y a cet hôtel en équilibre, le Majestic, il y a les tours, dans la brume de Monaco, il y a le bruit des trains de Cannes, de Nice, de Rimini, il y a ces petits palais qui me font penser à Ava Gardner dans *La Comtesse aux pieds nus*, il y a nos deux corps qui marchent, dans l'ombre puis dans le feu du soleil, il y a au loin Nice, notre ville sismique, qui cache une autre ville : Alger, comme mon corps cache un autre corps : le corps des premiers désirs. Ma sœur et M.B. sont allongées sur un rocher de la plage Moretti, à l'écart de moi, elles ont apporté un magnétophone, elles écoutent la cassette des Eagles, elles fument des cigarettes, ma sœur porte un chapeau de paille rose, M.B. porte les mêmes Ray-Ban aviateur que sa mère, elles sentent l'Hawaiian Tropic, l'huile de noix de coco, je nage loin jusqu'au banc de sable, je sais que je n'ai pas le droit de les déranger, elles se sont mises à l'écart comme on se serre dans un cercle amoureux, ma peau est couverte de taches de rousseur à cause du soleil, je ne suis plus une enfant, je veux quitter l'Algérie, parce que ma sœur va vivre en France et que je ne peux pas vivre sans elle, sans ses habitudes : la danse, la musique, les heures au téléphone, cachée sous son lit, ma sœur est du côté de la vie, du côté des plaisirs, tandis que je reste plus grave dans la *saudade* dit la Chanteuse à mon sujet; c'est à cause de mes désirs mêlés, celui pour ce garçon qui vit en face de la famille B., il est brun avec un œil vert et un œil bleu, celui pour M.B. quand elle plonge du rocher, que je regarde son corps long qui file sous l'eau. Dans l'appartement d'Alger, il y a des poissons d'argent, ma mère dit que cela porte bonheur, qu'il ne faut pas les écraser. Ma mère écaille des rougets, ma mère brûle au gaz les plumes du poulet, ma mère écosse les petits pois, ma mère bat les œufs en neige, ma mère fait monter la pâte des quatre-quarts, ma mère reste la mère nourricière et la mère qui rêve quand elle dit : «J'aurais tant aimé vivre aux Marquises, comme Paul-Émile Victor.» Et c'est toujours le rêve quand elle nous quitte pour Francfort, puis qu'elle raconte le chemin dans la neige, le train, les sapins givrés, le village, la forêt, le docteur J. qui soigne son asthme avec des plantes; l'écriture vient du récit de ses propres parents. J'ai toujours entendu des histoires de marabouts, de sages, de djinns et de loups, j'ai toujours vécu dans la magie du roman. J'ai négocié avec la vie, vous savez, et aussi avec la mort. Mes livres sont des paravents, mon langage est un bijou. Quand elle me garde chez elle, je crois que madame B. ne veut plus me rendre à ma mère. Elle me lave les cheveux, elle m'emmène au marché, elle me prend en photo, elle me fait jouer au tennis dans sa propriété; il y a là aussi une perte de réel, à cause de la beauté de madame B., des allées de palmiers, de la piscine en mosaïque, du palais maure, des arcades, du jardin anglais, du rang de roses rouges qui, je l'apprends, sont les roses de la passion; ma mère me téléphone tous les soirs et parfois je ne veux pas lui parler, parce que je me détache de son corps, de cet amour inouï qui me donne le vertige, qui me fait perdre l'enfance, parce que je sais déjà ce qu'est la terrible angoisse de perdre l'autre. Si je ne me souviens pas des appels de ma mère à Rennes, c'est que je ne voulais pas lui parler. Je restais dans la cuisine avec le petit chien assis contre l'Aga, je restais dans le silence, par vengeance; je crois que je voulais me détacher, non pas de ma mère, mais de la tristesse que son absence engendrait. Il y a une histoire entre le téléphone et ma mère, vous savez; c'est moi qu'elle appelle, quand elle est seule, quand elle a peur, et sa voix me remet dans les jours de l'enfance, dans ses nuits, dans l'attente du 15 février 1980 quand elle manque mourir d'un œdème; il y a la scène du corps allongé sur le canapé rayé, les mains des médecins sur sa peau, mon père en chemise blanche qui fait bouillir de l'eau pour les aiguilles de ses piqûres, il y a la fille d'un médecin dans la chambre de ma sœur qui pleure, et il y a mon silence froid puis l'attente. Combien de temps faut-il à la vie pour quitter un corps? Combien de temps faut-il à la mort pour se couler sous la peau? Combien de temps faut-il pour rompre la douceur des jours heureux? Pensez-vous que j'apprendrai, ici, avec vous, à ne plus avoir peur? Combien de temps cette nuit-là? Le temps d'une phrase de mon père : « Prépare-toi, c'est fini pour ta maman. » Combien de temps pour se préparer? Combien de temps pour sécher son cœur? Combien de temps pour recouvrer ses forces, de ma chair détachée de la chair de ma mère. Combien de temps pour devenir une femme? J'ai jusqu'à l'aube, j'ai toutes ces heures d'un hiver doux et algérien. Je regarde par ma fenêtre, le ciel est mauve puis rouge de soleil, j'entends ma sœur qui pleure, j'entends les voix des hommes qui font un cercle dont ma mère est prisonnière, j'entends le vent dans la forêt d'eucalyptus, j'entends, au loin, les sables qui avancent sur la ville d'Alger, j'entends encore plus loin la voix de la mère de ma mère, dans ses lettres à l'encre bleue *Ma chère petite fille, j'espère que tu vas bien, ici, le printemps est arrivé avant l'heure ; imagine-toi que j'ai déjà de belles roses trémières sous la baie du salon ; es-tu heureuse de ton nouveau travail ? Comment vont les filles ? Elles grandissent si vite ; elles sont si mignonnes, dans le champ de marguerites sauvages.* Combien de temps a ma grand-mère pour accepter le départ de sa fille? Combien de temps a ma mère pour se construire une prison, une maladie? Combien de temps pour faire monter mes larmes qui ne viennent pas? Combien de temps pour oublier le mot de ma sœur : « Tu as un vrai cœur de pierre. » Je ne veux pas quitter ma chambre, il y a mon lit, mes livres et mon bureau, il y a toute ma tête surtout, ce que je suis, ce qui me constitue, ce que j'apprends, ce que j'invente. Qui suis-je cette nuit-là ? Quel corps revient ? Celui du désir ou celui de la mort de Zeralda ? Est-ce qu'on est encore tout à fait vivant quand on a déjà failli mourir ? Mourir c'est se regarder mourir, il n'y a pas plus grande solitude, il n'y a pas plus grand abandon. Est-ce que ma mère ressent cette chose ? Est-ce qu'on peut se remettre de cette chose ? Est-ce que ce n'est pas cette chose qui revient, à chaque colère contre moi, contre les autres ? Alors je reste dans ma chambre, je ne veux pas voir et sur-tout je ne veux pas regarder ma mère, allongée sur le canapé, les yeux fermés, peut-être à moi-tié nue ; je ne supporte pas l'idée de sa nudité qui est l'idée d'une immense fragilité et d'une immense blancheur, de pureté, je ne veux pas aller au salon, là où je regarde la télévision, là où j'écris déjà, là où je regarde la mer, ma pro-chaine vie. Il y a un vertige de l'Algérie, il y a un tourment. Je pense toujours que je dois partir, je pense qu'il m'est impossible de partir et sur-tout de m'adapter, à la France, et au cœur de la France, à Paris, à l'avenue des Champs-Élysées, aux quais de Seine, au Trocadéro, aux lumières de la ville, à cette impression de vitesse qui m'est si étrangère. Le temps algérien est le temps de l'été. Il y a une torpeur qui endort, il y a une dou-ceur qui n'est pas la vraie vie. Il y a tous ces hommes près du corps de ma mère, ils veillent sur elle. J'entends le mot *trachéotomie*. J'entends les mots « tout faire ici » ; ici c'est notre appartement, ici c'est toute notre vie, ici ce n'est pas l'hôpital. Ici, c'est le lieu de notre jeunesse. Il y a l'odeur de l'alcool à 90°, il y a cette musique dans ma tête, *Pierre et le Loup*, et les recommandations de ma mère : « Ne suis pas un étranger. Ne descends pas plus loin que l'orangerie. » Puis les mots de mon père : « Ne fais confiance à personne. » Je n'ai jamais entendu leurs paroles, j'ai joué bien au-delà de l'orangerie, comme je jouerais bien au-delà de la baie d'Alger. Je veux faire confiance au monde, je veux garder ma fragilité, parce qu'elle donne l'écriture, elle donne les yeux qui regardent vraiment. Ma sœur revient dans ma chambre ; elle dit : « Je crois qu'elle va mieux », puis les hommes quittent l'appartement. On a couché ma mère dans sa chambre. C'est un autre jour et ce sera une autre nuit. Je dois me préparer, mon père ne veut pas qu'on manque la classe, j'entends encore ma mère qui étouffe, ce n'est rien, tout ira bien, ce n'est rien. Je sais ce que je porte ce jour-là, le pantalon de velours bleu, le pull en v ; je sais les vêtements de ma sœur aussi, le pull blanc col châle, le jean brodé sur les poches, je ne sais pas pour mon père, je ne sais plus, il va nous conduire au lycée, il fumera dans la voiture, il écoutera les informations, il ne dira rien ; ma mère s'est endormie, il n'y a que son dos, tourné, il n'y a que ses cheveux blonds, puis l'immense lit, l'immense masse, qui noie son corps, son corps de plomb, et la bassine, tout près, pour cracher le liquide qui étouffe ; l'asthme, c'est comme la noyade, l'asthme c'est sa propre noyade, je ne prends pas l'ascenseur, je descends l'escalier blanc qui tourne si vite, quatre à quatre je vole, quatre à quatre je quitte l'appartement, quatre à quatre je laisse ma mère, quatre à quatre je suis libre, quatre à quatre je suis méchante parce que je laisse ma mère, parce qu'elle est seule, dans l'appartement bordé par une forêt d'eucalyptus, elle est seule dans sa nuit, puis vient le cycle, je suis en colère, puis je suis heureuse, puis je me sens coupable, puis je suis triste, mais d'une tristesse inhumaine, parce que je voudrais payer pour cela, payer de ma personne, me détruire. Et je me détruis, en me détestant, et je me détruis, en installant, pour toujours, cette détestation. Je regarde vers l'étage, vers le balcon de sa chambre, vers sa fenêtre fermée, je crois entendre sa voix qui appelle Au Secours, ma sœur dit : « C'est dans ta tête », ce que j'entends ainsi : « C'est dans ton cerveau parce que tu es folle et que tous les fous entendent des voix qui n'existent pas, des mots qui viennent de l'intérieur d'eux-mêmes, du corps caverneux et obscur. » Cette obscurité sera, toute ma vie, mon obscurité qui me fera entendre des appels au secours auxquels je ne peux pas répondre puisqu'ils n'existent pas, ou seulement dans mon imagination, j'aimerais me représenter matériellement l'imagination, en faire un dessin, en faire un objet, j'aimerais me représenter ce qui me définit, à cause de cette phrase : « Ton imagination te joue des tours. » Il faut de l'imagination pour vivre, pour avoir des mauvaises pensées, pour écrire sur soi, puisqu'on ne se connaît jamais vraiment ; il faut de l'imagination pour se raconter, pour trouver la réponse à la question « Qui suis-je ? » Je ne sais pas si vous avez la réponse, je ne sais pas s'il y a une base commune à tous vos patients et si nous ne répétons pas chaque fois la même question, je ne sais pas si vous savez qui était vraiment M. Ce que je suis se joue là, après cette nuit, dans la voiture de mon père, dans la classe de madame H. qui dit : « Rentre chez toi, on m'a dit pour ta maman. » Ce que je suis se joue dans mon silence, je reste sur ma chaise, je ne quitte pas la classe, je ne plie pas mes livres et mon cahier, je reste et j'entends les voix qui se lient les unes aux autres comme des chapelets de petites clochettes, cela fait du bruit, dans ma tête, dans mon corps, je ferme les yeux et je pense que je vais m'évanouir mais je ne tombe pas, je ne me laisse pas, j'habite toujours ce corps qui est la forteresse de ma mère ; je ne me suis jamais évanouie de ma vie parce que je ne me suis jamais laissée aller ; là aussi, c'est un défi, partir de soi serait aussi partir de ma mère, mon regard et ma conscience la protègent, mon état de vigilance l'enserre et cela me rassure ; l'Amie dit que je ne suis bien que lorsque chacun de ceux que j'aime est à sa place, quand ma sœur est avec les siens, quand mon père arrive à Alger, quand ma mère est dans l'appartement de la rue X, là seulement je peux laisser la nuit me recouvrir. Je ne suis pas à ma place dans la classe de madame H. et surtout dans mon silence — j'en-

tends : « Ça va ? Tu as vraiment mauvaise mine. »
Puis je retrouve ma sœur à la sortie du lycée, il y
a cette image des deux sœurs dans le film *Diabolo
menthe*, ce couple que je trouve si attachant. Ma
sœur ne dit rien ; elle aussi a mauvaise mine ; c'est
madame Tinguely qui nous ramène à la maison
vers notre mère ; ma sœur ira dormir chez elle,
au centre d'Alger, pendant les vacances de février,
moi c'est madame B. qui me prend, nous sommes
devenues si épuisantes pour notre mère ; je pense
que ma sœur m'en veut de ne pas avoir pleuré,
je n'ai pas de mots pour cela, j'ai cette chose au
fond de moi, cette chose qui dévore, cette dévoration vient aussi dans mes mauvaises pensées
vous savez, j'ai parfois l'image de mes dents
qui arrachent la peau d'un visage, mais je ne
reconnais pas ce visage, je ne l'ai jamais vu, ou
plutôt je reconnais mille visages en un, ce sont
des couches que j'arrache, une par une, pour
me venger de moi ; cette vengeance consiste à
détruire ceux que j'aime le plus, à détruire mon
affection, à détruire ma faculté à aimer, à exister. L'appartement est silencieux, ma mère s'est
endormie, je pense qu'elle ne se réveillera pas,
ou plutôt qu'elle ne se réveillera pas comme
avant. Je prépare mes affaires, je n'entends rien,
ni le vent dans les arbres, ni la mer agitée, ni les
voitures de la ville, puis j'entends la sonnerie du
téléphone. Qui va décrocher ? Qui va raconter ?
Je ne suis plus là, dans ma tête, j'ai perdu mes
mots comme je perds mes mots le jour où je vous
téléphone pour prendre rendez-vous ; je dis que

j'appelle de la part de M. et je sais que ce lien fait de moi une patiente particulière, j'ai peur parfois que vous puissiez croire que j'essaie de vous séduire, j'ai peur d'occuper la place de M., j'ai peur aussi de ne pas vous plaire, je n'ai que mes mots, vous savez. Toujours les escaliers blancs, en spirale, toujours la honte d'être heureuse de quitter ma chambre, de quitter ma mère. Il y a une odeur dans le parc de la Résidence qui restera l'odeur du désir : ce sont des petites fleurs rouges et roses qui bordent les allées des chemins de terre, ce sont les branches sèches des eucalyptus qui séparent le parc de la ville ; puis vient mon corps, si seul, si fort aussi qui descend vers l'entrée, qui attend la voiture de madame B. Je ne sais pas pour combien de temps je pars, comme je ne savais pas combien de temps nous resterions, ma sœur et moi, dans la maison de Rennes. Il n'y a aucune limite dans mon temps, c'est une forme de liberté ; la liberté, là, dans la voiture de madame B., dans la musique de Supertramp, dans le ciel qui s'ouvre et qui devient bleu, la liberté quand je baisse la vitre, que je laisse mon bras dans le vide, la liberté quand je regarde les hommes dans les yeux, quand je n'ai pas peur, la liberté, parce que la voiture sent bon le parfum et le tabac mélangés, la liberté avec le vent sur mon visage, comme un baume qui restituerait tout ce que j'ai perdu cette nuit-là, la nuit du corps de ma mère ; la liberté quand je refuse de penser à ma famille, à son cercle, à son agencement, ma mère dans sa chambre, mon père en déplacement, ma sœur qui fume sur le balcon de sa chambre, la liberté quand je sais au fond de moi que je quitte l'enfance, que je peux être seule et séparée, que je peux trouver ma place dans le monde, la liberté qui ne me quittera jamais, je sais que je ne dois rien à personne, je sais que je peux me faire confiance, je sais qu'il y a la chose au fond de moi qui n'est plus une dévoration, mais une force qui me porte, ma propre force, qui remonte de mon ventre et qui brille dans mes yeux, la liberté quand madame B. prend un Polaroïd de moi, quand j'arrive chez elle, dans le grand appartement bleu, la liberté quand elle me donne ma chambre, avec ma cheminée, ma salle de bains et ma chaîne hifi, si je n'arrive pas à dormir. Sa fille, M.B., est en vacances à Paris. Je suis là, sans la remplacer, je suis là, en tant que moi-même, je ne suis le relais à aucun conflit, je ne suis le lien d'aucune personne, je ne suis le centre d'aucun cercle, je suis juste là pour ce que je suis : mon corps, ma voix ; c'est tout et c'est grand pour moi, je ne suis d'aucune guerre, je ne suis d'aucune rançon, j'oublie à chacune de nos séances le visage de M., il se dilue, ou plutôt il se mélange aux visages de vos patients que je croise, dans l'escalier ou dans l'entrée de votre cabinet, j'aime l'idée de vous avoir choisie, j'aime penser que M. ne vous a jamais rencontrée, je me sens libre d'elle, comme je me sens, parfois, libre de moi. Il y a ce disque de Johnny Mathis dans le salon de l'appartement. Il y a madame B. à son bureau qui règle ses affaires, il y a ma mémoire qui fait le tri, entre ce lieu et la maison de Rennes, entre le ciel bleu et le ciel de neige, entre la gaieté et la tristesse de mes grands-parents, je suis bien, je traverse les pièces du grand appartement, madame B. me présente aux femmes de chambre, je ne suis pas fascinée par l'argent, je suis juste bien, parce que ma mère est en vie et qu'elle a cet amour en elle pour moi ; si je suis là, c'est grâce à elle, si je suis si heureuse c'est parce que j'ai appris à tout convertir, à tout échanger aussi. Nous écoutons des disques et madame B. rit parce que j'ai honte de danser, nous mangeons dans la cuisine et les femmes de chambre rient parce que je n'aime pas le lait, nous regardons la télévision et monsieur B. rit parce que je parle arabe avec un accent français, c'est une autre famille, c'est un autre pays, c'est une autre Algérie, vous savez, ou alors c'est un pays dans un pays. Je ne sais rien de leur fortune, je ne la calcule pas, je ne l'envie pas non plus, je ne sais que mon corps, soudain adopté par cette famille, par cette mère surtout qui serre dans les bras, qui donne le bain, qui embrasse, qui sèche les cheveux, qui fait jouer au tennis, dans sa propriété située dans le quartier des ambassades ; je joue très fort, très stylé, dit madame B. ; mieux que sa fille, mieux qu'elle bientôt, j'ai un don, j'ai le don de la force, de la force de vie, je sais nier la douleur, je sais nier le chagrin, je sais nier ce qui ne va pas en moi, cette peau sensible qui prend tout, la peau buvard qui fera écrire, qui fera raconter, qui fera rougir aussi ; je crois que j'aime vraiment madame B., je sais la regarder, l'envelopper, l'écouter, je sais aussi l'effet de ma tendresse sur elle, je sais ce qui la fait fondre, je sais aussi qu'elle s'attache, encore plus vite que moi, encore plus fort que moi ; je ne veux pas d'une seconde mère, je ne veux pas d'une famille à l'intérieur de ma propre famille, j'ai ce corps si fou, si résistant, j'ai ce cœur si changeant. Et c'est ce cœur qui frappe quand nous arrivons devant les murs blancs de la propriété, et c'est toujours ce bruit de la voiture qui entre et descend, des petits graviers sous les pneus, des pelouses, immenses, du court de tennis encadré de palmiers, et c'est ce cœur qui prend tout le silence de cet endroit ; mon cœur est plus fort que la terre, mon corps est plus fort que le ciel, mon cœur porte mon corps, je frappe les balles avec toute sa violence, avec toute sa force qui sera, un jour, une force amoureuse ; et j'entends la voix de madame B. : « Prépare ton geste. » *Préparer* ; je ne fais que cela, vous savez, me préparer, me préparer à un départ un jour, me préparer au départ de ma sœur, me préparer aux crises de ma mère, me préparer aux voyages de mon père puis à ses retours : son corps devant le lycée, son parfum dans la voiture, sa voix qui raconte, les quartiers de Washington, les statues de l'île de Pâques, les rues de Ceylan, puis encore son corps dans l'ascenseur, que je serre, parce que j'ai peur, je n'ai pas peur du noir, je n'ai pas peur de la mort, je n'ai pas peur du bruit des câbles, je n'ai pas peur du vide, j'ai peur de m'habituer à mon père, et d'avoir toujours l'impression de le perdre quand je le crois à moi, sous mon contrôle, entre mes mains, puis j'oublie vite, à cause des cadeaux, qui sont aussi les objets d'enfance de l'Amie : les pyjamas en mousse, les chaussons en cuir avec la semelle en peau qui devient noire, l'eau de Cologne Bien-être, les tee-shirts Marine marchande ; puis j'oublie encore plus vite, quand les jours se succèdent, quand le vent reprend, quand l'orage éclate, quand je crois que la mer avance vers nous, quand je me bats avec ma sœur, quand mon père ne peut plus tenir, qu'il me prévient, que je le provoque, toujours plus, toujours plus loin, toujours à table, la fameuse table ronde de toutes les familles, la table du cercle, la table du clan reconstruit, la table, la terre, le nerf, la table, la dispute, cela commence toujours ainsi, avec la voix de mon père : « Je te préviens, arrête ! » Et je n'arrête jamais. « Je te préviens une seconde fois », et je ne me retiens jamais, je suis en guerre contre le monde entier et contre moi-même, c'est cette peau buvard, c'est ce problème de tout prendre, de tout garder. Et je n'arrête pas, et je suis encore dans la colère, dans les sangs rouges, puis les mots ne suffisent pas, et cela ne s'arrête jamais, je n'ai pas peur de mon père, ce qui veut dire que je n'ai pas peur des hommes, vous entendez, je n'ai pas peur des hommes ; je sais bien que vous pensez l'inverse, je sais à vos yeux sur mes mains, mes lèvres, mes yeux, je sais que vous attendez que je pleure mais je ne pleure pas, je ne veux pas vous donner cela, je ne veux donner cela à personne, mes larmes ; je dis, au début : «Je vois qu'il y a une boîte de Kleenex là, tout près de moi» et je ris et vous demandez pourquoi je ris et je vous réponds : «Les autres pleurent, moi je ne pleure pas.» Je ne pleure pas sur moi, comme je n'ai pas pleuré sur ma mère. Les larmes ne lavent d'aucun chagrin. Les larmes entrent dans ma peau buvard. L'Amie ne pleure pas, sauf quand elle parle de la chose qui dévore. Moi je n'ai pleuré qu'une fois devant vous, c'était notre première séance, c'était à cause des mauvaises pensées. Elles viennent par rafales puis restent silencieuses pendant plusieurs jours, c'est toujours quand je vois des cercueils à la télévision, c'est toujours à cause de cette image, vous dites que les enfants de parents malades se sentent coupables, vous dites que j'ai toujours eu des mauvaises pensées, vous dites que j'ai sûrement cru être à l'origine de l'asthme de ma mère. Je sais que j'ai un amour étouffant par mon silence, par mes yeux. À Séville, la Chanteuse dit : «Il me suffit de te regarder pour savoir ce que tu as dans la tête. Ta violence est sur ta peau.» Je lui dis qu'elle n'a qu'à faire une chanson de cela. Tout peut se chanter, tout peut s'écrire, tout n'est que langage. Je peux écrire sur elle, je peux la décrire, nous deux en Espagne, après son concert de Barcelone, moi seule, au début, sur les Ramblas, puis dans les tourelles de la cathédrale de Gaudi, puis devant le Christ, elle dans la chambre de l'hôtel, avec le téléphone, avec son petit carnet de route, avec ses idées : « Je pourrais appeler ma tournée le *Love Tour*, puisque tout le monde tombe amoureux », elle veut parler des choristes, des techniciens, de l'ingénieur du son, elle ne parle plus de nous puisqu'elle sent ma tristesse quand je nous regarde ensemble, cette chose cassée qui ne reviendra plus, c'est dans la peau, c'est dans les mains, c'est le désir brûlé ; oui, je peux écrire sur le désir et sur le plaisir, je peux écrire sur le brasier, sur les sangs, sur les tensions, je peux écrire sur l'enveloppement, mais je n'ai aucun mot pour la sexualité, je ne sais pas écrire sur ces scènes, ce serait vulgaire, ce serait commun, je ne suis jamais choquée par les scènes de garçons chez Guibert, j'y trouve un lien que je ne sais définir, puisque cette sexualité, cette traque, ces nuits, me sont étrangères, et pourtant je me sens très bien dans cet univers, très bien dans cette pornographie, à lire, peut-être parce qu'elle est très loin de moi, que je ne me sens pas du tout impliquée, que cela ne me concerne pas ; je ne pourrais pas écrire sur le rapport sexuel homme-femme, ce serait soit vulgaire, soit romantique, « ce serait hollywoodien », dit l'Amie, il y a des auteurs qui masquent, d'autres qui ont choisi la vérité, moi je suis entre deux, quand j'écris sur Diane de Zurich, c'est une écriture du désir, si je pense à ces trois garçons que je rencontre un jour, sur la plage de Biarritz, je ne pourrais écrire que sur leur beauté, les cheveux et le vent, l'huile et la peau, les épaules et l'eau du bain, je ne pourrais pas dire leurs nuits, leurs sexes, leur jouissance, je n'aurais pas les mots pour cela, si je devais écrire sur les filles de la forêt de Clermont, j'écrirais sur la taille, la main, la voix, rien de leurs nuits, rien, les mots glissent sur cela. Quand Guibert écrit : « Il a dansé dans ma bouche », je ne suis pas choquée, mais je ne pourrais jamais écrire cela, je n'ai pas cette force, Guibert a une écriture excitante, c'est le seul pour moi, le seul, à transférer l'histoire de ses désirs, ainsi, à ne jamais être vulgaire, jamais, je ne sais pas si c'est une affaire de style, je ne sais pas, je ne lis pas de littérature érotique, je ne lis que Guibert, de plus en plus, il serait comme le seul auteur de ma vie, comme le seul homme de ma vie, la Chanteuse l'a rencontré, elle dit qu'il avait une voix qu'on n'oublie pas ; oui je pourrais écrire sur nous deux, sur nos deux corps dans la chambre de Barcelone, sous les pales du ventilateur, dans la chaleur de juin, dans cette lumière, qui n'est ni la lumière d'Alger ni la lumière de Nice, la lumière espagnole est la lumière de la Chanteuse, qui écrit, près de la fenêtre, qui ferme les yeux, sur le lit, qui prend ma main, que je retire puisque je n'ai plus de désir depuis longtemps, ou j'ai un désir fantôme qui vient d'un autre corps et que je ramène là, pour ne pas refuser, pour ne pas partir, pas encore, je partirai quand j'aurai retrouvé mon écriture, quand j'arrêterai de lire Guibert, quand j'arrêterai de relier ses mots à mon silence ; je partirai quand je ne saurai plus regarder ce corps, de la salle de bains au balcon, de la chambre au hall de l'hôtel, je partirai quand je ne saurai plus reconnaître cette voix qui chante et qui m'appelle, cette voix dont parlait ma sœur, cette voix qu'elle aimait, cette voix qu'elle achetait, alors que je vivais encore à Alger, alors que ma mère me prenait en photographie, dans les ruines du Chenoua. C'est vous qui me séparez de moi, quand vous dites, à la fin de chaque séance : « Cela ira pour aujourd'hui », ce que j'entends ainsi : « J'ai assez d'éléments à votre sujet. » Il y a cette pénétration du lieu dans mon corps, comme je ne peux pas séparer le corps de la Chanteuse de mon voyage en Espagne ; les moulins à vent, c'est elle, le bateau de Formentera, c'est elle, la plage de Tarifa, c'est elle, puis vient Séville, je ne la regarde plus marcher, je reste près d'elle, parce que je ne veux plus la voir de dos, j'ai peur de lui lancer une pierre, j'ai peur de lui casser la nuque, j'ai peur de moi sur elle, puis je n'ai plus peur, les rues de Séville sont silencieuses, seules nous avançons, si seules dans cette histoire qui deviendra mon histoire espagnole, qui sera aussi l'histoire de l'Amie, puisque c'est là qu'elle apprend la maladie de son père, et l'histoire de mon cousin, puisque c'est là, sur la *caratera de la Muerte*, qu'il perd sa mère ; puis il y a la voix de ma mère au téléphone, ses cris : « Ma sœur s'est tuée, ma sœur s'est tuée », et je ne sais pas quoi dire parce que je dîne avec cette fille qui m'avoue prendre de l'héroïne ; je n'entends que ses mots *Quand je prends, cela descend lentement dans mon corps, c'est liquide, puis solide, cela inverse mon sang, le flux de mon sang, je crois descendre à l'intérieur de moi, tu comprends, tout, les yeux, la bouche, la gorge, les seins, tout, se descend, se liquéfie, puis se durcit, je ne suis qu'en un seul morceau, c'est chaud, très chaud, je ne suis qu'un ventre, c'est cela, ma jouissance, tu comprends, c'est cela ma vie, cela prend là dans cette fusion, je me perds et j'ai vraiment l'impression d'exister, de me sentir fondre puis durcir, fondre puis durcir, je suis comme un aliment, comme une huile, comme un chocolat, je ne suis plus en chair, je suis le feu puis la glace chaude, tu comprends, c'est le mystère de la drogue, c'est ce qui me tient à la vie, cette transformation, au fond de moi, j'oublie tout, j'oublie ma tête, je suis organique et je peux faire l'inventaire de chaque os, de chaque tissu, de chaque vaisseau, je suis en possession de moi, mais une vraie possession, une emprise de moi par moi, je suis seule, et le monde n'existe pas, tu comprends.* Moi je ne comprends pas, je regarde les carreaux de la nappe, le garçon du restaurant, je pense à la mère de mon cousin, le coup du rocher, morte sur le coup, une voiture est tombée sur eux comme une bombe, oui comme une bombe lâchée du ciel, c'est si rare, et après la voix de la Fille à l'héroïne, dans mon sommeil, sa voix sur celle de ma tante, puis ma voix qui répète : «Je ne suis plus jeune, je ne suis plus jeune, je ne suis plus jeune», j'ai dormi près de quelqu'un qui prenait de l'héroïne. *C'est chaud, c'est si chaud, c'est mieux que le sexe tu sais, c'est mieux qu'embrasser, c'est une toute petite dose, chaque jour, à inhaler, jamais de piqûre, je suis pas une paumée de droguée tu sais,* et moi, je pense aux champs de marguerites sauvages, je voulais me perdre dans les fleurs, je voulais m'y noyer, puis réapparaître pour être sûre de l'amour qu'on me portait. Je ne suis plus jeune parce que la jeunesse est dans l'innocence ; je ne suis plus jeune, dans le train qui nous emmène à Rennes pour l'enterrement de ma tante, je ne suis plus jeune quand j'entends ma mère dire que sa mère lui a dit : « Tu n'es là que pour les mauvaises nouvelles », je ne suis plus jeune quand ma mère dit : « C'est ce qu'il y a de pire pour une mère, de perdre son enfant » ; je ne suis plus jeune depuis la piscine de Zeralda. Dans le train, je ferme les yeux, je fais semblant de dormir, et je me souviens de la voix de la Fille à l'héroïne *C'est si chaud, tu sais, si chaud ; dans ma chambre, j'ai collé au plafond des étoiles et chaque fois que je me couche, que je renverse la tête, chaque fois je vais dans ce vide qui n'est plus le vide, qui n'est plus l'espace, qui n'est plus le néant, c'est là que je voudrais être, parce que c'est là que je pourrais retrouver ma sensation de n'être plus rien, d'être légère, d'être dans la poussière, d'être volatile, de pénétrer le monde et non l'inverse, tu comprends ? Tu penses que je suis une paumée de droguée, n'est-ce pas ? Et tu te sens salie parce que je ne t'ai rien dit, ma drogue est d'une grande douceur, c'est ma maison à moi, c'est mon trou aussi, et j'aime y dormir, et j'aime m'y enfoncer, je suis un petit chien recroquevillé près d'un feu et je suis le feu de ce petit chien je suis la houle en mer et je suis le radeau qui se laisse emporter, je ne me quitte pas, chaque fois ce sont des retrouvailles, chaque fois je me regarde enfin, de moi à moi, tu com-*

prends, sans le bruit du monde, sans ses forces, sans sa mécanique, je marche à l'envers et je sais que c'est le bon sens, la drogue, c'est cela chez moi, c'est mon intelligence, et je ne suis pas comme les paumés de Stalingrad, ne crois pas cela, moi je sais ce qu'il y a en moi, je sais; quand je tiens ma poudre, dans mon poing fermé, je suis déjà partie, tu sais, partie, les lumières de Paris sont dans ma tête et elles sont tellement plus belles que les tiennes, mon océan s'ouvre à l'intérieur de mon corps et je nage en moi, je nage dans ce qu'il y a de plus beau : mon corps ressuscité; je suis mon enfant et je suis la mère de cet enfant, je pense en multiples, toi tu n'as que des opinions, moi je suis l'idée et bien plus encore, je vois ce que tu ne verras jamais, je vois la vérité des choses, je vois le sens avant la forme, j'entends le mot avant la voix, je sais la mort avant la vie, et je n'ai plus peur de rien, tu sais, c'est la peur qui dévore le cerveau, c'est la peur qui dévore le corps, c'est la peur qui brise les liens, moi je n'ai pas peur, parce que j'existe à partir de la peur, tu comprends ? Je vais loin dans le ciel, et mes bras sont immenses quand ils portent les nuages. Et moi vous savez je ferme toujours les yeux, dans le train de Rennes, je ne veux pas regarder ma mère, je ne veux rien dire, j'ai peur de voir mes grands-parents, j'ai peur de la mort. Je suis comme mon père, je sais pourquoi nous regardons ensemble les photographies d'Alger, il n'y a pas que l'enfance, il n'y a pas que la jeunesse, c'est le point le plus reculé de la mort, il est là-bas, notre paradis; il est dans cet appartement, dans ses chambres, dans son escalier blanc, dans sa forêt, il y a une forme d'éternité dans ce lieu perdu, et je n'y vais pas, vous savez, je n'y vais pas. Vous ne dites rien, vous me regardez et vous ne dites rien, je cours après vos mots, il y a ce silence, votre silence, qui est un mur, je vous en veux de cela, parfois ; je suis nue dans cette histoire, je suis nue et vous me regardez. Je ne pleure pas, vos yeux font baisser les miens. Je ferme encore les yeux dans le TGV qui traverse la campagne ; il est si tôt, il fait si froid ; ma mère dit : « J'aurais dû mettre deux collants l'un sur l'autre. » Ma sœur dit : « J'ai pris une douche glacée, ma chaudière est tombée en panne » ; moi je me dis : « La Fille à l'héroïne se frottait la peau des bras, de haut en bas, pour se chauffer le sang. » Je pense à mon cousin qui a perdu sa mère. Je pense à ma mère qui perd une deuxième sœur. Je pense que Rennes est une ville maudite ; je pense que je viens aussi d'ici, de la mort. Alger serait du côté de la vie, de ma vie nouvelle, de ma vie inventée, Rennes serait du côté des disparitions. Mon grand-père est là, à la gare, dans son manteau beige. Je ne sais pas s'il pleure, je ne veux pas fixer ses yeux ; je n'ai jamais su ce qu'il y avait à l'intérieur de ses yeux ; la Fille à l'héroïne dit que j'ai un regard de folle et je ne sais pas ce que cela signifie. Ma tante sera enterrée au bord de la mer. Il faut passer prendre ma grand-mère. Elle est là, toute petite, sur le perron de la maison blanche, elle a coupé des fleurs au sécateur pour la tombe de sa fille ; j'ai la voix de ma mère : « C'est ce qu'il y a de pire dans une vie. » La voiture s'en va, moi aussi je m'en vais, j'aimerais m'endormir dans des bras chauds, je perds en réalité, je perds la notion du lieu, de la vitesse, de l'existence, les corps de mes proches sont des ombres que je pourrais traverser, chaque mort renvoie à sa propre mort, avant Zeralda il y a eu cette scène dans l'appartement d'Alger, je suis dans l'entrée, je porte un anorak gris, avec un chapeau en plastique contre la pluie, une courroie passe sous mon menton, je suis en train d'étouffer et je ne dis rien, je n'étouffe pas à cause de la courroie, j'étouffe à cause d'un médicament, je suis en état de choc toxique, et je ne dis rien, je sens mon cœur qui gonfle, je sens mes poumons durcir, et je ne dis rien, je sens mes veines crisser et je ne dis rien, c'est un corps de cristal qui va éclater. Et je ne dis rien. Il est tôt dans le petit matin d'Alger, je vais à la crèche, et j'ai honte d'étouffer. Je n'ai pas les mots, et je crois que c'est ma première détestation. C'est mon père qui voit, vite. Il dit : «je la trouve rouge. Oui. Non. Je la trouve enflée.» Mes yeux se ferment encore. De cette scène, je garde les voix. Ma mère dit : «Vite, on va la perdre», puis c'est le noir qui est aussi le vide, ce vide parfois qui se creuse quand je vous quitte ; je me sens démunie, c'est comme si je vous donnais quelque chose de moi, quelque chose de perdu, d'impossible à retrouver. On ne m'a pas perdue, je me perds, doucement, à l'arrière de la voiture de mon grand-père, c'est toujours cette odeur de cuir et de Chanel Monsieur, le manteau doux de ma grand-mère, et nos silences, serrés ; c'est un hiver noir, c'est l'hiver de cette famille, c'est l'hiver de ces gens que je regarde, de loin, parce que je ne suis plus de leur cercle, je me suis détachée, je me suis enfuie, je n'ai plus de lien, je n'en aurai plus, mes grands-parents sont les grands-parents de mon enfance, ils ne sauront rien de ma vie de femme, ils ne sauront rien de mes livres. Je ne peux que les raconter, je ne sais plus les rencontrer, il faut trouver l'église, après le port, il faut trouver une place, il faut retrouver le reste de la famille, que je ne vois plus qu'aux enterrements, et j'ai honte de cela, d'occuper cette place, qui n'est pas la mienne, je suis triste et j'ai honte de ma tristesse, je ne sais pas si j'ai le droit de l'éprouver, mon cousin me dit : « Ça va aller ma grande » ; il a les mots d'un père et moi j'ai les larmes d'une petite fille et je me déteste pour cela parce qu'il m'arrive aussi de détester les enfants, quand ils courent, en bande dans la rue, quand ils crient dans les jardins, quand ils se battent aux caisses du supermarché, je les déteste parce qu'ils ressemblent à des oiseaux, ils ne sont plus des enfants, ils sont l'enfance, ils sont dans une forme de violence. Il faut trouver sa place à l'église, je n'ai pas le droit de me mettre si près du cercueil, je ne peux, je n'ai pas le droit de regarder les autres, ceux qui pleurent, il fait si froid, il a fait si froid dans mon cœur, il faisait si chaud l'été où ma tante m'invita chez elle, j'ai toujours sa voix, je ne sais pas si elle m'aimait, je me souviens de son hôtel, je me souviens aussi d'un mot, après mon premier livre : « Il y aura toujours une chambre pour toi chez nous», ce que je compris ainsi : «Tu auras toujours un endroit pour écrire.» C'est cela la vérité, elle le savait ma tante, je n'ai pas besoin d'une maison pour vivre, j'ai besoin d'une maison pour écrire, c'est aussi pour cette raison que j'avais demandé à la Chanteuse de passer quelques jours à l'hôtel des Roches-Rouges en Corse, avant d''habiter la maison qu'elle louait pour l'été ; j'avais besoin de cet endroit, pour retrouver la spirale des mots, pour retrouver mon désir, qui n'était pas juste un désir du corps mais aussi un désir de vivre. Ma tante est là, dans son cercueil, et je pense que c'est d'une terrible violence. Elle est posée sur un socle, elle est enfermée, il y a la voix du prêtre, je n'entends pas, je n'entends que les vagues de la mer, je n'entends que le chant des tourterelles, je n'entends que la pluie qui tombe sur la terre, je n'entends que les musiques d'un été joyeux. Là encore, j'ai la conscience du corps, de la nudité ; cela vient avec la mort, cela vient avec la honte aussi, c'est une honte étrange, vous savez, c'est la honte de mourir, c'est animal chez moi. Je n'ai rien dit pour Zeralda. Je n'ai pas pleuré pendant le choc toxique, je souffre d'écrire sur la mort, je ne peux pas écrire sur la sexualité, les deux sujets me semblent tenir sur la même ligne. Je n'ai pas honte de la sexualité, j'ai peut-être honte de la jouissance ; mourir serait de ce cercle-là ? La honte viendrait de là ? Parce que j'ai peut-être, un jour, vraiment voulu mourir, mais je ne le sais pas, je ne le ressens pas en moi, je ne me souviens plus,

c'est en moi, c'est ainsi, j'ai le souvenir de ma violence, je suis le cortège, je ne peux pas prendre
le bras de ma mère effondrée, je n'ai aucun
geste, je n'ai aucune parole, je suis le cortège, je
refuse de penser au corps couché, les mains croisées, les yeux clos; ma cousine dit qu'on ne voit
rien de l'accident sur le visage, rien; un autre
cousin dit : « J'ai veillé le corps, toute la nuit, oui,
je l'ai veillé »; il dit cela comme un jeu, nous suivons en voiture le corbillard, il fait si froid dans
mon corps, il fait si froid dans ma tête, il y a la
mort partout ici, l'Amie dit que la mort a une
odeur et une forme, qu'il y a quelque chose de
lourd, qu'on pourrait matérialiser. La terre du
cimetière est glacée, je suis ma grand-mère, qui
elle-même suit le cercueil de sa fille, elle tient à
la main les fleurs de son jardin, mon cousin
porte le cercueil de sa mère, j'avance, je regarde
la terre, je regarde mes chaussures, j'avance, une
pluie gelée tombe sur nos corps, j'avance et je
reste dans le souvenir de ma tante qui dansait au
mariage de son fils, je ne sais rien de ses derniers
jours, je ne sais rien de ses derniers mois, nous
sommes une famille éclatée et c'est la raison de
ma présence, ici, dans votre cabinet, je répare les
liens; c'est un travail de magicien, je cherche,
dans ce cercle, une ressemblance dans nos visages,
dans nos voix, dans notre allure, je ne trouve pas,
je cherche, sur les photographies de mes grands-
parents algériens, une ressemblance et je crois
trouver, dans les yeux, dans le menton, sur la
peau, mais je ne sais pas vraiment, je suis un par-

fait mélange, je suis quelqu'un qu'on ne peut pas reconnaître dans les traits d'un autre. C'est mon seul côté étranger, puisque je suis française, puisque j'ai la nationalité de cette famille. Mais je n'ai pas leurs yeux, mais je n'ai pas leur peau, on descend le cercueil dans le trou, c'est lent, c'est sourd, c'est le bruit de la mort, puis le bruit de la terre, par poignées, le bruit des fleurs du jardin de ma grand-mère. Il y a des gens ici que je ne connais pas ou que je ne reconnais pas, la famille de Lyon, la famille de La Baule, la famille de Saint-Servan. Mon écriture est un vice. Je suis à l'enterrement de ma tante et je sais que j'ai un livre dans la tête. J'ai honte de cela, j'ai honte de tout écrire, J'y vois une totale absence de morale, une totale absence de respect puis j'y vois un grand amour, écrire serait alors fixer la vie. Avant, dans notre chambre de Rennes, il y avait des papillons sous verre, puis à Alger ma sœur a demandé à mon père de lui en rapporter d'Amérique latine. Il y en avait un bleu, avec une épingle sous la tête, il me semblait vivant, parce que je pensais qu'il absorbait toute la vie, toute notre vie, par le simple fait d'être à sa place, chaque jour, avec ses ailes brillantes et translucides, avec ses antennes collées au papier qui le tenait, il y a de cela dans l'écriture, je dois rendre des comptes, je dois écrire ce que je vois, c'est ma façon d'habiter l'existence, c'est ma façon de fermer ma peau ; pour effacer mes mauvaises pensées, je tiens un carnet ; elles sont numérotées, je pourrais vous les lire, sortir le carnet de mon sac, mais j'ai encore honte, lire ce que j'écris est d'une grande intimité, surtout ici, dans votre cabinet qui pourrait être une chambre ; de mémoire, je peux vous dresser ma liste de phobies, 1. L'œil de ma voisine qui mange son visage ; 2. Me jeter par la fenêtre ; 3. Descendre au fond de moi, comme un objet détaché de ma conscience ; 4. Au cinéma, le rang devant moi, les gens n'ont plus de cheveux ; 5. Mordre au visage ; 6. Partir sans payer ; 7. Ne plus maîtriser mon langage ; 8. Grogner ; 9. Blesser un enfant ; 10. Avoir une image fixe dans la tête : une petite planche de bois, trouée sur l'une de ses extrémités. Je ne sais pas s'il y a un rapport entre chaque phobie, je ne sais pas s'il y a des phobies de l'intérieur, fixées à ma tête, et des phobies de l'extérieur, ce que je sais, c'est qu'elles prennent dans la violence. Je ne sais pas non plus si c'est le fait de ma violence ou de la violence du monde, qui m'étourdit et me transforme. Je suis aussi la peau buvard de ce monde, comme je suis la peau de ma grand-mère qui enterre sa seconde fille et qui dira un jour, à mon père, dans un simple murmure : « Ce sont toujours les meilleurs qui partent. » Dans un enterrement, il faut passer les étapes. La pire est celle du cimetière, peut-être, des corps pliés, du vent, de la pluie glacée, de l'horreur du cercueil, de cette solitude, chacun faisant avec ce qu'il sait ou plutôt avec ce qu'il ne sait pas ; on est toujours surpris, par soi, par les autres ; comme je suis surprise de voir ma mère si perdue, si désaxée d'elle-même, surprise aussi par la force de mon cousin, surprise par cet horrible déjeuner — le rite — qui suit, dans une salle de restaurant réservée juste pour nous, à cette grande famille dont je ne reconnais pas tous les membres ; cela est si violent d'avaler cet alcool brûlant, cela est si violent d'entendre : « Comment vas-tu ? Comme le petit a grandi ! On en a profité pour faire un petit tour de Bretagne ; et les livres, ça marche ? Je t'ai vue à la télévision, et je ne t'ai pas reconnue. C'est arrivé comment, l'accident ? » Cela est si violent de surprendre mon oncle en train de pleurer dans ses mains ; cela est si violent de voir la force de ce cousin tant aimé dire : « Ma mère était si gaie, elle aimait la vie, buvez pour elle » ; je n'arrive pas à boire, je regarde ma grand-mère qui serre contre elle son petit chien, je pourrais la regarder pendant des heures tant son monde m'est fermé ; je ne sais rien d'elle, son regard glisse sans jamais m'envelopper, elle me dira juste, avant de quitter le restaurant : « Tu as changé. Je ne te reconnais plus. » Je pense aux rives du lac de Zurich, je pense à tous ces drogués qui me criaient : « Qui es-tu ? Qui es-tu ? » Ce que je suis tient peut-être dans le cœur de cette famille, je dois encore les regarder, pour me retrouver, pour savoir, pour comprendre, je me dis que mon grand-père, si grand, si musclé, si en guerre, que cet homme qui a tant blessé ma mère — « Tu finiras mal », « Tu l'as épousé pour m'embêter », « Tu n'aurais jamais dû quitter la maison » —, que cet homme a influencé ma vie, ou plutôt l'idée que je m'en fais et aussi ma place dans la vie, l'image que j'ai de moi. Il y aura toujours ce miroir déformant, il y aura toujours cette incertitude aussi, parce que mes grands-parents n'ont jamais levé la main sur moi, je ne sais pas, je cherche, je cherche au fond de ma mémoire cette phrase que je n'ai jamais entendue à mon sujet : «Tu es une jolie petite.» Je suis gênée d'être à cette table-là, gênée de monter dans une voiture pour voir une dernière fois la plage du Pont, la plage de ma jeunesse, avant de partir, gênée, dans le train, de fermer les yeux, de quitter encore cette famille, de ne pas entendre la voix de ma mère mêlée à celle de sa sœur — la dernière —, puis brûlée par les mots de la Fille à l'héroïne *Je n'ai plus peur, j'existe à partir de la peur, je n'ai pas peur, je me déploie dans le mécanisme de la peur, je n'ai pas peur, je suis déjà dans le système de la mort. Je suis sans limites.* Moi aussi je suis sans limites quand je descends du train, quand je cours vers les taxis, sans limites quand je quitte ma mère, sans limites quand je me lave dans la nuit, que je frotte ma peau pour me défaire de la mort, pour me défaire de ma honte, sans limites quand je ne réponds pas à la phrase d'une cousine : «Mon psy m'a dit que je n'écrivais pas à cause de toi. C'est toi qui as pris cette place. Et tu me l'as volée.» Je suis sans limites quand je pense qu'elle a raison, je ne lui donnerai jamais ma place, c'est ma vengeance, que je l'écrase, avec mes livres qui sont comme des cercueils, ils contiennent la vie morte, ils sont faits de souvenirs, je suis sans limites quand j'attends la Fille à l'héroïne sous la pluie, sans limites quand je sais que je ne l'aime pas mais que j'ai besoin de ses mots, de sa voix, de ce langage de mort, sans limites quand je regrette de ne pas avoir une arme pour abattre l'homme qui dit à mon sujet : « Je ne savais pas qu'il y avait des putes dans le Marais » ; je cours sous la pluie, parce que je dois me défaire de la violence, parce que je dois me défaire de moi, parce que je dois briser le cycle — violence-honte de la violence-punition —, je cours dans une ville que je ne reconnais plus, il y a un vertige de la solitude, il y a un vertige du corps qui se regarde de l'intérieur, j'aimerais savoir, vous comprenez, j'aimerais aussi être dans vos bras, la nuit, quand je me sens perdue, est-ce qu'on est une droguée quand on fréquente une droguée ? Est-ce que l'écriture est une arme ? Est-ce qu'on a le droit de souhaiter la mort de quelqu'un ? Est-ce que la mort n'est pas comme une invasion ? Est-ce que je me remettrai de tous ces enterrements ? Est-ce que mon cousin a vraiment voulu que nous levions nos verres au nom de sa mère ? Est-ce qu'il n'a pas voulu nous faire taire enfin ? Est-ce qu'il ne s'est pas dit : « Je veux le silence, je veux le silence pour ma mère, pour le corps de ma mère, je veux le silence de la mort, je ne veux plus du bruit de la vie, je ne veux plus de cet écrasement, je veux le silence pour entendre ma mère qui appelle, je veux le silence de l'enfance, je veux le silence de sa peau que j'embrassais, je veux le silence de mon histoire ; taisez-vous donc. » Je suis sans limites avec Diane de Zurich, quand je l'appelle dans la nuit, quand je la suis dans la rue, quand je prends son train, quand j'attends devant chez elle, quand nous nous disputons un jour, je suis sans limites quand je monte un sentier avec mon grand-père vers un château à l'abandon, c'est le mois d'août, il fait très chaud, nous sommes tous les deux, je marche vite, il marche derrière moi, je ne m'arrête pas, il ne dit rien, il est épuisé, et il monte, il monte, je suis sans limites quand je me dis qu'il pourrait mourir de cela, de ma force, je suis sans limites quand je me dis que je n'ai pas peur de le perdre, ce père dont ma mère a tant peur, je suis sans limites quand je cherche les raisons de cette peur, dans son corps musclé, dans ses veines, dans ses grandes mains, dans sa voix : «Monte mon petit, monte, ne t'arrête jamais»; je suis sans limites quand je lui dis que s'il m'aimait, il pourrait m'offrir les ruines de ce château; je suis sans limites quand je sais que je prends, à cet instant, la place de ma mère, quand je pense qu'il faudrait que je *tue* le père de ma mère pour qu'elle respire enfin, il y a des histoires qui se règlent dans d'autres histoires, comme il y a des romans dans un roman, comme il y a des phobies à partir d'une seule phobie. Je suis sans limites quand je vous parle de M., quand je vous regarde, quand je cherche, quand j'attends votre réponse; M. disait que vous aviez des sentiments pour elle, que vous aviez dû arrêter la thérapie à cause de cela. Je ne sais pas si M. éprouvait quelque chose pour moi. On danse, un jour, rue du Faubourg-

Montmartre, derrière le Palace. C'est la nuit profonde, c'est une danse de tristesse, c'est nous
deux et ce n'est pas nous deux ; il y a de la solitude, à cause des autres, de la musique, de la chaleur, il y a cette solitude dans la nuit ; après, dans
la rue, on rencontre une femme qui a raté son
train pour Nanterre, pour le centre des S.D.F. de
Nanterre, elle doit attendre le premier train,
attendre dans le froid, il neige, nous avons honte
de nous, honte de notre danse, honte de notre
argent, honte de notre alcool, elle monte dans
notre voiture, M. ne vous a pas raconté ? Oui, elle
monte dans notre voiture et nous traversons Paris,
M. conduit doucement, et il y a le froid, la neige,
par bandes blanches sur la route, cette femme
pourrait avoir peur de nous, et elle n'a pas
peur, elle dit : « Vous pourriez être mes filles,
vous savez, comment pourrais-je vous remercier ?
Comment ? » Il fait bon dans la voiture, nous
sommes au cœur de la nuit, là où tout peut arriver, se briser ou éclore, et puis la femme dit :
« J'ai soixante ans et mes os sont glacés », M. me
regarde, et nous disons : « Nous allons vous
aider » ; puis elle dit encore : « Je n'ai personne,
vous savez. » « Nous allons vous prendre une
chambre d'hôtel près de Saint-Lazare. » « Je n'ai
que moi, je n'attends rien de la vie. Je suis malade,
mais je ne suis pas en colère. Je suis malade, mais
je n'ai aucune haine en moi ; ce qui m'effraie,
c'est la nuit, ce dont j'ai peur ce sont les gens du
centre. Je n'ai pas peur de la mort, je peux la
regarder dans les yeux. Vous pourriez être mes

petites. C'est la solitude qui tue, c'est elle qui ronge les sangs, rongée, c'est cela ma vie, elle est rongée. Moi je suis quelqu'un de propre. Je prends ma douche tous les jours au centre ou aux bains publics, vous pourriez toucher, vous pourriez sentir, ma peau, c'est de la soie, je ne suis pas une clocharde, je ne sais pas si j'ai une famille, ou plutôt si je suis membre d'un cercle, d'un clan, tout se brise si vite, je ne me souviens plus, je ne sais pas si j'ai des enfants non plus, je ne sais plus, vous pensez que j'ai perdu la tête, mais ce n'est pas cela, c'est à force de se battre, c'est la rue qui fait cela, elle a rongé aussi ma mémoire, c'est comme un feu à l'intérieur, je suis consumée ; j'ai dû me faire un corps, c'est la seule résistance à la violence, et là mon corps se venge, il est fatigué, je n'ai que moi, je n'ai que ce corps, mes petites, mais regardez, je suis vraiment propre, je n'ai pas peur de frotter, de frotter, de frotter ; cela me donne le cœur heureux. »
Nous prenons une chambre dans un hôtel près de la gare Saint-Lazare ; M. ne vous a pas raconté ? La chambre donne sur la rue. Il y a quelque chose de gênant parce que cette femme pourrait être notre mère et que nous vérifions la literie, la salle de bains, les couvertures dans le petit placard : nous l'installons. Elle dit encore : « Je suis propre, je suis propre. » Je lui tends la main avant de quitter la chambre, je crois qu'elle veut nous embrasser, nous sommes ses petites, ses petites si tendres, je ne veux pas toucher sa peau, M. me regarde, et nous sommes gênées de cela. « Je suis propre, je

suis propre», c'est toujours cette phrase dans la nuit, quand elle relève sa jupe, pour montrer. Je ne veux rien savoir de son corps, je vois quand même ses cuisses, son ventre, mais je ne veux pas regarder, nous quittons la chambre, l'ascenseur ne marche pas, vite la spirale de l'escalier, vite la peur terrible de cette vie, vite la phrase de mon grand-père à ma mère : «Tu finiras mal», puis le jour vient sur la neige et je pense à Diane de Zurich, je pense à son jardin que je regardais par la fenêtre de sa chambre, je pense à la chaleur qui envahissait mon corps puis au dégoût d'avoir dormi contre un corps étranger; à Rennes, je vois ma grand-mère un jour, je vois une partie de son corps que je n'aurais pas dû voir, vous comprenez? Elle est baissée, dans le salon, elle cherche quelque chose, je suis derrière elle, ou plutôt derrière son corps, elle ne sait pas, elle porte des collants transparents sous sa jupe, je regarde, longtemps, la peau, les ombres, la forme, j'ai encore du dégoût, mais ce n'est pas sa peau, c'est moi qui me dégoûte. Ce sont mes yeux qui ne vont pas, c'est d'eux que j'ai honte. Avant, mon père pleurait sur la terrasse de sa maison, parce qu'il se sentait différent à cause de son œil. Avant mon père me disait : «Je ne vois que la moitié des choses, il me manque une dimension, je n'ai aucune notion de géométrie dans l'espace parce que je ne peux pas me représenter l'espace, si j'avais eu mes deux yeux, j'aurais conquis le monde.» Sur les photographies d'Alger, mon père porte des petites lunettes noires, il a cet air

étrange quand je lui dis un jour : « J'ai tes yeux. »
J'écris aussi pour cela, pour restituer l'espace à
mon père, pour lui rapporter ce qu'il n'a pas vu.
C'est l'anniversaire de ma sœur, nous sommes
dans l'appartement de la rue X, il y a cette odeur
de l'été, fin août, il y a la chaleur de Paris qui
monte comme un feu, il y a ces voix, ce sont les
voix de ma famille, elles forment des couches qui
se superposent, comme s'il y avait le souvenir de
la première voix, sa trace, qui restait en suspens,
c'est un brouillard de voix, puis c'est une forêt de
voix, et il faut trouver son chemin, il faut trouver
les bons mots, pour se faire entendre, ce n'est plus
la force de la voix qui compte, c'est le contenu,
c'est ce qu'elle porte, ou plutôt ce qu'elle transmet, puisque mes mots sont comme une maladie
quand je dis : « Vous ne pouvez pas comprendre. »
Quand je dis : « Je resterai toujours différente de
vous. » Quand je dis : « Je me sens isolée. » Je ne
sais pas si mon père s'attendait à avoir une fille
comme moi, je ne sais pas non plus s'il s'attend à
entendre ma voix qui dit : « C'est le parfum de
Diane. » Oui, c'est le parfum de Diane. Il est sur
la peau de ma sœur. Je le sens, il est là, dans l'appartement de la rue X, et le visage de Diane
mange tout l'espace, elle est là, avec sa voix à elle,
avec son accent mi-anglais, mi-brésilien, puis la
voix de ma sœur : « Elle existe encore celle-là ? »
Comment fait-on pour tuer un grand amour ? Il
faut y mettre de la honte. J'ai tant honte de cela,
je n'ai pas honte de moi, j'ai honte d'avoir obéi
à cet ordre : « Tu ne dois plus la revoir. » Vous

savez, quand je dis : «Vous ne vous rendez compte
de rien», mon père quitte la table et dit : «Vous
avez des problèmes dans cette famille»; comme
s'il ne venait pas de nous, comme s'il était l'invité, de cette table, de cet anniversaire; l'Amie
dit : «C'est difficile, vous savez. C'est tout», puis
le brouillard de voix reprend : «J'ai acheté une
robe hier. — Les orchidées ont une durée de
vie de trente ans. — Je vais aller voir mes parents.
— Je veux du vin. — Le gâteau vient de chez
Picard. — Et si on regardait les albums photos?
— C'est quoi ta bague? — Pourquoi as-tu changé
de parfum? — Il fait si chaud qu'on est bien juste
au cinéma. — L'eau minérale n'est pas si bonne
pour les bébés. — Je ne téléphone plus à mon
père. Nous nous écrivons. — Ils ne sont pas à
Saint-Malo cette année? — Pas depuis son accident. — Il y a quelque chose dans l'air. On étouffe.
— Tu as toujours le même sourire. — C'est vrai
qu'il était mignon ce petit chat. — Il reste du
champagne au frais. — J'ai envie de mer, de plage.
— Le Rocher Plat est un lieu unique. — On
passe au salon? — On est bien ici, en famille.
— Je vous considère comme ma fille. — Tu ne
trouves pas que j'ai rajeuni? — Il y a encore du
monde sur les quais. — Moi j'adore le mois d'août
à Paris. — Je ne décroche plus le téléphone, je
laisse le répondeur. — Je ne veux pas lui parler.
— Et ta mère? — Il faut aller la voir, c'est important. — J'ai peur d'eux. — Tu n'es pas une enfant.
— Ne me parle pas comme ça. — Tu nous prends
pour des idiots ou quoi? — Tu te souviens du

tableau des petits Chinois dans ma chambre ? — Et madame A. ? — Elle vit toujours rue de Cirta, je crois. — Et si tu prenais des photos de l'appartement d'Alger ? — Tu sais que j'ai du mal avec mon œil. — Le temps passe si vite le dimanche. » Il faudrait faire un livre de voix, il faudrait que les mots s'enroulent aux corps, parce que les voix sont des entités, elles sont vivantes, elles viennent de si loin. À Alger, on dit que je crie toujours, que je ne sais pas parler, parce que déjà il faut traverser le brouillard de voix, le rompre, les voix portent aussi l'amour, et je pense qu'il y a trop d'amour dans cette famille, trop de mains qui agrippent, trop de sentiments qui cachent la chose : la peur. C'est pour oublier la peur que nous fixons nos voix, ma sœur et moi, sur des bandes magnétiques, chaque soir, enfermées dans sa chambre. Et c'est contre la peur que la Chanteuse monte sur scène pendant un an, jour après jour, toujours différente, au-delà d'elle, dit-elle, au-delà de nous, c'est contre la peur qu'elle danse, qu'elle chante, c'est contre la peur qu'elle se fait aimer par la foule qui ondule, c'est contre la peur que je reste avec elle, c'est contre la peur que je n'écris plus, les livres sont aussi des secrets révélés, je ne veux plus rien savoir de moi, je veux plus de cette écriture de la vie, je me sens vraiment en vie sur la plage rouge de Tarifa, après Séville, je cours et la mer est un mur d'eau, le bruit est l'enfer des vagues qui se brisent et l'horizon est fait des montagnes du Maroc, au loin, la Chanteuse m'attend, assise sur le rebord du balcon de notre hôtel, seule, si seule, je sais qu'elle écrit dans mon dos, je sais qu'elle est triste quand elle dit : « Je ne sais plus aimer. » Moi je sais qu'elle sait et je sais aussi que je sais, mais nous nous sommes trompées d'amour, nous nous sommes enfermées dans une image ; il y a tant d'amours, il y a tant de liens, il y a tant de beauté sur les chemins de Praslin, il y a cette plage déserte, qui brille à cause du sel, à cause du sable, à cause de la chaleur, il y a ces arbres sous lesquels l'Amie se protège du soleil, il y a nos corps sous l'eau, il y a cette vie qui coule comme la sève, il est là l'amour parce qu'il est définitif : chacune est le sauveur de l'autre. Je sais que je pourrais donner mon corps pour sauver l'Amie, et je sais mon effroi quand l'Amie manque se noyer, il y a cette punition ensuite, au fond de moi. Vous me demandez de vous définir mes rapports avec l'Amie. C'est toujours ce mot qui revient, *amour*. Il s'agit d'un amour simple, d'un fil d'amour, qui tourne, tourne, tourne autour de nous, ce fil n'existe pas avec la Chanteuse, ma peau s'échappe si vite d'elle que je ne suis jamais entrée à l'intérieur de son esprit. Je l'attends encore dans notre chambre de La Baule, je regarde par la fenêtre et je pense à ma grand-mère qui longeait la plage, le soir, avec son chien, avant de dormir, j'avais honte de moi parce qu'elle était seule et que j'avais la force de notre jeunesse, c'est ce que je ne supporte plus, avec mes parents, j'ai encore la honte de mon âge, et j'aimerais m'ouvrir le cœur, pour donner encore de la force, encore de l'amour, encore de la frivolité, je ne suis plus jeune mais je suis au cœur de la vie, au cœur du plaisir — le plaisir étant la seule réponse à la chose qui est encore en moi. La chose vient avant la nuit, pendant le *chien-loup*; la chose, qui est la peur mais aussi l'angoisse, prend le corps entier puis le rompt, je me serre alors dans mes bras, parce que aucun bras ne suffit, aucune voix n'apaise, c'est le passage du jour vers la nuit qui fait cela, c'est cette transformation, quand la terre monte vers le ciel, quand le ciel descend vers la terre, quand tout se mélange, quand je perds ma place, quand je ne sais plus où mettre mon corps. La violence passe par le corps, c'est ce que je sais, c'est ce que je ressens, c'est ce que le vois une nuit, avec la Fille à l'héroïne, à Vitry, pendant une démonstration de rap, il y a cette spirale avec la musique, cette spirale du corps qui va du ventre aux yeux et fait venir les larmes. Le rap me fait pleurer, parce qu'il tient sur la voix, sur les mots. «C'est un *plan*, dit la Fille. Viens avec moi, tu n'as jamais vu cela de ta vie»; nous partons ensemble, dans sa voiture qu'elle conduit vite, nous sortons de Paris, il y a son téléphone qui sonne, souvent, nous recevons les indications au fur et à mesure de la route, au fur et à mesure de ma fuite, je ne sais pas où je vais et je crois que j'aime cette impression, d'être perdue et de me perdre avec cette fille que je pourrais détester mais qui m'attache parce qu'elle est à l'exact opposé de moi : elle n'a pas peur. Je crois aussi que j'aime son langage, sa manière de me définir *Tu es une grande parano. Tu flippes pour un rien. Tu es dérangée de la tête. Moi je suis une renarde. Je suis en montée. Je suis en descente.* Je ne savais pas ces mots avant, je n'y avais pas accès, il y a un langage de la drogue. Les garçons de Vitry nous montrent le chemin de la scène cachée. Nous descendons dans un parking très large, très grand, sans voitures, nous prenons la rampe en béton, nous descendons au deuxième sous-sol, je n'ai pas peur, je devrais, mais non, je suis là pour voir, je suis là pour entendre, et j'entends des garçons qui parlent entre eux, certains en français, d'autres en arabe, je ne comprends pas tout et je m'en veux de cela, je suis presque totalement française, à cause de ma langue maternelle, et pourtant il y a ici quelque chose qui se fait, entre nous tous, à cause de la nuit, à cause du lieu, à cause du mélange aussi, des gens de banlieue, des gens de Paris, il y a quelques filles, elles portent les tenues des garçons, ce sont des danseuses je crois, la foule arrive, lentement ; il y a des câbles, des lumières, il y a un groupe électrogène, il y a une estrade, avec quatre platines — je pense à l'Olympia, je pense à la chaleur de la salle, je pense à la Chanteuse sur scène qui ressemblait à une statue, je pense à cet amour-là, d'une foule pour un seul sujet, je pense à cette fièvre, je pense à ces voix mêlées qui n'appellent qu'une seule voix, je pense au caractère religieux de la musique quand elle fait monter les larmes de ceux qui ne pleurent jamais, je pense aux mots de la Chanteuse : «Je veux qu'on m'aime, c'est tout. Enfant, je dansais dans la rue pour qu'on me regarde.» Je pense que les chanteurs sont fous d'eux, je pense que les écrivains ne s'aiment pas. Mes larmes à l'Olympia viennent de tout cet amour que je ne peux quantifier. Les lecteurs sont des hommes et des femmes sans mains et sans visage. Les voix qui appellent la Chanteuse ont autant de précision que la voix de ma mère qui nous appelle, ma sœur et moi, du balcon de la Résidence, quand nous nous cachons au fond du parc, ivres d'odeurs : les glycines, les mimosas, les orangers ; il faut de la patience pour attendre ses deux petites filles, pour ne pas avoir peur, puisque nous disparaissons souvent dans la forêt d'eucalyptus, étourdies par les montées de sève et de poussière ; il faut les yeux d'une mère pour reconnaître nos deux corps cachés dans les arbres, animales, libres de tout. Ces voix me percent le cœur chaque fois et pourtant je n'aurais jamais voulu monter sur scène, je n'aurais jamais voulu subir le feu de ces yeux avides, la force de ces mains tendues, le désespoir de ces visages qui supplient. Ici, à Vitry, il y a aussi ces voix, mais elles s'appellent entre elles, puis elles montent dans mon corps, parmi elles, des platines, je reconnais celle de Tupak, cette voix me permet de sortir de mon corps, de sentir ma guerre, cette voix me permet de réduire la chose, ma peur, cette voix me donne de la force, la force de vivre ; je la reconnais aussi à l'intérieur de moi, parce qu'elle scande ; il y a une forme poétique et une forme désespérée, puisqu'il y est question de mort. Un cercle se forme, j'ai perdu la Fille à l'héroïne, je me sens libre d'elle, libre de sa folie, je me sens en famille, je n'ai pas peur, parce qu'il se propage une chaleur étrange qui pourrait être la chaleur du désir, il y a une transmission de ce désir, comme si les chants étaient des chants amoureux, comme si la démonstration était une démonstration amoureuse. Je ferme les yeux, je forme un corps composé des autres, j'appartiens au monde, à ce monde secret, je suis en guerre, moi aussi, mais cette guerre n'est plus à l'intérieur de moi, elle est à l'extérieur du parking, dans la ville, dans sa nuit, il y a ce mot, terrible, que j'entends, *étrangers*; je ne sais pas si je l'entends dans les chansons, je ne sais pas si je l'entends dans ma tête, je ne sais pas s'il vient à cause de moi, de mes visions, je ne sais pas si c'est à cause de mon corps, qui se sent *nouveau*, dans sa chair. Vous dites que j'ai fait de mes fragilités une force, je prends cela comme un compliment, je pense à cet instant *dépasser* M. J'ai toujours été une étrangère, vous savez, il est difficile, pour moi, de me définir, mon corps transparent est traversé par le monde, par les gens que je fréquente, cela vient dans la chambre d'Alger avec la chose qui est la peur de la mort et aussi la peur de la vie ; dans la vie, j'entends le verbe avancer, et donc se construire, il est difficile de bâtir sur du sable, il est difficile d'abandonner ma mère. Je me sens coupable, coupable, coupable, cela descend en moi comme une pierre dans l'eau, je suis coupable chez madame B. quand je prends la douceur de la vie, je suis coupable avec la Chanteuse quand j'ai du désir pour un autre corps, je suis coupable dans mes livres quand j'écris sur Diane, je suis coupable à Praslin quand je me sens si libre, si *perméable* à la beauté. Je suis une étrangère quand j'arrive à Paris, le cinq octobre mille neuf cent quatre-vingt-un, je ne suis pas une étrangère comme les autres, je suis française, mais je me sens étrangère aux formes qu'on me propose, l'appartement, le collège, les gens, la chambre que je partage avec ma mère, il y a la disparition en moi de l'Algérie. Plus de traces, plus rien, je m'efface de l'intérieur, je suis mon propre parasite, il y a la négation totale en moi de l'Algérie : la renonciation à mon père, à ce qu'il est, à ce qui le précède, c'est d'une grande violence, c'est d'une grande injustice aussi. Cette violence pourrait être celle des gens du parking, celle de la Fille à l'héroïne, c'est la violence de gens qui ne s'appartiennent plus, qui décrochent du monde, moi j'ai les fondations, je me perds à l'intérieur de moi, mais je garde les yeux ouverts, j'ai si peur de la déchéance, cette peur vient de ma mère, à cause de la sévérité de son enfance : « Tu finiras mal » ; à force, par fusion, je prends cette phrase à mon compte, je fais disparaître l'Algérie de moi, c'est facile, cela arrive vite, une phrase de ma mère : « Tu ne rentres pas à Alger », et tout s'organise pour que je devienne une autre. C'est *vivre toutes les deux* qui ne va pas chez moi ; c'est ce couple encore, moi et ma mère, moi et le corps de ma mère, c'est cette union qui me fait peur là, c'est encore le corps qui enveloppe, étouffe, j'ai trop de chair autour de moi, ma maison est ce mur de chair, tout l'amour de ma mère pour moi, toutes ses mains, toutes ses épaules pour me tenir, pour me soutenir alors que j'aimerais tant tomber, me laisser tomber, j'aimerais tant fuir l'adoration, j'ai quatorze ans, j'ai l'âge amoureux. Je laisse ma chambre d'Alger, je laisse mes livres, je laisse mes vêtements, je laisse les sables et la mer, je laisse le vent et les fleurs, je laisse l'odeur de mon odeur, je laisse les yeux de mes yeux, je laisse les lèvres de mes lèvres, je laisse ma première vie, après la lettre de mon père « Tu dois être courageuse. La maladie de ta maman s'aggravant, vous ne pouvez plus rester. Je fais tout mon possible pour vous rejoindre au plus vite. Tu sais que je compte sur toi, et je sais que je peux te faire confiance. Ton Papa qui t'aime. » Je m'achète de nouveaux vêtements, je change de coiffure, je perds mon accent, je change, vite, ou plutôt je me tue, vite, j'apprends, je m'intègre, et je me désapprends, je perds ma lumière, je perds l'odeur des champs de marguerites sauvages, je perds la chaleur du corps, j'apprends à vivre au 118 rue Saint-Charles — deuxième étage droite d'un petit immeuble moderne à balcon-croisillons —, je dors près de ma mère, il y a des lits jumeaux, séparés, comme avant à la montagne, comme avant à Alger, dans la nuit, dans le vent de la forêt d'eucalyptus, pire qu'avant, j'ai quatorze ans, j'ai conscience de mon corps, j'ai conscience du corps de ma mère, j'ai l'image des nudités, des chairs puis des sangs, il y a quelque chose d'étranger à la vie chez moi, quelque chose qui ne fonctionne pas, la peur mange tout, j'ai peur de moi : j'ai peur de ma violence qui reste sous ma peau fine et grenée de taches de soleil, il y a de l'obscénité dans cette mécanique d'images, c'est pour cette raison que je pense que mes mots sont parfois comme une maladie, comme si chacun d'entre eux cachait ceux que je ne peux pas dire, comme s'il y avait toujours ce mauvais rêve que je n'arrive pas à décrire. Ma peur est la peur du lien avec ma mère, ma peur est la peur de cet amour, ma peur est la peur de ma mère qui ne sait pas séparer son corps de mon corps, quand elle dit : «Tu étais si tendre avant. Tu m'embrassais pour un rien.» Je lui tiens la main quand nous marchons, toutes les deux, rue Saint-Charles vers mon collège : «Je ne sais pas comment nous avons atterri là, mais on va s'en sortir», et là je sais qu'elle pense que nous sommes sauvées de l'Algérie, mais sauvées de quoi? J'étais bien là-bas, j'étais moi, j'étais entre mes mains, dans mon visage, près de mon corps, avec ma voix, j'étais au cœur d'une vie, ce n'était pas la vie, ce n'était pas la meilleure des vies, c'était la promesse d'une vie, d'une autre vie, c'est ce que je pense la nuit, au 118, quand je n'arrive pas à dormir, que j'écoute sous mes draps la radio, que je sens ma mère, si près, et que je suis gênée d'être si près du corps parce que je ne suis plus une enfant, puis j'écoute mon walkman, fort, très fort, parce qu'il faut aussi taire ce bruit en moi, dans la chambre, qui va de ma tête contre la fenêtre, qui va de mon corps contre le corps de ma mère, ce bruit de la nuit qui enveloppe, le bruit des peaux, le bruit des images, le bruit de la peur toujours, qui grandit, si vite, c'est elle que je frappe tous les jours avec ma raquette de tennis en faisant des balles sur le parvis des tours du front de Seine, je me vide, de tout, je détruis toutes les images de mon enfance, la plage, les sentiers de Chréa, le bateau pneumatique, les criques de Tipaza, les préaux de l'immeuble, ma chambre, l'ascenseur, les escaliers, je pense à mon père qui est encore là-bas, je brûle sa maison, je me brûle quand je me présente au collège Guillaume-Apollinaire, au professeur de français, madame G., je sais, à cet instant précis, dans nos yeux, que je vais tout faire pour la séduire : je vais écrire, je vais écrire pour le corps de madame G., je débute une nouvelle vie : ma vie française ; je m'attache à son corps pour me défaire du corps de ma mère, vous savez, j'ai parfois le sentiment étrange de perdre la tête, d'avoir une fissure au cerveau, c'est à cause de l'attaque de ma grand-mère, c'est à cause de son état, puisqu'elle reste au sommet de ma maison, de mon histoire féminine, de mon influence, je descends des femmes et je suis à côté des hommes, les hommes de ma vie sont des hommes en déplacement — loin de moi, ou de ce que je me représente être moi : mon corps-invasion ; mon père est en voyage, mon grand-père algérien est dans ma mémoire, mon grand-père français est dans le silence. Je crois que je n'aurais pas pu voir un homme, vous savez ; je n'aurais pas pu lui donner ce que je vous donne ; je crois que j'aurais joué un rôle, comme M. jouait avec vous ; elle disait : « Je veux la faire craquer. » Au 118, j'ai peur d'oublier mon père, à cause du milieu qui m'entoure, tout me semble étranger à lui. Il ne sait rien du collège, il ne sait rien de la rampe en béton qui longe la piscine Keller, il ne sait rien du deux pièces-cuisine avec ascenseur, il ne sait rien de mes yeux sur le corps de madame G., il ne sait rien des tours du front de Seine, des escalators du centre Beaugrenelle, du couloir vitré qui mène au Monoprix, de cette odeur, chaque fois, qui me surprend : l'odeur de la France, l'odeur du chocolat, du parfum, de la charcuterie, l'odeur de la richesse ou plutôt de l'idée que j'ai de la richesse, il ne sait rien de ma peur et de mon émerveillement, il ne sait rien du bruit que font mes balles contre le mur du parvis, il ne sait rien de la chaleur et de l'inconfort de cette place qu'il me demande d'occuper : « Prends soin de toi » ; cela, je ne sais pas faire, ou plutôt, je le fais de l'extérieur, mon corps, mes vêtements, mais je ne sais pas si je sais prendre soin de ma tête, je ne sais pas, il y a une limite que je vois, que je pourrais franchir, et je ne pense pas que tous les corps qui m'entourent soient si proches de cette limite, ils ont encore du champ, pour moi, cela est très clair, soit je bascule, soit je reste. Je vais rester, mais chaque

fois je résiste, chaque fois je me reprends, quand
je cours sous la pluie au Trocadéro, quand je
reste dans le métro jusqu'à son terminus, quand
je ne vais pas en cours, quand je mens sur mon
âge pour entrer au Grenel's, quand je reste, des
heures, derrière la baie de la piscine Keller à
regarder les nageurs qui s'entraînent, quand je
cherche ce que je pourrais être, ou ce que
je pourrais devenir, à Paris, écrasée par la masse
des tours métalliques que je regarde comme s'il y
avait un secret à découvrir. Ce secret viendra
dans la voix de l'Amie : « Mon père était architecte. Il a construit une des tours du front de
Seine. Cela me rassure, quand je rentre en voiture le soir, quand je longe les quais, quand les
lumières viennent de cette tour blanche et grise,
si près de l'eau, si près de moi ; tu la reconnaîtras,
c'est la plus petite, en escalier, mon père n'aimait
pas les tours hautes. » Déjà, l'Amie, par les mains
de son père, est là ; déjà, j'ai l'intuition d'une
autre vie ou d'une double vie, puisque je suis le
reflet de l'Amie et que l'Amie est mon reflet,
puisque nous nous amusons de cela, de notre lien-
miroir, sur notre répondeur : « Bonjour, vous êtes
bien chez Igor et Grichka Bogdanov, merci de
laisser votre message après le signal sonore. » Ce
reflet, je ne l'ai pas ici, ou je m'étouffe de mon
propre reflet, dans les vitrines du centre Beaugrenelle, sur l'eau de la piscine Keller, qui ne
sera jamais la piscine de Zeralda. J'ai oublié cela
aussi, ou je l'ai immergé au fond de ma mémoire,
avec les visages de mon lycée d'Alger — Yasmine,

Leyla, Maliha, Farid —, avec leurs lettres. Lettre
numéro 1 : Nous t'avons attendue jusqu'au mois
d'octobre. Madame H. nous a dit que tu avais dû
quitter le pays. Nous postons ce mot à l'adresse
de ton père. Au nom de la classe de troisième
cinq, nous t'adressons toute notre affection.
Lettre numéro 2 : Sans nouvelles de toi, Leyla
me dit que tu nous as sûrement oubliés. C'est
comment la vie à Paris ? Tu me manques. Lettre
numéro 3 : Figure-toi que nous avons encore en
éducation physique monsieur Mathieu dont tu
étais amoureuse. Il a parlé de toi pendant le
cours de gym au sol. Il a dit que tu pouvais longtemps tenir sur la tête. Est-ce que ton père fait
suivre ton courrier ? Lettre numéro 4 : Peut-être
que tu ne nous aimes plus ; après tout, la France
est ton pays et tu as dû te faire très vite de
nouveaux amis. On t'embrasse très fort. Lettre
numéro 5 : Cette année, je suis interne à Descartes. Je crois que tu aurais adoré dormir dans
ce lycée qui sent bon les fleurs et les feuilles de
bananier, surtout qu'on ne dort pas beaucoup,
il y a un tunnel entre notre internat et celui
des filles, on se rencontre à mi-chemin, avec une
bougie, des sodas, de la bière un jour. C'est la
fête et ce n'est pas la fête, parce que tu n'es pas
là. Lettre numéro 6 : J'ai rêvé de toi, j'ai rêvé que
tu revenais, que tu vivais à nouveau à la Résidence. J'ai rêvé aussi de ta mère. Tu te souviens que les élèves l'appelaient madame Bovary ?
Remarque, cela lui allait bien puisqu'elle s'oc-
cupait des livres du lycée. Elle nous manque

aussi. On l'aimait beaucoup ta maman. Lettre numéro 7 : Je ne comprends pas. Tu ne m'as jamais dit que tu allais quitter Alger. Ta dernière carte postale date de cet été, quand tu passais tes vacances en Bretagne chez tes grands-parents. Tout va bien au moins ? Lettre numéro 8 : Chère mademoiselle, veuillez trouver ci-joint un exemplaire de votre dossier scolaire à remettre à votre nouvel établissement. Cordialement, pour l'intendant, monsieur Pierre. Lettre numéro 9 : Tes amis écrivent à la maison, j'ai tout regroupé dans une grande enveloppe kraft qui, je l'espère, te parviendra ; voici la version du texte en arabe que tu m'avais demandée. Forme bien tes lettres et n'oublie pas de mettre les accents, tu sais qu'un mot peut changer de sens à cause de la prononciation. Ton papa qui t'aime. Lettre numéro 10 : On a les photos de notre week-end à la mer, dans la maison des instituteurs. Farid veut garder les tiennes. Il dit que cela te fera revenir ou répondre. Tout va bien ? Tu es très jolie, à la plage ! Lettre numéro 11 : J'ai tes photos, je les garde chez moi. Je suis un garçon romantique ! Tu sais, Je ne t'ai pas menti, j'ai eu envie de t'embrasser pendant le week-end à la mer. Tu te souviens de cette chaleur, la nuit, puis le matin, sur nos corps allongés sur le sable ? Nous n'arrivions plus à bouger, on disait que l'eau s'évaporait de la mer, et que bientôt on ne ferait plus la différence entre les vagues et les nuages, j'aimerais tant revivre ces deux jours, je les repasse dans ma tête, comme un film. J'aime beaucoup les autres filles de notre bande, mais toi tu as quelque chose de différent que je n'arrive pas à définir. J'ai envie de te revoir. Vraiment. Il faut qu'on poursuive notre conversation tu sais, quand tu m'as dit : « Je suis amoureuse de quelqu'un, mais je ne peux pas dire son prénom. » C'était qui ? Moi ? Un autre garçon ? De toutes les façons, tu as toujours fait ta mystérieuse, c'est ta grande spécialité. Et là tu continues, avec ce silence. Sache que je reste ton ami. Reviendras-tu pour les fêtes ? Lettre numéro 12 : On dit qu'il est difficile de quitter Descartes, que c'est un arrachement. Tu vis peut-être cela, je ne sais pas. Nous avions encore tant à partager. Les choses ont changé depuis cet été. Les filles ne sont plus tout à fait les filles d'avant, et les garçons ne sont plus tout à fait les garçons d'avant. Toi aussi j'aurais voulu te voir changer. Lettre numéro 13 : J'ai croisé ton père en voiture, il m'a fait signe de la main, il semblait bien, dans son sourire j'ai cru comprendre que toi aussi tu allais bien. Tant mieux. Ceci est mon dernier mot. Je me dis que le monde est petit, et que l'on finira bien par se revoir. Me reconnaîtras-tu ? Lettre numéro 14 : J'ai attendu avant d'écrire, je me disais, ce n'est pas possible, elle va revenir, et puis les jours ont passé, admettre que tu ne reviendrais pas fut difficile pour moi, et tu sais pourquoi. Nous avions commencé quelque chose, n'est-ce pas ? Une chose que les autres ne peuvent pas comprendre. Ce sont encore des enfants. Je t'aimais et je t'aime encore parce que tu disais que tu n'avais jamais été une enfant, que tu avais

104

traversé ton enfance mais que tu ne l'avais pas habitée. Tes yeux ont toujours vu, toujours compris. On se ressemblait toutes les deux. Je me souviendrai toujours du marathon du lycée. Tu savais que je faisais de l'athlétisme au stade de Cherraga, que je m'entraînais tous les jeudis après-midi, tu savais que ce n'était rien, pour moi, cette course, que j'allais forcément gagner, et tu étais fière de cela, pas du tout jalouse, en plus, tu disais : «Tes jambes sont plus grandes que les miennes», ce qui, entre parenthèses, n'a rien à voir, mais bon, passons. Ce qui m'a vraiment touchée, c'est que tu es partie aussi vite que moi, à grandes foulées, et tu as tenu ce rythme pendant une demi-heure, c'était de la folie, je te disais de ralentir et toi tu continuais à monter, à descendre, les chemins de notre beau lycée, et c'est tout toi, tu voulais profiter du moment, de la douceur de l'air, de nous deux détachées des autres qu'on avait laissés loin, puis tu t'es arrêtée, tu avais un goût de sang dans la bouche, j'ai cru que tu allais mourir et puis tu m'as fait rire quand tu as dit : «Mon cœur est sorti de sa cage.» Je ne t'en voudrai jamais de ton silence, je te connais bien, je sais que tu as parfois des idées assez radicales mais ce n'est pas de la méchanceté, tu te protèges, parce que tu as en effet le cœur hors de sa cage, dans tes jolis yeux, tu es tout de suite dans l'amour, tu ne sais pas te cacher de cela et tu ne sais pas en jouer non plus ; cet amour est un don chez toi et tu me l'as appris et tu me l'as montré, je ne perdrai jamais ce cadeau, jamais.

Porte-toi bien, peut-être à bientôt, peut-être à jamais, je sais que tu penseras toujours à moi parce que moi je penserai toujours à toi. Tu disais : « Il est impossible de tomber amoureux de quelqu'un d'indifférent, l'amour vient toujours avec l'amour ou avec un début d'amour. » Alors pour notre début, j'embrasse tes mains. Je n'ai jamais répondu ; sous mes livres, il y a la lettre que j'aurais dû écrire : « Mes chers amis, je dois devenir une autre pour m'en sortir, je dois vous oublier pour vivre, je dois me renier pour réapparaître, je dois garder le silence pour gagner le bruit de la vie, je ne peux pas vous écrire pour vous dire que j'ai parfois envie de mourir, que je suis parfois si heureuse, je suis un arbre qu'on a retiré trop tôt de sa terre, j'avais des promesses algériennes, j'avais des ramifications, des désirs, des intimités, en petit cercle, en petit secret, j'avais mes racines à moi, j'avais creusé, depuis l'enfance, sous mes fondations d'autres galeries qui menaient vers d'autres fondations ; je dois tout refaire, je dois creuser à nouveau, je ne sais rien de ma nouvelle terre, on dit qu'elle est à moi, on dit que je suis née là, on dit que c'est un retour aux sources, je ne la reconnais pas mais c'est vrai, je dois l'admettre, je m'y sens bien, peut-être encore plus à l'aise qu'à Alger, parce qu'elle est plus neutre, je dois vous oublier pour me *refaire*, comme au jeu ; je dois à nouveau gagner la confiance des gens, l'amour un jour de quelqu'un, je dois rester dans le silence pour ne pas pleurer, pour ne pas vous pleurer, vous me manquez tant, et quand je dis cela, je pense que moi aussi je me manque, avec vous, c'est cette relation qui a fui de moi, il ne faudra pas m'en vouloir, il ne faudra pas me détester, je vous garde contre moi comme je garde cette peau, cette empreinte algérienne, cette lumière bleue, à l'aube, quand le soleil se lève sur le noir de la nuit et se confond à ce vide immense, moi aussi je me confonds au vide, mais je dois avancer, je dois exister, je dois oublier celle qui courait dans le parc de la Résidence, celle qui dormait avec vous dans la maison des instituteurs, celle qui embrassait, celle qui promettait; les seules promesses que je dois tenir aujourd'hui sont celles que je me fais à moi-même : je me promets d'être et cela est déjà suffisant. Je viens de vos corps, de vos voix, de vos visages, je suis faite de votre amour pour moi et de mon amour pour vous; j'aurais tant voulu vous dire adieu. J'aurais tant voulu avoir les mots, avoir les larmes. J'aurais tant voulu préparer mon avenir à vos côtés, je ne sais pas ce que signifie *devenir*, mais je crois que j'aurais pu *devenir* avec vous, j'aurais pu prendre une parcelle de chacun, j'aurais pu mélanger nos rapports, de force, de fragilité, j'aurais pu allier nos intelligences et nos défauts, j'aurais pu faire de notre milieu mon milieu, mon équilibre pour vivre; je m'en vais et je ne marche plus très droit, je m'en vais et je vous quitte, je savais vivre en Algérie, ou du moins je savais où me placer et aussi comment me déplacer; je sais que la vie est un mouvement qu'il faut suivre, qu'il faut admettre aussi, là, mon mouvement est celui de la rue Saint-Charles, du collège Apollinaire, de la piscine Keller, du centre Beaugrenelle, des tours du front de Seine, mon mouvement est aussi celui de mon corps, pris par cet espace, je suis en train de *devenir* sur vos cendres, je suis en train de *devenir* sur une disparition, sur ma disparition, je sais que j'ai deux histoires, il y a avant et après, je sais que je ne suis pas comme les pieds-noirs, mais j'ai ce serrement de cœur lorsque je regarde les images des bateaux quittant la baie d'Alger pour Marseille, Nice, Bandol, moi aussi j'aurais voulu agiter mon mouchoir, moi aussi j'aurais voulu voir la côte s'éloigner puis devenir un petit point posé sur l'eau, une ombre, là, on doit se rendre compte de la perte de son histoire, il y a une violence à cela, mais il y a une vérité, c'est visible, quitter et se voir quitter c'est aussi avoir une réponse à ses questions, moi je n'ai pas eu le temps de demander, de négocier, je sais que c'est pour mon bien, je sais qu'il fallait partir pour ma mère, je sais aussi que j'ai souvent eu l'idée de quitter Alger, mais je ne voulais pas le faire ainsi. Nous aurions pu faire une dernière photographie, nous aurions pu organiser une dernière fête, nous aurions pu nous embrasser une dernière fois. Je suis en train de naître de moi-même alors qu'il aurait été plus doux, plus simple, de naître, aussi, un peu, de vous. » Du 118, je garde ce sentiment d'être sans cesse une étrangère, ce sentiment se retourne aussi contre moi, je me sens étrangère à l'intérieur de moi-même, quand je frappe mes balles contre le mur du parvis, quand j'écris pour madame G., quand je dors près de ma mère ; il y a quelque chose que je ne reconnais pas, une sorte de fuite de moi-même, happée par l'autre, happée par le monde, happée par votre voix quand vous dites un jour : «Je ne serai pas là mardi prochain», et c'est ce sentiment qui revient, à Miami, avec la Chanteuse, dès la sortie de l'avion, dès la descente de la passerelle, dès l'odeur de chaud sur moi, dès l'humidité, dès les visages des policiers, des douaniers, des hôtesses, et je ne sais pas si ce sentiment vient de moi, de cette spirale autour de mon corps, de cette faculté à tout absorber ou si le corps de la Chanteuse, comme l'étaient les corps des gens de Saint-Charles, est à l'origine de ce sentiment, comme s'il me remettait dans ma jeunesse, dans ses peurs, dans son instabilité. La Chanteuse dit : «Je chante parce que je ne sais pas vieillir, monter sur scène c'est encore jouer pour les autres.» Je pense au jeu des mimes, à Alger, dans le parc de la Résidence, avec ma sœur et ses amies, assise sur un banc de pierre, j'avais ces yeux sur ces corps en mouvement qui devaient nous faire deviner un métier, qui était bien souvent le métier de coiffeur, de boucher ou de poissonnier, et j'ai encore ces yeux, au Zénith, à l'Olympia, quand je cherche à comprendre ce que la Chanteuse veut dire avec son corps. Ce qu'elle mime, c'est l'amour, ou plutôt une demande d'amour, que personne ne peut combler parce qu'elle ne se pose jamais la question suivante : «Pourquoi je ne m'aime pas ? » Je sais la raison de mes rejets, je me sens coupable, parce que je n'ai pas ouvert les bras assez grands pour recevoir les blocs d'amour qu'on me donnait ; c'était comme une forteresse cet amour, il a fallu du temps pour m'en sauver, pour trouver la sortie, pour me regarder à l'intérieur de moi et me dire : « Je suis innocente. » Je ne peux pas réparer l'enfance de ma mère par ma propre enfance, comme je ne peux pas réparer l'amour de la Chanteuse par mon propre amour, il y a des limites au sentiment, il y a un cercle que je ne peux pas quitter. Je ne peux pas donner ma peau. Je ne peux pas faire de moi une partie de l'autre. Avec la Chanteuse, c'est impossible, nous sommes si différentes, si étrangères l'une à l'autre. Nous obéissons à la voix qui nous appelle du bureau numéro vingt-quatre, *twenty four*, pour les conseils de sécurité, dont je retiens aussi le nom en anglais, *safety*, de *safe*, et je me demande si je suis vraiment en sécurité avec moi, avec la Chanteuse, si on ne se trompe pas quand on a peur des autres, alors que je pense que mon cerveau, aux aguets, me coupe de l'intérieur, que la présence si imposante de la Chanteuse ne participe pas aussi au danger, le danger de me perdre dans une vie qui ne me convient pas. Il y a un écrasement dans la perte du désir, il y a de la haine aussi, je lui en veux d'avoir tout fait pour perdre cela de moi, et je m'en veux de fermer les yeux. J'entends : « Quand vous sortez de l'aéroport, vous devez *prendre* la première bretelle à droite qui va vers le sud de Miami, enfermez-vous, ne *prenez* aucun auto-stoppeur, si vous êtes perdues, ne descendez pas de votre voiture, fermez les vitres, laissez le moteur tourner. » La Chanteuse sourit, elle connaît si bien Miami, Ocean Drive, le Raleigh Hotel, la plage de Miami Beach, les palissades contre lesquelles elle a tourné un clip, à cause de la lumière qui s'y reflétait. Nous quittons l'aéroport, nous ouvrons le toit de la voiture, je lève les bras vers le ciel, il fait si doux, la vie est si légère, si invisible aussi, nous sommes mangées par le décor de l'Amérique, la voix de Dionne Warwick dans la radiocassette, la *highway*, les autobus jaunes avec des bandes noires, les camions rouges, les panneaux publicitaires, les palmiers, puis le silence, sur la route, le silence sur les bas-côtés, le silence de notre solitude, je n'ai pas peur, alors que je devrais, chaque jour des touristes étrangers disparaissent, ici, sur la voie rapide, j'y pense et je n'ai pas peur, nous glissons, dans la chaleur, avec la musique, avec nos deux corps contre tout, et l'un contre l'autre, en guerre ; c'est dans ma tête que les mots viennent : « Je ne t'aime plus, je ne t'aime plus, je ne t'aime plus », c'est par mon silence que rien ne change, je me laisse faire, je me laisse aller vers la mer, comme si la lumière me portait, loin d'ici, au seuil de mon enfance : je suis ramenée à ma première vie. Il y a un fantôme de l'Algérie, comme il y a un fantôme de celle que je fus. J'ai disparu de moi-même. Ma grand-mère m'appelle Chambêt, à cause de mes yeux malins dit-elle, à cause du garde champêtre aussi qui surveillait tout, à bicyclette, elle dit à mon père en arabe que je suis aussi vive que ce policier dont elle avait peur ; je ne sais rien de son enfance à elle, de son visage, que j'essaie de retrouver dans mon visage, dans ma peau métissée, elle m'appelle parfois Sheïtan, quand je crie, quand je souffre de la chaleur, quand je jette la pièce en or qu'elle pose sur mon front pour faire baisser la fièvre ; avec les photographies, moi dans ses bras, moi contre la taille de ma mère, moi sur les épaules de mon père, j'ai toujours l'impression de sortir du cadre, de ne donner que la moitié de moi, de m'échapper ; c'est ce que dit la Chanteuse quand elle fait des gros plans, au péage de South Miami : « Tu n'entres pas dans l'image ; pourquoi ? » Parce que je ne tiens plus dans ses mains, parce que j'étouffe sous son corps, parce qu'elle ne porte pas le même prénom sur son passeport, parce qu'elle ment sur sa date de naissance, parce que je passe mon temps, moi aussi, à mentir, par mon visage triste, par mes yeux baissés, je ne veux pas être dans son image, dans l'image qu'elle se fait de moi — celle qui n'écrit plus —, sur la route, dans la chaleur, j'ai un livre entier dans ma tête, ce serait un livre sur les hommes, sur A., le garçon de La Baule qui me donne des cours de plongée dans la piscine du Royal, sur son ventre dur et ses épaules fortes, sur son sourire, sur sa peau, sur sa main qui prend la mienne sous l'eau, pour me rassurer, puis pour me montrer la façon dont on vide son masque, dont on se défait d'un objet, dont on vérifie son volume d'oxygène, dont on peut sauver un autre plongeur, ce sont des gestes de survie — *safety* — qui sont aussi des gestes amoureux, parce qu'ils sont doux et précis, parce qu'ils me sont prodigués, parce que je suis le centre de toutes les attentions, de toutes les ambiguïtés — la serviette qu'il me tend, ses mains qui frottent mon dos, son invitation au bar puis à l'Indiana, son sourire quand nous nous croisons au casino, son mot, le dernier jour : « Tu éclaircis mon hiver. » Puis la ronde, les bouteilles, le masque, le tuba, la combinaison, la lenteur de nos corps sous les épaisseurs d'eau. C'est pour cette raison, pour ces gestes, que j'en veux aux hôtesses quand elles démaquillent ma mère et l'allongent à l'arrière de l'avion. Ce livre serait aussi sur les trois garçons de Biarritz, sur leurs corps qui se jettent à l'eau, plage de Bidart, se retrouvent dans les vagues, maillots rayés, cheveux blonds, cheveux bruns, peau lisse, taches de rousseur, montre, bracelet, bague, muscles, grain fin, yeux en amande, noirs, bleus, bouches rouges, baisers, serrements, langues, chairs, sexes, dans les rouleaux de l'Atlantique, dans la mer qui forme un mur quand elle revient vers la plage, dans le bruit des vagues qui éclatent, dans l'odeur de l'écume qui déborde, ce blanc, partout, sur le sable, sur les corps tendus, gavés de plaisirs, les corps de ces trois garçons si beaux, si fous, comme à la tête d'une meute, comme innocents et coupables, comme ébahis de plaisir, comme écrasés par la jouissance qu'ils portent sur eux, sur le simple corps, sur le simple sourire, au-dessus de tous les baigneurs, de tous les couples, de tous les liens, et cette image de moi, devant eux, debout, qui les regarde, jaillir de l'eau, jaillir de leurs bras, jaillir de leur force amoureuse, je les surveille, chaque jour, fascinée, essayant d'entrer dans cette boule de feu, dans leurs jeux, essayant de les décrire avec des mots, de restituer la douceur, et la violence, de leurs gestes, de leurs courses, de leur désir qui semble envahir la plage, brûler les sables et les rochers. Je brûle, pendant cet hiver à La Baule, je brûle d'impatience, quand je ne vois pas A. dans les couloirs de l'hôtel, quand la Chanteuse reste dans la chambre pour téléphoner, quand le groom lui fait quitter la table, à cause d'un message à la réception, des fleurs, une lettre, une photo à signer, je brûle d'impatience quand je cours le long du front de mer, vite, portée par le vent, quand je compte tout ce qui me constitue. 1. Mon ventre. 2. Mes cuisses. 3. Mon cœur. 4. Mes poumons. 5. Ma tête ; quand je me dis que c'est ma tête qui tient tout, qui me fait avancer, dans le froid, sous les flocons de neige qui se déposent comme des plumes sur la mer, et que tout cela est bien fragile. J'ai peur de basculer, comme cette journaliste qui s'invite à notre table au Nose Bay : « Je viens vous voir parce que je suis malheureuse. Ils me suivent. Ils sont partout. Je n'ose pas faire la cure. J'ai si peur qu'on me photographie dans la piscine, et qu'on publie cette image de moi, vous voyez, de mon corps en maillot, de mes cheveux mouillés, de mon visage blanc. Je passerai le jour de l'an dans ma chambre. Et vous ? Vous écrivez encore ? » C'est le livre sur les hommes qui vient, là, à Miami, sur Océan Drive, dans ce bruit étrange que je mets du temps à identifier : le roulement à billes des rollers, et je pense à l'importance des bruits chez Lynch : dans la scierie, les feux, la ligne de téléphone, le mainate. L'Amie dit qu'il y a toujours un bruit près d'elle, qu'on appelle désormais *le bruit*, que je remarque, puisque j'y fais attention, c'est un bruit d'ongle, contre du verre, contre le bois, contre le métal, cela arrive une fois dans chaque espace, c'est son bruit, ce qu'elle transporte, elle y est habituée, elle ne m'en avait rien dit, et puis il y a eu ces petits signes, un tableau couché, un objet déplacé dans la nuit, deux cigarettes en croix, alors que nous ne fumons plus, sorties d'un tiroir, mille petits signes d'une présence ou de notre capacité à nous dédoubler ou à nous oublier, à faire des gestes dont on ne garde aucun souvenir, et puis les bruits se démultiplient et ils sont dans notre nuit, dans notre vie, c'est notre désir de rendre vivants les morts, ou c'est notre ignorance sur le langage des morts, je n'ai pas peur de cela, à Alger, une femme se tient la nuit devant la porte de ma chambre, un homme apparaît dans le miroir du salon, deux coffres kabyles frappent, nous vivons avec cela et aussi avec cette phrase : « Ce n'est rien, c'est le produit de notre imagination. » Mon livre sur les hommes est un livre fantôme, puisque c'est le produit de mon imagination, quand je parle d'A. à la Chanteuse, et qu'elle me répond : « Ce n'est pas pour toi, c'est pour moi, j'ai ma théorie, tu es dans mon cercle, t'approcher c'est me frôler, c'est ainsi, on n'y peut rien, j'ai longtemps réfléchi au processus, tu es, malgré toi, une part de moi ; si on te *vole* à moi, l'auteur de ce *vol* est valorisé, puisqu'il a pris le pas sur moi, c'est la vengeance sur l'idole, si tu te refuses à lui, il aura eu son heure d'imagination, il sera entré dans le cercle. » Sous l'eau, je romps le cercle, c'est moi qui tourne autour d'A., autour de cette ombre noire et lisse à cause de la combinaison, autour de mon imagination cette fois, puisqu'il s'agit de voir derrière la matière qu'il porte, une peau encore bronzée, des mains nerveuses, des cuisses traversées de veines épaisses, signe de la vie qui bat, circule, explose à l'intérieur d'un organisme qui est aussi beau que la peau qui l'enveloppe. Ce livre sur les hommes serait fait de leur force physique, de cette beauté, quand elle n'est pas agressive, quand elle est dans le simple mouvement, dans le simple désir, dans la simple attraction d'une autre force, c'est là que prend la féminité sur le corps de l'homme, c'est là que celui-ci se transforme ou revient, peut-être à sa première forme, les corps des enfants semblent faits d'une seule chair, ce livre sur les hommes serait aussi le livre des hommes qui restent étroits, fins, comme moulés à leur première image, comme retenus par ce corps flou qui n'a su choisir son identité ; pour moi aussi il a fallu choisir, je ne divisais pas le monde en deux camps, je croyais à la transparence des chairs, à la traversée d'un être par un autre ; en Algérie, je suis tra-

versée des hommes, à la mer quand ils forment
un rang devant moi pour plonger, dans la Résidence, lorsqu'ils dorment sous les orangers, sur
la place, quand ils fument avec mon père devant
la boucherie, ou la vitrine du photographe qui
prend mes premiers clichés pour le passeport et
mon autorisation de sortie de territoire, quand
je pars, avec ma sœur, en vacances en France, les
hommes sont aussi dans mon imagination la nuit,
comme si chaque eucalyptus cachait dans son
tronc un guerrier, un voleur, un loup-garou; il y
a de la peur dans l'idée de ces hommes mais il
y a aussi de la fascination, de se dire qu'il faut
trouver à l'aide de mon intelligence, de mes
inventions — le stylo qui empêcherait les fautes,
la lumière à avaler pour s'éclairer de l'intérieur,
la machine à faire du chocolat —, un moyen de
capter, chez eux, ce qui, chez moi, fait défaut. Je
prends mon père pour modèle, ses chaussures, sa
mallette, ses dossiers, ses stylos, le bureau, la voiture, son corps, assis, debout, en nage papillon,
fin et nerveux, prêt à surgir, inquiet et minu-
tieux; il y a le trousseau de clés aussi, à la main,
l'imperméable, le parfum qui reste dans l'ascenseur, dans l'escalier, sur ma peau quand je l'em-
prunte pour me transformer ou pour occuper
cette place tant convoitée, de chef de famille.
L'écriture vient de ses travaux, la nuit, le stylo
encre, les feuilles de papier machine, la concen-
tration; il y a un sentiment de pouvoir dans l'écriture qui avance, c'est une façon de marquer
le temps, chaque page contiendrait une heure,

chaque livre porterait un pan de vie, ses minutes, ses silences, ses vitesses ; ce serait un livre coulé sur un nouveau papier, un papier chronométrique. C'est le papier-calque qui définit l'image du père de l'Amie, l'architecte, le feutre noir dans la poche de la veste, le corps penché sur la table à dessin, le bruit des traits, règles, équerres, compas, les formes internes d'une construction, comme ses organes vitaux dévoilés. Dans mes mauvaises pensées, il y a la vision de cette peau que j'ouvre au couteau et de ces viscères que je déchire comme du tissu fin, il y a des mots aussi, que j'ai peur d'entendre : entailler, dépecer, saigner. Dans mes mauvaises pensées, il y a l'obsession de l'intérieur, qui est peut-être le symbole du secret à porter, mais un secret si grand que personne n'en connaît la vraie teneur, c'est un secret-fantasme, qui grossit de génération en génération, c'est le secret de toutes les petites peurs, c'est aussi pour ce secret que je viens vous voir, que je vous supplie, dans ma tête, puisque je contrôle encore mes larmes ; je veux être forte devant vous, parce que je ne supporte pas l'idée de défaillir. La Chanteuse aussi est dans la peur, elle vient sur elle comme un voile, peur de l'avion, peur de l'étouffement, peur de l'échec, peur de la vieillesse, peur de la maladie, peur des autres, de plus en plus, m'obligeant au restaurant de La Baule à changer de place, à réserver sous un faux nom, à l'appeler Julia dans la rue, à la protéger des autres, ceux qu'elle voit de plus en plus comme des monstres de sang, qui donneraient tout pour avoir une part de sa chair, ou une part d'intimité, combien de fois vais-je entendre, pendant cette période : « Je t'en supplie présente-la-moi », ou encore : « Vous connaissez la Chanteuse ? », me donnant ainsi un nouveau statut, presque divin, puisque la Chanteuse un soir me confie : « Je crois que je suis une élue. » A-t-elle peur dans le Raleigh Hotel de Miami alors que personne ne la reconnaît ? A-t-elle peur d'elle, de moi, de notre relation si fine, si mince, qui ne tient que sur nos voyages, puisque nous nous voyons de moins en moins à Paris ? A-t-elle peur de me retrouver ou de se retrouver, avec moi, dans cette forme de lien, si gênante, qu'on appelle aussi *couple* et qui est si loin de nous définir ou en tout cas de nous attacher l'une à l'autre ? Ce qui existe, c'est ma fuite d'écriture, ce qui existe ce sont mes états de panique, dans l'avion, en bateau, dans une chambre, là où il est impossible pour moi de fuir, et de m'enfuir de moi-même ; c'est ce que je veux, vous savez, ce vendredi-là, près d'Alger, pendant l'anniversaire d'une élève de mon lycée que je ne connais pas. Ses parents ont organisé une fête qui va durer la journée entière, une fête sous les arbres d'une villa, une fête où les parents des élèves choisis sont aussi conviés ; moi je suis à l'inverse des autres, c'est mon père qui est invité, je viens avec lui, avec ma mère aussi, très belle dans une robe en soie, comme posée sur la pelouse du parc, sur les canapés du salon aux baies ouvertes, sur le rebord de la piscine quand elle dit : « Tu devrais goûter l'eau. » Je reste près d'elle parce que je suis terrifiée ; je ne connais personne ici, ou je ne les reconnais pas, aveuglée par l'angoisse de devoir me déshabiller, de me mettre en maillot et donc de montrer mes doigts de pied qui souffrent de syndactylie. Ma mère est ma forteresse, ma mère est ma boule d'amour, ma mère respire bien aujourd'hui, ma mère a été choisie par le soleil, c'est vraiment la plus jolie des mamans, ma mère, parce que je peux me cacher derrière sa peau, elle ne peut rien dire à cela, à ce côté sauvageon, puisqu'elle n'a pas voulu me faire opérer : « C'est ridicule, personne ne va regarder tes pieds », je me colle à ma mère, comme si chaque fois le volume des gens mena-çait le volume de mon corps, comme si chaque fois le monde avançait sur moi, je veux m'étouf-fer de ma mère, je reste contre elle, c'est ce que j'ai d'animal et d'inachevé, cette dépendance de petit fauve, je ne fais rien comme les autres, je les regarde nager, je sais que mon corps file vite sous l'eau, que mes épaules et mon ventre semblent avoir été faits pour cela, que j'ai la force et la peau de traverser sans respirer l'intégralité du bassin, je sais aussi que j'ai rencontré la mort au fond de l'eau, je les regarde, et malgré moi je les surveille ; nous allons au buffet, avec ma mère, je regarde mon père, loin, dans le jardin, il parle et je sais à sa posture qu'il parle de son travail, une cigarette dans la main droite, la main gauche sur la hanche, le pan de sa veste légèrement écarté qui laisse voir sa fine ceinture, sa chemise blanche, sans plis, le col, ouvert sur deux boutons, chemise à manches courtes, puisqu'il va bientôt retirer sa veste, et chaque fois je suis surprise par nos ressemblances : mains, attaches, bras, peau, je sais que j'ai beaucoup pris du corps de mon père qu'il me suffit de surveiller pour y lire mes évolutions. La syndactylie vient de la mère de ma mère qui la tenait de son père, on l'appelle petite marque de famille ; pour me rassurer ma mère dit, sur le canapé de la villa aux arbres vertigineux qui ressemblent à des peupliers, à peine pliés par le vent : « Les pieds ce n'est rien, on a opéré ton cousin parce qu'il s'agissait des mains. Il avait du mal à s'en servir et il se faisait battre à l'école à cause de cela. » Il y a de la viande en méchoui, il faut percer le corps braisé avec les doigts pour en extraire la chair, j'ai la nausée à cause des poivrons que je me suis forcée à manger, par peur de dire non, par peur de refuser l'attention que la maîtresse de maison me prodiguait. Je quitte le salon, je quitte les yeux de ma mère, je monte un étage, les murs sont si blancs que j'y vois deux petites taches noires qui ressemblent à deux moucherons qui suivraient le rythme du battement de mes paupières ; il y a une fenêtre dans l'escalier qui donne sur la piscine, si bleue, si vide, il y a le chant des oiseaux, et l'odeur des fleurs qui vient comme le parfum d'une chair amoureuse qui chercherait la mienne pour s'y fondre ; je descends vers l'eau qui m'attend, j'ai le temps de retirer mes vêtements, mes chaussures, j'ai le temps de disparaître puis de ressurgir, si heureuse de ce bain qui efface ma honte ; je nage enfin, ma mère vient, comme une apparition, surgie des ronces, serrée de soleil, une assiette à la main qu'elle a préparée pour moi ; je ne vais pas manger, je vais vite ressortir de l'eau, avant le retour des autres. La fille qui invite ne sait pas encore que son père mourra bientôt dans un accident d'avion, moi non plus je ne le sais pas, ce que je sais là, en regardant sa peau blanche et ses yeux très bleus, c'est le pressentiment d'une grande tristesse ; comme si je pouvais lire sur un corps, sur un visage le destin de quelqu'un : comme si de mes silences naissait le bruit d'une vie à venir, encore vierge de tout, là encore vierge des larmes. Ce sont mes larmes que je cache sur la plage de Miami, et c'est encore ce corps, mon corps que je retrouve, puisque la mer est le moyen ultime de me cacher, de me fuir, de fuir la Chanteuse qui me regarde de la fenêtre de notre chambre et disparaît vers un monde que je ne lui connais pas, son enfance, sa jeunesse, ses débuts, où tout lui semblait si simple dit-elle : « Il me suffisait de prendre le micro, et la vie s'ouvrait, comme un miracle d'amour, tout le monde levait ses mains vers moi, tout le monde me voulait je crois » ; je ne lui dis jamais que j'ai assisté à son premier concert ; j'avais treize ans ; je ne lui dis jamais que j'ai acheté un poster d'elle, dans la rue, que je n'ai pas eu le droit de coller au mur de ma chambre parce que ma mère trouvait ce visage trop triste ; je ne lui dis jamais que je l'ai attendue devant la porte dérobée de l'Olympia ; je n'étais pas amoureuse

d'elle, j'étais amoureuse des voix qui la portaient.
Les voix des patineurs viennent par spirales, du
boulevard à la mer, portées par le vent, portées
par ma volonté de tout prendre du monde qui
m'entoure, les immeubles Art déco, les coureurs,
les photographes, les panneaux d'aluminium qui
captent la lumière de Miami Beach, rose et jaune,
pâle et vive, effacée de l'intérieur, rougie sur les
corps des modèles immobiles, coulées dans leur
beauté ; je coule dans les Caraïbes, je me laisse
porter, jusqu'au filet antirequins, avec en tête
l'histoire de ce bateau, en Floride, poursuivi par
les requins. Je n'ai pas peur d'être dévorée, je
nage loin, le plus loin possible, de ce qui dévore
déjà, la façade du Raleigh Hotel, la piscine enca-
drée de palmiers, notre chambre, cette impression de solitude entre les corps comme un mur,
ma tristesse, qui est un regret de quelque chose
que je ne connais pas, mais que je reconnais,
chez les autres, une forme de paix ; je nage vite
vers les requins, derrière moi le Raleigh, derrière
moi l'Ocean Boulevard, le Klub où nous passe-
rons la nuit, le hall du grand café, derrière moi le
corps de la Chanteuse qui vient de s'endormir,
loin de Paris, loin de moi, loin de la vie qui lui
fait si peur, loin de cette impression de chute
vers le vide, qu'il lui faut sans cesse combler,
pour ne plus y penser. Il y a ce vide en Algérie
après les promenades en montagne quand nous
allons cueillir du houx avant Noël ; je ne sais pas
encore si c'est moi qui crée ce vide, s'il est à l'intérieur de moi ou s'il vient de l'extérieur ; en

leçon de sciences physiques, on nous montre le vide, sous une cloche en verre, le vide est là, le vide a été fait, on se le représente, on y introduit une mouche qui meurt de sa grande solitude. Le vide est un état. Je lis un jour que le néant n'existe pas, qu'il reste toujours quelque chose de la matière, qu'elle se recycle, qu'un corps ne disparaît jamais vraiment, qu'il en reste une forme de petite mousse, voilà ce qu'il reste de l'existence, une petite chair végétale, une petite glu qui se mélange à la terre, qui la nourrit, qui s'en nourrit ; je marche dans les fougères géantes en Algérie, il y a l'enfoncement du corps dans la nature qui est un état sensuel, je marche dans le cœur même de la terre et donc de l'existence ; c'est cette sensation d'excédent de vie, ou d'excédent de sexualité qui vient dans les Everglades à Miami ; il y a trop de vie, encore, trop de mousse, trop d'odeurs, sur le bateau qui traverse les marais infestés de caïmans ; ils dorment au soleil, il y a la peau, les écailles, les yeux clos, les mâchoires massives et fermées, il y a l'odeur des organismes vivants qui sèchent sur les pontons de bois, on dit que les caïmans entrent dans les jardins des gens de Miami, on dit qu'ils attaquent les enfants ; dans la mort, il y a mon impression d'immense sexualité, il y a ce lien, il y a mon imagination, et de me dire ce que deviendrait mon corps abandonné là, dévoré, ouvert ; il y a cette histoire aussi, que je dois vous raconter. À Alger, on héberge le meilleur ami de mon père, qui souffre d'un mal mystérieux ; ma mère lui fait un lit dans une petite pièce qui ressemble à un couloir, il dit que cela lui suffit, que c'est juste assez pour la place de son corps ; il est maigre et sans cheveux, il a trente ans, peut-être plus ; ma mère dit qu'il souffre d'angoisse qui l'empêche de vivre normalement, d'entrer dans la vie, de s'y inscrire, de suivre ses mouvements, ses heures, il n'a ni nuit ni jour, il vit dans sa vie qui est une vie lente et furieuse quand il crie, dans son lit, les mains sur les yeux pour ne pas voir ce qu'il appelle ses *apparitions*; parfois, il quitte l'appartement, seul, il traverse Alger, il dit qu'il se sent bien là, dans la foule, attiré par la mer, attiré par le soleil, il dit qu'il se retrouve enfin ; il court alors, de plus en plus vite, il est bien, il est sans cri, il n'est plus le jeune homme malade dont j'ai parfois peur, à cause du regard, à cause des joues creuses, à cause des côtes que je vois quand il retire sa chemise avant d'entrer dans la salle de bains ; ma sœur dit que cela a laissé quelque chose sur nous, cet homme, cet homme qui avait la maladie de la peur, ma sœur dit que c'est une ombre sur notre enfance, et c'est encore l'ombre noire qui la regarde avant de dormir et qui l'étouffe. Quand il part ma mère pleure sur le quai de la gare puis dit dans la voiture : « Je l'aime comme on aime un enfant. » Je me demande ce que sont les adultes qui ressemblent à des enfants. L'ami de mon père est d'une grande intelligence, il aime Godard et Bataille, il aime les femmes, les jeux de cartes, la belote et le poker menteur, il aime les fleurs du parc et il m'en cueille tous

125

les soirs avant de rentrer. Un jour le commissa-
riat d'Alger nous appelle parce qu'il a perdu
son chemin ; quand il rentre à l'appartement, il
explique que la ville s'est refermée sur lui, comme
un corps sur un autre corps, qu'il ne distinguait
plus sa droite de sa gauche, il dit que tout lui
semblait étrange, déplacé de la terre, déplacé de
son propre corps aussi puisque tout bougeait
sans lui. Je pourrais aujourd'hui le croiser dans
Paris sans le reconnaître. Je ne sais rien de son
visage. Je ne sais rien de sa vie, mon père a fait un
mur entre Alger et nous, entre ici et ce qu'il reste
de nos racines, entre son passé et notre enfance,
il y a comme un effacement des liens, avec cette
phrase : «Je n'ai que vous.» Mon père n'a que
nous sur le chemin des ruines de Tipaza, ses deux
petites filles qui marchent derrière lui, ses deux
petites filles qui l'admirent, mon père n'a que
nous dans les vallées de Chréa, mon père n'a
que moi quand il finit ses lettres par : mon Lou,
mon Loulou Beille. Mon père est un vrai père,
ses lettres sont des vraies lettres de père, ses baisers sont des vrais baisers de père, son regard est
un vrai regard de père. Mon père est un père qui
a peur : «Dis-moi que tu vas bien. Est-ce que tu
écris ? Appelle-moi dès que tu es chez toi.» Mon
père est le père de famille, de notre seule famille.
Je ne sais pas s'il y a un lien entre chaque livre,
s'ils pourraient être frères, je sais qu'il y a une
écriture de la naissance, une écriture de sa propre
profondeur. C'est la nuit, au début, qui fait peur,
la nuit de Paris derrière les volets du 118 rue

Saint-Charles, la nuit quand je prends mon bain, la nuit quand je m'habille, la nuit quand ma mère me prépare mon petit déjeuner dans la cuisine, la nuit quand nous écoutons les informations que diffuse le petit poste de radio, la nuit quand je vais vers le collège, seule, la nuit quand je dois me faire un chemin à Paris, quand je dois me faire un visage, la nuit quand j'efface de moi la lumière qui tombe sur les murs du lycée d'Alger, la nuit quand j'efface l'odeur des arbres, de la mer et des glycines, la nuit quand j'oublie l'escalier blanc, l'appartement sur pilotis, la forêt d'eucalyptus, la nuit quand je remplace les corps de mes amis par d'autres corps, madame G., Christobald Fuentes, Jennifer Holinghton, Vincent Rousseau, la nuit quand je rentre au 118, que ma mère m'attend, qu'elle a préparé des coquillettes avec du jambon blanc, la nuit quand nous allons au cinéma, trois fois par semaine, parce que nous aimons les images, parce que nous aimons nous oublier ; ma mère aussi veut oublier mon corps qui n'est plus le corps de l'enfance, qui n'est plus le corps qu'on peut couvrir de baisers, de plus en plus il y a une gêne entre nous, il y a sa main dans la mienne, dans la rue, que je ne veux plus garder, il y a sa main sous mon bras, qui me gêne, parce qu'elle nous fait ressembler à deux vieilles filles ; nous nous portons l'une l'autre, toutes les deux, loin d'Alger, loin de mon père, loin de ma sœur qui fait ses études à Rennes et qui téléphone tous les soirs : « Mais vous allez bien, au moins ? » C'est encore la nuit quand

127

nous recevons nos meubles d'Alger par la Sernam, les tapis, les tables gigognes, les tableaux du Mexique, les statues d'Afrique, rien de ma chambre, rien de mes dessins, rien de mes cahiers, rien de mes photos de classe, on a tout pris, sauf ma chambre, et c'est comme si j'étais restée à Alger, comme si je n'étais pas tout à fait là en France, comme je ne suis pas là, parfois encore, en soirée, en boîte de nuit, au dîner, quand je me ferme de l'intérieur et que je regarde les autres danser ; c'est M. qui m'invite à danser au Privilège, c'est elle qui me serre dans ses bras, c'est elle aussi qui ressemble à une enfant, mais je n'ai aucune force pour la protéger vous savez ; rien de mes stylos, de mes papiers, de mes vêtements, rien de mon enfance, tout reste, figé, là-bas, dans ma chambre qui est la plus petite et aussi la plus ensoleillée ; il manque une partie de moi, ici aussi, face à vous, quand je raconte, alors j'ai peur de la peur, parce que cette partie qui fuit de moi est peut-être une partie dangereuse, que c'est dans cet interstice que je pourrais perdre la tête ou, comme l'ami de mon père, perdre mon chemin ; voilà ce qu'il m'arrive, au 118, j'ai peur de me perdre, je monte les escaliers de Beaugrenelle, je prends la rampe qui mène au Monoprix, et je me perds vraiment vous savez, je sens tous les parfums, Eau jeune, Bien-être, Fa, je choisis des collants, j'essaie des rouges à lèvres, j'écoute des disques au casque, Christopher Cross, Hervé Vilard, c'est la nuit au sein de la vraie nuit quand je m'endors avec mon walkman et avec l'image de madame G. qui n'est que le relais de l'image de madame B. dans sa beauté, dans sa voix, dans mon trouble, si loin de l'adolescence ; ce désir a un lien avec la mort, parce que c'est un désir non partagé. Madame B. a de la tendresse pour moi, c'est tout. Madame B. me voit comme une enfant en fin d'enfance, parce que mon corps change, ma voix aussi, parce que ma mère a failli mourir, parce qu'elle trouve que j'ai un visage de jeune fille, parce qu'elle retire vite mes bras de ses épaules, quand je l'embrasse avant de dormir. Elle sait qui je suis. C'est comme cette phrase, au début, quand je sors dans le milieu : «Je sais qui vous êtes», qui revient dans mes rêves. Qui je suis, ce jour de février dans la propriété de madame B.? Qui je suis quand je tue une vingtaine de crapauds réfugiés dans un puits sec? Qui je suis quand je crois voir des yeux qui me regardent dans les feuillages? Qui je suis quand j'oublie ma mère qui attend mon appel téléphonique, couchée dans sa chambre? Qui je suis quand je ne veux plus quitter madame B.? Qui je suis quand je pense que je pourrais changer de famille? Qui je suis quand je m'allonge dans l'herbe et que je fixe le soleil? Qui je suis quand je pense à mes parents comme deux petits points isolés de tout, de moi, le centre du monde? Ma mère dit : «Quand vous êtes nées, avec ta sœur, c'était le plus beau jour de ma vie. » Elle dit : «Ce n'est pas juste votre enfance que je regrette, c'est vous contre moi. » Qui je suis quand je pense que j'aimerais partir le plus loin possible de toute attache ? Qui je suis quand je sais que je suis ma propre fondation, de ma propre pierre ? Qui je suis ce jour de février dans la propriété de madame B. ? Il y a cette fille, vous savez, dont je ne vous ai rien dit ; c'est si difficile pour moi, à cause de vos yeux qui suivent chacun de mes gestes, mes pieds croisés, ma main dans mes cheveux, mon bras sur ma cuisse, mes dents qui mordillent mes lèvres, c'est si difficile de vous dire, de tout vous dire, de raconter avec ma voix cette journée de février, cette longue journée, que je pourrais relier à toutes les autres qui vont suivre, toutes les journées de février, puis de mars, puis de ces mois qui viennent de passer, ces mois qui sont si pleins de vous, de votre visage, de votre voix : « On en reste là. À mardi », de vos longues mains, de votre alliance, de vos cheveux, de votre parfum, de l'image que j'avais de vous, avant par M., puis de mon image intime, de ce que pouvait, avant, pour moi, représenter un psychiatre ; je ne vous vois plus en fonction de moi, de mes phobies, de mes mécanismes, je vous inclus au monde, à ses trappes, à ses secrets, vous n'êtes pas mon seul médecin, j'ai l'idée d'une thérapie contagieuse, en me soignant je crois soigner tous les gens de mon cercle, ma famille, ma sœur qui habite votre rue, l'Amie qui a la chose au fond d'elle que nous nommons un soir : la peur du vide ; ce vide qui se creuse à l'intérieur de soi, ce vide que je m'efforce d'oublier ; cette journée de février commence ainsi, par une impression de vide, dans la voiture de madame B., le vide quand elle me dépose devant le portail de la propriété, le vide quand je descends vers le court de tennis, le vide quand elle dit : «Je dois faire des courses en ville ; toi tu seras mieux ici », le vide quand je sais que je n'ai pas vu ma mère depuis huit jours, que ma sœur est chez une amie, que je suis là, avec mon seul corps, dans cette nature si douce, si algérienne, avec ce ciel si triste qui ne sera jamais un ciel d'hiver ; je visite le parc de la maison, il y a une mobylette dans un garage, une voiture blanche, il y a une piscine construite sous des voûtes, elle est pleine mais il fait encore trop froid pour se baigner, il y a une cascade de bougainvillées qui tombe d'un mur blanc, contre lequel je m'appuie ; je jette une pierre dans l'eau, ce sont toujours ces ondes, deux, trois, quatre, six, l'infini, qui pourraient être des ondes amoureuses ; je vois l'amour ainsi, comme une multitude de tressaillements du cœur, puis comme un effacement, je sais déjà que je remplacerai madame B. par quelqu'un d'autre, je sais déjà le tournis de ma jeunesse ; le ciel devient gris, je reste là, à attendre, je sens le vide, c'est comme une fougère géante qui m'entoure, je sens la peur aussi, c'est toujours ce souvenir de *Pierre et le Loup*, que j'avais en disque, c'est cette musique qui revient, là, avec l'eau de la piscine, avec le ciel, avec la couleur des choses qui m'entourent et se détachent, l'herbe, les bougainvillées, le mur blanc, le ciel, de plus en plus sombre, l'eau bleue de la piscine, mon corps si seul, si abandonné aux cercles de lumière, je m'ennuie, je

131

suis en colère contre cet ennui, parce qu'il ne vient pas de ma solitude, il vient de la vie que j'ai devant moi et que je ne sais pas définir, c'est cela dont j'ai peur, mon absence de projet, je ne sais pas ce que je vais devenir parce que je ne sais pas ce que je peux devenir, je ne sais pas si je peux me retirer à ce vide, qui serre de plus en plus fort ; il y a ces yeux sur moi, qui arrivent, ce sont les yeux d'une fille de mon âge, elle longe la piscine, puis vient vers moi, elle cherche madame B., elle doit lui remettre quelque chose, une robe, je crois, pour un mariage, je ne comprends pas tout ce qu'elle dit, parce qu'elle parle vite et mal, ou alors je ne l'entends pas, il y a un bruit d'eau dans ma tête, ce sont les filtres de la piscine qui se vident, c'est l'orage au loin, qui tombe sur la plage, sûrement déserte, sûrement grise, débordée par la mer qui gonfle, il y a le corps de cette fille debout, devant moi, cette fille qui commence à rire, à tourner autour de moi, c'est comme une danse au début, puis c'est comme une folie dans ma tête, je me relève, je me tiens au bord de la piscine, elle dit : « Attention, tu pourrais tomber », et c'est elle qui tombe, vous savez, elle tombe sur le dos, et il y a l'orage qui avance vers nous, le ciel est jaune, comme chargé de terre, et je ne sais pas ce que j'ai fait, mais elle se noie, devant moi, et je ne l'aide pas, je la regarde, parce que je sais que c'est ma main qui l'a poussée, au début, pour rire, vite, parce que je ne supporte plus son corps et sa peau blanche, elle dit : « Je ne sais pas nager », et il y a encore la superposition d'images, de mon corps sous l'eau de Zeralda, et un jour le corps de l'Amie dans la baie de Nice, qui a failli se noyer, parce que en moi il y a cette fille que je fais tomber, et que je prends chaque noyade à mon compte, et que si je ne couve pas l'Amie des yeux, j'ai peur d'être coupable de ce qui pourrait lui arriver, alors je regarde la rue, le matin avant son départ, alors je l'écoute, à l'interphone, descendre l'escalier de notre maison, je sais le bruit de sa voiture, de ses clés, de ses talons, je sais son emploi du temps, ses rendez-vous dans Paris, puis l'Amie devient comme moi, il y a une terreur entre nous, de se perdre : c'est une forme de maladie d'amour. Il y a le fond de la piscine, le corps de cette fille que je ne connais pas, qui ne me ressemble pas, et qui prend le relais de Zeralda. Je la regarde, pendant combien de temps ? Je ne l'entends pas, il y a juste le bruit de l'eau, puis la pluie sur mon visage puis la voix qui appelle encore, alors je tends la main, alors je sens son corps qui s'agrippe et j'ai du dégoût pour cela et je pense à ce que j'ai fait avant au fond du parc, à toutes ces pierres dans le puits à crapauds, à tout ce sang, à toute cette violence, qui vient de moi, et qui ne vient pas de moi non plus, il y a un prix à payer pour sortir de l'enfance, et ce prix c'est ma force qui hisse le corps de la fille, le prix c'est mon manque de mémoire sur l'événement, est-elle tombée seule ? L'ai-je aidée tout de suite ? Combien de temps avant de comprendre qu'elle allait se noyer, le prix c'est de m'accuser vite puis d'entendre les mots de madame B. : « Si tu avais été ma fille, je t'aurais giflée. Tu me déçois. Je te ramène chez toi. » Après, je sais la voiture, l'odeur de cuir, la nausée, après, je sais le souvenir de la fille, dans son entier, le souvenir de son corps sur le rebord de la piscine, ses vêtements trempés qu'elle retire, ses pieds sales, son tricot de peau, ses seins qui font comme deux disques dans la chair et encore mon dégoût de cela, de sa féminité, de cette expression terrible qui me vient : « Elle est formée. » Madame B. rapportera mes affaires dans la semaine. Je ne sais pas ce qu'elle a vu, je ne sais pas ce qu'elle comprend. Elle me dépose à l'entrée de la Résidence. Il pleut, je cours vers l'immeuble construit sur pilotis, je cours dans le vent, je cours vers mon adoration, ma mère qui m'attend sur le balcon de notre appartement, et qui, par sa façon de se tenir, une main au visage, l'autre sur la hanche, le buste légèrement penché, ressemble à une mère algérienne, c'est-à-dire une mère amoureuse qui sait qu'elle peut perdre un enfant à tout instant. Je monte l'escalier blanc et c'est toute ma vie que je remonte, je ne sais pas si je dois mentir, je ne sais pas si madame B. racontera l'événement, je ne sais pas si je suis coupable, je ne sais pas si la fille est fâchée contre moi, je cours vers ma chambre, je cours à l'intérieur de ma vie, je sais, pour toujours, qu'il me faudra faire avec cette histoire, que je passe par là, que je me définis aussi ainsi, j'ai fait tomber quelqu'un à l'eau, alors toutes les noyades se répondent, vous comprenez, alors cet enfant de plomb qui tente de noyer l'Amie, je veux le frapper cet enfant, et je l'insulte, et c'est trop, parce qu'il n'est qu'un petit enfant sur la plage de Nice qui s'appelle Castel, mais cet enfant a quelque chose de terrible en lui, cet enfant c'est moi, vous comprenez, c'est comme une spirale, cette culpabilité, et je ne supporte pas l'idée de l'Amie qui a eu si peur et que je regarde nager vite, regagner son matelas, pleurer dans ses mains et dire : «Je t'ai appelée mais tu ne m'as pas entendue.» L'Amie dit qu'elle a eu peur pendant des jours, pendant des mois, chaque fois je change de sujet, chaque fois elle dit : «Tu n'es coupable de rien.» Mais elle ne sait pas. Elle ne sait pas comment je monte vers mon appartement, elle ne sait pas ce silence puis le corps de ma mère qui m'attend à la porte, elle ne sait pas comment mes mauvaises pensées vont creuser leur nid, à l'intérieur de moi, elle ne sait pas comment je suis rentrée chez moi, comment j'ai regardé les objets et ma famille avec un œil photographique, ma mémoire vient de là, des heures qui ont suivi l'événement. Ma chambre est rangée, calme, la chambre de mes parents est sombre, ma mère dort beaucoup, pour se remettre, c'est-à-dire pour revenir à elle, ma sœur est rentrée, elle écoute un disque qu'on lui a offert, Ten C.C., *I'm not in love*, ce que j'aime, c'est la pochette qui s'ouvre en deux sur la photographie noir et blanc d'un cow-boy, mon chat est dans le petit placard à chaussures, il a peur et il a raison d'avoir peur de moi, il y a le téléphone noir sur un guéridon, il y a les tapis blancs, il y a la bibliothèque, et tous ces livres que je regarde, tous ces livres dans lesquels j'aimerais disparaître pour oublier ce que je suis. Je ne sais pas si l'écriture est une écriture de restitution. Alors j'écris, sur du papier à lettres fin et transparent, l'histoire d'une fille qui a manqué se noyer, l'histoire d'une fille qui aurait pu mourir, mais je n'écris pas l'histoire de ma faute. Les objets se détachent les uns des autres, ils sont vivants, ils me regardent, ma mère aussi me regarde, elle dit : « Tu as de bonnes couleurs. » Je me serre contre son ventre, j'entends son cœur, j'entends ce qu'elle est, une femme d'une extrême douceur qui ne m'a jamais giflée. Un jour, elle dira, simplement : « Tu sais, il y a des accidents avec les enfants. Cela peut arriver. Mais ce n'est la faute de personne. » Après ce jour, toutes les nuits se font écho, des nuits à penser à madame B., des nuits à revivre le jour de février, l'orage, mes mains, la peau blanche de la fille, ses mots, *aneti mahboula* : « Tu es folle », les mots de mon père le soir : « Vous m'avez manqué », puis le dîner, ma sœur en face de moi, ses rires, la vie lentement qui se pose sur l'idée de mort, puis le printemps, le visage de madame B. parfois derrière la vitre de sa voiture à la sortie du lycée Descartes, sa fille qui vient dormir chez nous, M.B. qui ne lui ressemble pas, mon souvenir d'avoir été si près de quelque chose que je n'arrive pas à définir. L'amour ? La mort ? Puis il y a cette chanson qui revient, par le petit poste de radio, sur l'électrophone de ma sœur, *La Maladie d'amour*, et je suis là, dans le long couloir de l'appartement de la Résidence, seule, perdue, comme happée par l'espace, comme incluse à ce lieu qui me définit, parce qu'il y a ici une mémoire des choses, une mémoire de ma vie, il y a ce que je ne trouve pas au 118, dans l'appartement de la rue Saint-Charles, des marques ou des racines, puisque je suis un sujet sans racines profondes, puisque je n'ai rien de mes grands-parents algériens, que le visage de mon père qui ressemble à sa mère, que des bribes de la vie de mon grand-père, mais rien de ses mains sur mon visage, de sa voix dans ma tête, rien, parfois l'odeur d'un gâteau, le sucre des cornes de gazelle, le goût de la fleur d'oranger, le chant des oiseaux aussi, puisque mes grands-parents avaient des arbres dans leur jardin avec des oiseaux nichés sous leurs feuilles, puisque les oiseaux sont la vie, ou une forme de vie du Sud, je n'entends pas d'oiseaux au centre Beaugrenelle, juste le roulis des escalators, juste les tubes du disquaire, juste le vent entre les tours, juste la pluie sur mon visage puis l'eau encore, au-dessus de moi, par paquets dans la petite piscine de l'hôtel Nikko où je passe mes samedis après-midi ; il y a toujours la gêne de mon corps là, en France, que je n'arrive pas à placer ou à reconnaître, je joue un jeu dans le quinzième arrondissement, je joue à devenir une autre, alors je glisse sur la glace de la patinoire de Montparnasse, je glisse vite, et je veux encore entendre le chant des oiseaux, voir les hirondelles, respirer l'Algérie, je glisse les mains dans

le dos et je sais que je reste ma prisonnière
comme ma mère reste la prisonnière de son père
qui l'étouffe. Il y a cette phrase de ma mère, vous
savez : «Je n'ai jamais pu regarder mon père
dans les yeux tant j'ai peur de lui.» Avant je ne
pensais pas qu'on pouvait souffrir de ses grands-
parents, je me disais que la famille ne commen-
çait qu'à partir de soi, de sa naissance et donc
de ses géniteurs, je me disais que j'avais assez
d'amour sur ma peau, assez de baisers ; l'Amie dit
que depuis la mort de son père, il y a eu comme
une hécatombe autour d'elle, que les morts se
sont succédé, que c'est incroyable, pour moi,
d'avoir encore mes grands-parents ; souvent,
quand nous passons dans le cinquième, nous
regardons l'immeuble de la rue Pierre-Nicole, il y
a cette fenêtre au troisième d'où sa mère la surveillait, quand elle rentrait de l'école, de la boulangerie, de la teinturerie, il y a une histoire de
l'enfance qui fait pleurer, j'aurais adoré connaître
l'Amie enfant, j'aurais adoré avoir cette filiation
complète ; nous nous ressemblons tant sur les
films super-8, elle porte mon maillot en mousse
bleue, elle a ma peau, elle a mes yeux, elle est sur
la plage de Passable au Cap-Ferrat, je suis au club
des Pins à Alger, il y a cette chose dans nos yeux,
je ne sais pas si c'est de la tristesse, je ne sais pas
si c'est de la joie, c'est de ce regard que prennent
nos vies, et c'est ce regard qui garde notre jeunesse, nous contemplons le monde avec les mêmes
yeux. Il est là notre lien, il est là notre brasier.
Nous refaisons le monde, oui, des nuits entières,

138

nous avons le langage pour nous ; nous avons les mots, toutes les deux, le langage vient, libre, à la brasserie Maillot, au bar du Lutétia, à la maison, nous parlons d'amour, nous parlons de chansons, nous parlons de mes livres, de mon écriture qui fait pleurer parfois l'Amie, il y a cette phrase d'elle : « Tu écris en mineur », il y a ce mot de mon éditeur : « Elle est votre meilleure lectrice » ; il y a ce lien que personne ne peut comprendre, cela a pris entre nous, c'est tout, par un seul regard, c'est ce regard encore je crois, celui de notre enfance, c'est celui-là qui a reconnu l'autre, qui lui a fait confiance, il y a quelque chose de surnaturel avec l'Amie, il y a quelque chose qui nous dépasse, notre ressemblance, « Vous, photocopies », dit la serveuse du Dragon Volant, notre cerveau aussi, puisque nous formons les mêmes rêves à partir des mêmes images, il y a une circulation de l'une vers l'autre, et vice versa, il y a une contamination, positive, de l'une par l'autre, il n'y a aucune dévoration, c'est comme les oiseaux encore vous savez, les inséparables, nous volons ainsi dans Paris, au Cap-Martin, sur l'île de Praslin ; nous volons sur la même ligne. Avec Diane de Zurich, il n'y a rien de cela, c'est ma tristesse dont je me souviens, cette façon d'être à ses côtés sans jamais vraiment la connaître, ou la reconnaître, cette façon aussi de me fondre au monde pour lui échapper ; ainsi, je garde de notre histoire les cristaux de neige qui brillent avec le soleil, les arbres qui plient, l'odeur de son jardin, les escaliers de sa maison, sa chambre aux murs rouges, sa baignoire en pierre, son canapé blanc, les baies de sa demeure qui faisaient d'elle un corps sans cesse exposé, puis vient la violence de mon désir, attendre ses appels téléphoniques, la suivre dans la rue, lui faire porter des fleurs ; il y a une grande fatigue dans cette mémoire amoureuse, il y a un grand silence aussi, comme le silence de la montagne noire qui plonge dans le lac de Zurich, comme le silence de ma mère quand elle rentre de l'aéroport, comme mon silence après ses mots : « Le plus difficile, c'est de voir disparaître ton père derrière la vitre de la porte d'embarquement, de ne pas pouvoir l'embrasser au pied de l'avion. » Mon père vient chaque mois nous voir, à Zurich ; il est souvent impatient, à la maison, il n'a plus l'habitude du cercle familial, il dit qu'il est triste, chaque fois, de nous quitter, ce que je comprends ainsi, il est triste de se déshabituer à une nouvelle vie : la vie du quartier de Kirchen Fluntern, la vie du tramway, la vie de la Bahnhofstrasse, la vie des neiges blanches, la vie des berges du lac, la vie dans ma vie, ma vie secrète, qu'il ne connaît pas mais qu'il pressent, ma vie qui s'enfuit de la vie réelle : mes trains vers Diane, mes nuits sans sommeil, mon écriture qui se forme, ma tristesse qui devient comme un objet que je transporte avec moi. Il y a cette phrase un jour de mon père quand je lui demande des nouvelles de sa mère : « Elle est morte. » Je ne sais pas ce qu'il y a avec la mort dans notre famille, je ne sais pas non plus ce que signifient vraiment ses mots : « Tu aurais pu t'en soucier avant.» Je ne sais pas si je vais bientôt entendre les mêmes mots au sujet de ma grand-mère française. Vous savez, je vous l'ai déjà dit, elle a eu cette attaque, je crois qu'elle est paraly-sée depuis, je n'arrive pas à la voir, je prends mes réservations, chaque samedi, et je laisse ma place vide dans le TGV Rennes-Paris. Je ne peux plus prendre ce train, je ne sais plus occuper cette place, de petite-fille, depuis que je suis devenue une femme, je me sens sans lien avec cette famille, je suis sans ressemblance, sans passé, le seul lien que j'ai serait le lien de la peur. Ma mère a si peur de son père, et je ne sais pas pourquoi, sa peur me fait peur vous savez et je refuse de l'ac-compagner, elle va seule à Rennes, je l'imagine avec son manteau rose, avec sa jupe en tweed, avec ses escarpins, impeccables, avec son sac de voyage, celui qu'elle prend pour ses voyages organisés, puisque mon père ne veut plus l'ac-compagner à l'étranger. Je l'imagine sur le quai, chercher sa voiture, avec son sac en plastique qu'elle a toujours, même quand elle vient me voir le dimanche, et je sais ce qu'il y a dans ce sac vous savez, je sais, il y a tout l'équilibre de ma mère, son *Monde* qu'elle lira, en entier, jusqu'au lundi, son livre, un auteur anglais, toujours, ma mère dit : «Je n'aime lire que les Anglaises» et elle essaie de me faire aimer cette littérature qui est à l'opposé de ce que j'écris ; elle la donne à ma sœur, et à elles deux elles forment la secte des Anglaises, ce qui me fait sourire, parce que je sais l'effet de la littérature : lire, c'est se lire ; je ris

141

quand je pense à la phrase de Guibert : « Il a dansé dans ma bouche » ; ce n'est pas vraiment les Anglaises, c'est-à-dire le monde de ma mère qui dit : « J'ai si peur de la violence », ce que je peux entendre ainsi : la sexualité est aussi une forme de violence ; vous savez, je suis triste quand je l'imagine en train de monter dans son wagon, de chercher sa place, de demander si on peut l'aider à monter son sac, parce qu'elle souffre de l'épaule depuis que sa mère a eu l'attaque, c'est venu en même temps, elle dit qu'il y a une per-méabilité du mal et ma mère devient obsédée par la mort puisqu'elle demande souvent à mon père, quand il est à Paris avec elle : « Tu saurais quoi faire si je mourais ? Tu saurais où me mettre ? » Vous voyez, c'est toujours une affaire de place, de savoir quel train il faut prendre, à quelle heure, c'est quand la mort ? Et surtout, ce sera comment après ? Ma mère me fait jurer de ne pas l'enterrer à Rennes même si son père a une place, pour elle, dans sa concession, mon père, lui, souhaiterait *reposer* en Algérie, près des siens, ou alors au cimetière musulman de Bagneux, ce qui fait dire à ma mère : « Tu veux toujours te tenir loin de moi », et puis mon père me dit en riant : « Tu n'auras qu'à me brûler, cela te coûtera moins cher » ; il y a une vraie vio-lence, vous savez, avec la mort, dans ma famille, parce que c'est comme un jeu, un jeu d'enfant. Ma mère prend sa trousse sur ses genoux quand le train s'en va vers ses parents, elle a *son* Lexo-mil, *sa* Ventoline, elle a tout pour se détendre, et je sais qu'elle a mal au ventre, dès Le Mans, et je sais qu'elle pourrait s'évanouir, à Vitré, et je sais qu'elle devient petite, si petite, devant cet homme qui l'attend en imperméable beige, avec ses gants de coureur automobile, sa cigarette, son feutre et son visage de Clark Gable. Elle dit : « Ça va mon père ? » « Ma fille », répond-il. C'est leur langage à eux vous savez. Ce n'est pas mon petit cœur, mon loup, mon amour adoré, non c'est mon père, le père de tous les pères. Tout n'est qu'affaire de langage. Mes phobies sont des mauvaises pensées, ma mère est ma fille, mon père est mon frère, l'Amie est mon miroir, ma sœur est la mère de ses enfants, la Chanteuse est aussi ma fille, quand je la démaquille, quand je la déshabille, quand je la masse, après ses concerts, après ses télévisions, après ses Victoires de la musique, après l'usure de son image qui n'est plus la sienne parce qu'elle passe par tant de regards, par tant d'adoration, puis par tant d'abandon ; ma mère est toujours cet enfant de la guerre qui avait peur du sifflement des avions, du bruit de la clé de son père dans la serrure, de la bonne qui portait son prénom ; la voilà toute seule sur le quai face à son ogre, si grand et elle si petite, qui lui prend le bras, pince sa peau, la conduit à la voiture, cet homme si en forme me confie-t-elle enfermée dans sa chambre, de son téléphone portable qu'elle achète pour l'occasion : « Tu sais, il est en meilleur *état* que moi. Toute la vie a glissé sur lui. » Et elle raccroche. Je sais qu'elle retire ses chaussures, qu'elle se frotte les pieds, se lave les mains dans le cabinet de toilette rose, celui dont je me servais, serrée contre ma grande sœur, elle se recoiffe, elle chausse ses ballerines qui ne feront aucun bruit sur le parquet de la maison de son enfance, puis elle descend vers sa mère qu'on a installée dans le salon bleu transformé en chambre et elle ouvre la porte et la petite femme est endormie. « Elle a maigri mais elle a les joues roses », dit ma mère. Moi je ne veux pas la voir, pas comme cela, il faut remonter loin pour entendre les rires de ma grand-mère, il faut remonter jusqu'au train qui nous menait à Saint-Malo pendant nos grandes vacances des années soixante-dix, la voilà, si gaie, dans sa cuisine, elle dresse la table, elle ébouillante les tourteaux, elle casse les œufs sur les crêpes bretonnes, la voilà l'épouse du docteur, si fine, si blonde, si sèche aussi dans ses baisers. « Ma mère a peur d'embrasser », dit ma mère. Et moi, un jour, je dis à ma mère : « Je ne veux plus que tu m'embrasses ; plus comme cela, plus comme une louve qui nettoie son petit. Je ne veux plus. Je ne peux plus. » Ma mère a doublé ses baisers sur moi pour remplacer les baisers de sa mère qui manquaient. Ma mère s'est embrassée par moi, mon corps a été le support de son corps. Il y a toujours un rôle à tenir, vous savez. Moi je connais le mien à merveille, l'enfant tendre et énigmatique, c'est ce que dit ma grand-mère à mon sujet : « Je ne sais pas qui est ta fille, ou plutôt, je ne sais plus » ; l'écriture m'a transformée, je crois, je ne suis plus la même, parce que je ne réponds pas toujours aux appels de ma mère qui dit : « Rappelle-moi, il faut que je te raconte, ta grand-mère fait parfois semblant de dormir, il y a quatre personnes autour d'elle, il est très doux avec elle, je suis allée faire des courses, rappelle-moi, il faut que je te dise, elle a une jolie peau, rappelle-moi, je vais te raconter le jardin sous la neige, les roses et les framboises, rappelle-moi, je suis allée avec le petit chien qui sent la noisette derrière les oreilles dans le parc du Tabor, rappelle-moi, ils ne comprennent pas pourquoi tu ne leur envoies plus tes livres dédicacés, rappelle-moi, j'ai trouvé sur la table de chevet de mon père un dépliant sur l'homosexualité, rappelle-moi, j'ai peur dans la nuit, je m'enferme à double tour. » Moi aussi je m'enferme dans ma chambre quand je vais pour la dernière fois à Rennes. Je m'enferme et je place une chaise devant ma porte, comme dans les films, et je ne dors pas nue, comme je le fais d'habitude, et je fais un mur d'oreillers, mais contre quoi ? Contre qui ? Je ne sais pas. J'ai peur de la peur de ma mère sans en connaître le vrai motif, le vrai sujet, c'est comme une maladie la peur, chez nous, cela vient de mon oncle disparu au maquis, cela vient avec mon père qui a peur du monde, cela vient avec ma sœur qui a peur de la mort, cela vient avec moi qui ai peur des autres. Nous avons peur ce dimanche matin-là, dans le café de la gare Montparnasse. J'ai peur parce que c'est la première fois que je reviens avec mon père à Rennes. J'ai peur de le voir là-bas, le jeune étudiant qu'un policier suivait parce

qu'il était tombé amoureux de la fille du docteur, j'ai peur de sa fragilité. Mon père est fort,
mais il est sensible et je sais combien il peut se
transformer : rentrer les épaules, baisser le visage
et la voix, poser ses mains sur sa poitrine, fermer
les yeux, je sais que mon grand-père est plus fort
que tout, qu'il n'a peur de rien. Son langage est
une lame de rasoir. Oui j'ai peur pour mon père ;
et j'ai peur pour moi. Nous partons, tous les trois,
ensemble, ma mère manque glisser sur le quai de
la gare, je la retiens, comme d'habitude. Voilà à
nouveau nos deux petits corps serrés, dans le
centre de Beaugrenelle, sur la Bahnhofstrasse de
Zurich, « Diane dit que tu es folle. C'est vrai ma
fille ? » Sur le parking de Ferney-Voltaire quand
j'apprends à conduire dans son Opel Corsa, nous
voilà, à nouveau, avec mon père en plus, que je
vais tenir aussi, mais dans ma tête, « Sois fier
papa, sois fier de toi », nous y allons, mes parents
portent du beige, nous sommes au mois de juin,
ils sont si élégants, toujours, c'est si important
pour eux, les habits, et pour moi aussi, depuis
Alger, quand nous allons parfois à Paris, vite, acheter des habits, aux Galeries Lafayette, au Monoprix, et encore avec l'Amie, quand je regarde
le matin mes nouveaux vêtements comme des
cadeaux précieux, les habits, le velours, le coton,
la laine ; c'est une place à quatre, je fais face à
mes parents, ils se partagent un exemplaire du
Monde, j'écris sur un carnet *Il faudra que je tienne
le journal de ce week-end à Rennes*, et je pense à la
Chanteuse, à sa voix qui revient parfois, étrange

et presque douloureuse dans ma tête parce qu'il ne me reste plus rien de notre amour, je l'efface de chaque photographie, je ne la vois plus dans sa maison de Marbella, je ne la vois plus sur le lit de la chambre du Ritz de Madrid, je ne la vois plus dans la discothèque pour filles de Barcelone, je ne la vois plus dans le taxi qui nous mène vers les quartiers de l'ex-Allemagne de l'Est, de nos voyages me reste une image floue de moi à côté de moi, de mon corps qui erre dans les rues, sur les plages, dans les halls des aéroports, de moi, cette fille qui joue un rôle et qui n'écrit plus. Dans ce train, je veux écrire sur mes parents, sur ce qu'ils sont là, vite, sur leurs corps qui m'ont toujours émue, il est brun, elle est blonde, il a la peau mate, elle se protège du soleil, il aime le champagne, l'alcool lui fait battre le cœur, il plonge des rochers, elle a peur des vagues, il cache son beau regard, elle a des yeux qui pénètrent ; ma mère voit tout, mes mots sur mon carnet : « Tu écris sur nous n'est-ce pas ? Tu continues à te ronger les ongles ? Tu as bronzé où ? Tu finis quand ton livre ? Elle est jolie ta jupe. Tu as peur. Moi je suis, pour la première fois, détendue. C'est peut-être parce que tu es là, même si tu marches trop vite pour nous, tu es comme ta sœur, tu refuses de nous voir vieillir. Nous ne faisons pas notre âge avec ton père, mais n'oublie pas que nous avons près de trente ans de plus que toi. Vous êtes incroyables quand même. » Évidemment, je ne réponds pas, et j'écris ce que dit mon père : « Un jour, je ne pourrai plus aller à Alger, tu sais, pour m'occuper de l'appartement, des factures. Un jour, je serai vraiment fatigué de ces voyages. » Je sais que mon père voyagera, que son cœur s'est toujours partagé entre deux lieux, nous et ailleurs, mais son ailleurs est aussi dans sa tête ; avant mon père rêvait de l'île de Pâques, de Washington, de Dubrovnik, et il me faisait rêver, en me racontant ses voyages, aujourd'hui mon père rêve d'Alger quand il est à Paris : «Tu sais ce ciel, cette odeur de fleurs, et cette lumière, unique », et il rêve de Paris quand il est à Alger : «Vous me manquez tant », entre ces deux rêves, il y a nos appels téléphoniques, au moins une fois par semaine, quand j'entends la ligne, je la vois traverser la mer, quand j'entends la sonnerie, je pense à ma chambre, je pense à mon corps penché sur mon pupitre blanc et puis mon père répond, et nous commençons notre folie de mots qui nous fait tant rire : «Ça va ? Oui et toi ça va ? Ça va. Mais ça va. Oui ça va. Tout le monde va ? Oui et toi ? Et toi, ça va ? Ça avance ? » Avancer, c'est ce que notre train fait, vite, fort, dans la campagne puis vers la ville de ma mère, avancer, c'est ce que je fais dans mon écriture, dans cette course, puis dans mon lien avec mes parents, j'avance avec eux vers l'homme qui les a tant terrifiés pendant leur jeunesse. Il est au pied de l'escalator, il nous attend, avec un appareil photo, il porte un blazer bleu marine, il me voit en premier, je lève la main, je ne suis pas sûre de mon geste parce que je ne suis pas sûre de mes sentiments, je n'aurais pas dû venir, et je suis là, et l'escalator descend vers l'homme, et je pourrais écrire vers l'homme de ma mère, celui par qui sont passées tant d'émotions, tant de silences aussi, il sourit, je n'ose pas regarder mes parents, il fait des photographies de nous trois, et je nous trouve si petits face à lui, minuscules, nous sommes ses trois enfants. Il embrasse comme avant, en serrant contre le corps, il dit : « Mon oiseau, ma fille, cher ami », mon père l'appelle papa et je ne sais pas pourquoi. Mon grand-père est le père de ma mère et il n'a rien d'un papa, ma mère ne l'a jamais décrit ainsi, et quand il est près de mes parents, j'ai cette image de moi, enfant, assise dans un champ de coquelicots, si heureuse, si troublée par la couleur rouge, par le vent, par les voix qui m'appellent, par ce ciel bleu et algérien qui semble former mon toit. Mon grand-père me fait penser à l'Algérie parce que ma mère disait souvent, là-bas : « J'ai dû mettre deux mille kilomètres entre lui et moi », ce qui me faisait penser à un immense fil invisible, dont les extrémités étaient reliées à jamais, par un sentiment si fort qu'il ressemblait à de l'adoration, ou à de la haine ; je pense vivre, aussi, au travers de cela, et quand ma colère vient, je crois qu'elle passe par ce lien, je crois qu'il y a une information familiale, on ne transmet pas seulement la chair à ses enfants mais aussi les conflits ; le rapport de ma mère avec son père influe aussi sur le rapport que j'ai avec le monde, avec les hommes. Je n'ai jamais vu mon père dans son rôle de fils, ou si peu, avec sa mère qu'il aimait tant, jamais avec son père, je n'en garde aucune trace en moi, aucun mécanisme non plus, je n'ai pas les moyens de remonter vers l'enfance de mon père, je n'ai pas les preuves de son histoire, lui aussi devient un sujet sans racines profondes, que j'interroge à chaque déjeuner que nous passons ensemble avec la violence de quelqu'un qui voudrait obtenir des aveux : avoue-moi ton enfance papa, avoue-moi ton père, avoue-moi tes souvenirs, élargis le champ, ne fais pas de moi ta ligne de départ et ta ligne d'arrivée. Je viens d'où ? De cet homme, qui ouvre la portière de sa longue voiture américaine ? De cette petite femme qui se tient, comme à son habitude, sur le perron de sa maison ? De ce jardin que la lumière de juin brûle déjà ? De cette maison de Rennes ? Oui, je viens de là, parce que j'y reviens sans cesse, par le rêve, par la peur de vivre aussi, oui elle prend ici, dans ce lieu si froid, dans ces gens si secrets, dans ces étages si sombres ; il y a quelque chose de moi dans cette maison, quelque chose que je n'arrive pas à définir ni à tenir, cela part de moi, c'est comme de l'eau, c'est comme un puits percé, toutes ces informations, tous ces liens, ce que je sais, ce que j'imagine, chaque fois je repense à notre hiver, à ma sœur, à son corps chaud, qui me protège, chaque fois il y a le goût de ce dentifrice, le Sanogyl, que mon grand-père rapporte par cartons — des cadeaux des labos —, chaque fois il y a la porte battante qui sépare l'entrée de la cuisine, chaque fois il y a le trajet de mon corps dans ce lieu qui devient comme le lieu d'Alger, la Résidence, aussi mythique, aussi silencieux, du fait de mes absences ; il y a des lieux romanesques, je crois, il y a aussi le terme d'un voyage, voilà, je suis à Rennes, je suis au bout du fil que tendait ma mère avec son père, et je n'arrive pas à le rompre, et je n'arrive pas à me défaire de cet homme dont je n'ai hérité d'aucun trait, d'aucune richesse, je ne veux rien de lui, et je ne veux rien lui donner ; à son mariage, mon cousin dit : « Il découpe tous les articles de journaux qui parlent de toi et les range dans un classeur. » Il y a cette forme d'amour depuis mes livres, une forme fausse et détournée de ce que je fais, de ce que je suis, de ce que projettent les autres sur moi, la fille de ses livres et non la petite-fille de son grand-père. Je dormirai au dernier étage, dans la chambre rose où dormait ma tante A. pendant les fêtes de Noël ; il y a toujours cette odeur de cire, de cuir et de bois, ce n'est pas l'odeur de mon enfance et pourtant elle fait monter les larmes aux yeux, puis vient la colère, qui revient en moi, qui me submerge, c'est la colère de mon corps en présence d'autres corps, je suis dans la fourmilière. « J'ai réservé au restaurant, dit mon grand-père, nous sommes en retard. » Vite, la voiture américaine, vite le petit chien sur les genoux de ma grand-mère, vite mon père à l'avant de la voiture, vite, en moi, toutes les images de mes vacances françaises, le Puy-de-Dôme, les volcans, les petites améthystes à collectionner, le funiculaire, la source d'eau chaude

151

et cette impression de manquer de moi-même, de ne pas faire le tour de ce que je suis ; il conduit de la même façon, en chantant, il a toujours ses gants, ses lunettes de soleil, cet air fier. Mon père ne conduit plus à cause de son œil, il traverse Paris à pied, très vite, le corps très droit, souvent croisé par des amis qui le reconnaissent : «Il marche vite, ton père.» Et je sais ce qu'il pense de mon grand-père, de la voiture, de la maison, de la petite vie qui l'effraie tant, de la vie de province. Ma mère est silencieuse parce qu'elle est contre sa mère et qu'elle n'a pas l'habitude, vous savez ; elle a appris l'amour par ses enfants. Ma mère me portait comme un chiot, de la chambre à la cuisine, du sable à la mer, j'étais si légère que mon père me surnommait *fragile*. Il a fallu du temps pour avoir de la force. Il a fallu du temps aussi pour me défaire de ces forces, pour venir vous voir, pour vous demander de l'aide. Ma grand-mère vient nous voir à Alger, elle dort sur le canapé-lit du salon, face à la mer, c'est l'hiver, ses yeux sont tristes quand elle dit : «La misère n'est pas belle ici», phrase que je ne comprends pas, que je n'entends pas. Ce sont les vacances de février, nous allons à Sidi-Ferruch, dans la forêt de Baïnem, sur les routes de Koléa, nous cueillons des chardons, je ramasse des pommes de pin, je crois que je suis heureuse de la voir, parce qu'elle se rajoute à nous, comme une ramification étrangère mais qui prend, peu à peu, comme une greffe sur la peau ; quand je regarde les photographies de ces vacances, je remarque qu'il y a toujours un chien dans le cadre de l'image, souvent près d'elle, comme attiré ; ce qui fait dire à ma mère : « Ta grand-mère a toujours su faire avec les chiens. » Il y a un épais rideau après la porte du restaurant, une jeune fille prend nos manteaux, je remarque un livre d'or sur une table, mon grand-père me prend par les épaules et dit : « Tu mettras un mot mon petit oiseau ? » La colère revient et ouvre mon ventre, elle revient parce que je ne suis pas à ma place, je ne sais pas faire l'écrivain, je ne sais pas faire la fille de la télévision, je ne sais pas faire la petite-fille de mon grand-père, je ne sais plus faire la fille de l'étudiant algérien, je ne sais plus faire la fille de la fille qui finira mal ; à Cuba, on me prend pour la fille de la Chanteuse, on se trompe sur notre lien, parce que je me trompe d'histoire, je crois que tout est ma faute, vous savez, je suis restée avec la Chanteuse parce que j'avais peur de la solitude et que j'avais peur de moi. J'ai peur au restaurant aussi, j'ai peur de ma colère, mes yeux prennent tout, on aide ma grand-mère à s'asseoir, elle est très mince, elle porte un tailleur en laine vert pâle, elle a les ongles faits, du bleu sur les paupières, elle me regarde mais elle ne me voit pas, elle est ailleurs, comme d'habitude, dans un autre lieu qui nous est fermé, elle baisse la tête parce que son petit chien s'étrangle avec sa laisse, elle a ce mot qu'elle avait pour Quik Quik le teckel de mon enfance : « Arrête de faire ta sotte, voyons. » Et le chien arrête, et moi je veux faire ma sotte, je veux apaiser ma colère, je veux qu'elle s'efface à l'intérieur de moi, qu'elle devienne une goutte d'eau dans l'océan, comme je fus une partie infime de l'édifice amoureux de Diane de Zurich. Elle aimait tout le monde, ou plutôt elle désirait tout le monde, ce qui signifie aussi qu'elle ne m'aimait pas. C'est avec elle que j'ai appris comment je pouvais, parfois, faire taire ma colère. C'est avec l'alcool que la colère se retire, lentement, et comme je n'aime pas l'alcool, et comme je ne sais pas boire, je vais vite, avec le vin, avec le champagne, je vais vite vers une forme d'ivresse, que je contrôle toujours, parce qu'elle n'est rien face aux forces de la colère, et mon père est comme moi, alors, la colère circule, et c'est mon grand-père qui la prend, et au fur et à mesure du déjeuner il ne se retient plus, il parle, il parle, il parle de l'Afrique, de l'Irak, du Maghreb, il a peur de tout, il a peur qu'on lui vole son argent, ce que j'entends ainsi : on lui a déjà volé sa fille. Un jour, ma mère dit : « Ton grand-père ne pensait pas que ses filles partiraient un jour. Il voulait fonder une industrie familiale. Il voulait nous garder, près de lui, dans sa maison. » Aucun homme ne résiste à mon grand-père, vous savez. Mon père le laisse parler et c'est terrible, mon père a un silence terrifiant, parce qu'il y a, dans ce silence, de la compassion. Et puis il y a cette idée aussi qui me vient, je me dis que je ne lui ai jamais dit que je l'aimais, jamais, et je ne sais pas si mon grand-père a déjà entendu cette phrase : « Je t'aime » ; je ne le sais vraiment pas, je ne sais pas si on l'a couvert de baisers, si on lui a caressé le visage, si on lui a embrassé le ventre un jour, je ne sais pas si on lui a dit : «Tu me manques mon amour», ou «Je ne peux plus vivre sans toi», et je ne sais pas si, à son tour, il a eu en lui le langage amoureux et pire encore, je ne sais pas s'il a dit un jour : «Tu es ma jolie petite fille. Ton papa est fier de toi. Si tu as besoin de quelque chose, je suis là.» À la mort de sa mère, il offre un meuble de l'école Boulle à ma mère, avec ce petit mot : «Et que je ne le retrouve pas à Alger.» Il vient une fois à Alger, je crois, à la fin des années soixante, je ne sais rien de son voyage, je ne sais rien de sa visite, il y a juste cette histoire avec Françoise Hardy qu'il rencontre à l'aéroport et qui signe son passeport. Je n'ai jamais mesuré mon amour pour mes grands-parents, je ne me suis jamais posé cette question, je pourrais aimer cette petite femme qui sait briser les pinces du crabe qu'elle est en train de manger sans jamais se salir, cette petite femme qui faisait un peu mal aux patients, cette petite femme chirurgien qui aurait préféré être une artiste, cette petite femme enfermée dans son monde qui ne me compte pas. Un jour, je lui écris cette lettre : «Je crois que tu ne m'aimes pas, et j'en connais la raison.» Elle me répondra : «Tes mots auraient pu tuer de chagrin ton grand-père. Tu devrais avoir honte de toi.» Il est si difficile de mesurer l'amour des gens, il est si difficile de percer les secrets. Il y a des amours invisibles comme il y a des livres qui ne s'écriront jamais ; je crois que c'est cette chose qui nous arrive dans notre famille, il y a une idée de l'amour, là, pendant le déjeuner, mais il manque une force d'amour qui nous ferait nous embrasser, nous serrer dans les bras, nous faire dire : «Je vous aime, vous m'avez manqué», ce qui voudrait dire aussi «j'ai mis tant d'années à revenir vers vous, et vous avez mis tant d'années à me dire que vous m'aimiez.» Ma grand-mère dit que je lui fais peur, qu'elle n'aime ni mes mains ni mes yeux. Est-ce qu'elle a peur, assise à cette table de restaurant? Elle compte les heures qui nous séparent de notre train, elle compte les sucres qu'elle donne à son chien, elle compte les regards que lui lance ma mère et qui signi-fient : «Dis-moi quelque chose de doux», elle compte mes livres et se demande si elle les a tous lus, si elle les a tous bien compris, elle compte les étés perdus, ceux que je passais avec elle, quand je la faisais rire et danser, elle dit : «Tu te sou-viens comme les villas étaient gaies?» Et moi je compte les mots qui sont dans ma tête, et il y a cette chanson de NTM qui revient que nous chantions avec M., où il est question de train, de jeunesse et de rêve, et je compte à mon tour les objets sur la table, les bagues de ma mère, les boutons de chemise de mon père, les veines sur les mains de mon grand-père, mes battements de cils, et je me dis que j'ai passé, moi aussi, ma vie à compter les corps, les visages et les cœurs bri-sés, puis à compter mes jours français qui dépas-sent, depuis peu, mes jours algériens, et je crois que ma vie peut commencer, que je suis en supériorité numérique, que la fille que j'ai inventée au 118 rue Saint-Charles est bien plus vivante que celle qui jouait sous les orangers. Avant de quitter le restaurant mon grand-père me demande de signer le livre d'or, la serveuse est surprise, parce qu'elle ne me connaît pas, mon grand-père lui prend le bras et dit : « Elle sera vraiment célèbre un jour, vous savez » ; ma grand-mère se cache derrière son écharpe et je sais qu'elle a envie de rire, mais d'un rire qui ferait tout éclater, un rire qui me protégerait de la honte. Je signe, avec une signature qui n'est pas la mienne, j'écris avec un visage masqué, je fais plaisir à mon grand-père. Il est heureux, parce que notre lien passe désormais par mon statut d'auteur. Ma mère veut aller à Pipriac, où ils passèrent de nombreux mois pendant la guerre à cause des bombardements. Elle dit : « Je crois que j'étais vraiment heureuse là-bas, parce qu'il n'y avait plus rien de réel » ; ce que j'entends ainsi : « J'étais heureuse parce que je n'étais plus votre fille, et vous n'étiez plus mes parents, la guerre avait fait de nous des amis. » Elle veut revoir cette ferme, avec ces champs si vastes, cette couleur aussi des blés jaunes, cette odeur d'herbe mouillée, elle veut retrouver ses vacances, ces moments sans le bruit des avions, sans la peur. Mon grand-père dit que c'est une bonne idée mais qu'il est déjà trop tard, que la nuit n'est pas loin, et qu'il déteste conduire dans la nuit, ma mère insiste et je sais, là, dans la voiture, au ton de sa voix, qu'elle se transforme en enfant. Elle sait que nous n'irons

157

pas à Pipriac, elle sait que mon grand-père ne conduit pas très bien, elle insiste, je ne sais pas pourquoi. Je n'aime pas sa voix, je n'aime pas son corps qui se penche vers son père, qui démarre la voiture et dit : «Non. Demain.» «S'il te plaît.» «Non. Demain.» C'est encore un langage amoureux que j'entends, vous savez, c'est encore cette ronde de mots : «Aime-moi. Non. Je t'en supplie, aime-moi. Non.» Nous rentrons. L'Amie dit : «Téléphone-moi avant de dormir, moi je n'oserai pas.» Je ne sais pas si mes grands-parents ont honte de ce que je suis, je ne sais pas s'ils mesurent la force de ce lien. Un jour, l'Amie dit : «Je suis née pour te protéger.» Je voudrais qu'elle soit là, près de moi, que sa voix recouvre la voix de ma mère, que son silence recouvre le silence de mon père, que son corps recouvre le mien et se referme sur ma peur, oui j'ai encore peur, mais c'est une peur qui vient du corps des autres, c'est une peur qui vient de l'extérieur et qui contamine, contamine, contamine, je prends tout, là, enfermée dans la voiture américaine des vacances françaises, l'odeur du souffle de mon grand-père, le parfum de mon père, les poils du chien, son petit ventre chaud, ses petits tétons noirs, ses petites griffes, je prends la chaleur des mains de ma mère, je prends ces organismes vivants, qui m'envahissent, qui me terrifient, je prends ce sentiment d'érosion aussi, tout s'effondre, l'enfance de ma mère, la jeunesse de mon père, moi, ma naissance, puisque je suis née dans cette ville, au centre de l'été, je prends tout de travers parce que j'ai encore le sentiment de gêne, ça vient sur moi, et je ne peux pas m'empêcher d'avoir mes mauvaises pensées, ou de porter ces lunettes, les lunettes à voir sous les vêtements, et je vois tout, les chairs rouges, les sexes au repos, les seins lourds et mon ventre, et mon bas-ventre, et je me dégoûte de pouvoir avoir cela en moi, ces visions, et le chien aussi me dégoûte, et je sais d'où vient ce sentiment de gêne, c'est à cause d'un déjeuner, un jour, avec ma mère, c'est à cause de ses mots, vous savez, quand je me rends dans l'appartement de la rue X, il se passe quelque chose entre nous, nous reformons notre couple, le couple du 118, les deux petites femmes bras dessus, bras dessous dans les couloirs du métro parisien, le couple de ma tête, quand je pense, enfant, qu'un jour j'épouserai ma mère, le couple fantasme quand ma mère dit : «Nous avons vécu des choses particulières, nous deux.» Le couple abusif quand mon père dit : «J'aurais tant voulu que tu vives avec ta mère pendant mes séjours à Alger»; alors, elle a ces mots qu'elle ne dit qu'à moi, les mots de son père, et c'est de là que vient la gêne, vous savez, dans les mots de cet homme, qui disait à ma mère, enfant : «Mets-toi un truc sur ta tête.» Cette phrase ne veut rien dire. Et elle veut tout dire. Cette phrase est le feu de l'enfance de ma mère, je crois que tout vient de là. Ma mère dit : «J'ai attendu l'âge de cinquante ans pour pouvoir me regarder dans une glace.» Ou : «J'ai si peur de mon visage.» Ou : «Je ne m'aime pas.» Ou : «Je n'ose pas entrer dans les magasins, les femmes me font peur.» Et j'en veux tant à cet homme vous savez, quand je vais chez H&M avec ma mère, et que je la regarde se noyer dans le flot des corps qui semblent la traverser, ma mère dont son père se moquait, ma mère et son beau visage, ma mère qui a commencé à s'aimer à Zurich grâce à Hanna Schygulla, à cause d'un air de ressemblance, dans un film où elle tenait le rôle d'une lesbienne ; et j'en ai voulu à Diane quand elle a fait danser ma mère sur une chanson de Billie Holiday, *Day in, Day out*, parce qu'elle savait, parce qu'elle avait vu le film, parce que c'était une façon supplémentaire de m'humilier. Quand ma mère dit : «Mets-toi un truc sur la tête», elle prend la voix de son père, elle prend ses lèvres, elle prend son regard, et elle se parle à elle-même, et c'est encore le fil tendu qu'elle ne veut pas briser, je crois que ma mère se voit avec les yeux de son père, et c'est pour cette raison qu'elle ne se voit pas, vous savez, et c'est pour cette raison qu'elle nous a enveloppées d'un amour fou, d'un surplus d'amour, elle nous a donné tout ce qu'elle avait en elle et tout ce qu'elle ne pouvait pas se donner. Après cette phrase, je regarde l'album de famille, je regarde ma mère, enfant, ses grands yeux, ses cheveux blonds et bouclés, sa petite main qu'elle tend à sa mère, son petit corps, son landau noir, je ne pleure pas là, parce que je vois un moment heureux, un seul, le temps de la photographie, j'ai des larmes quand elle dit : «Je suis parfois une enfant de quatre ans. Je suis comme les petits écoliers de la rue X, je leur ressemble, le matin, dans le froid, quand je pars travailler, quand ils portent leur cartable. Je sais qu'ils souffrent. Parce que moi j'ai tant souffert. » J'ai des larmes pour elle, et j'ai des larmes pour moi, parce que je sais que mon corps d'enfant lui a servi de forteresse, que ma mère a réparé son enfance par mon enfance. Je suis dans les mailles d'un filet, je ne comprends pas toujours ma mère, parce que je me sens bien, soudain, dans la voiture, à cause du silence, à cause de la douceur de l'air, à cause de mes souvenirs d'enfance, quand nous rentrions du Mont-Saint-Michel, de Grenoble, de Serre-Chevalier, il y avait quelque chose de différent avec mes grands-parents, une forme de sécurité je crois, que je n'ai jamais eue en Algérie, parce que j'étais submergée de beauté, j'étais toujours au bord des larmes ; je n'oublie pas cela et c'est cette fragilité qui revient à Nice, avec l'Amie quand nous marchons vers le Negresco, prises dans la lumière du ciel qui joue avec la mer et enflamme tous les corps, ou sur le petit balcon de l'Hôtel Suisse, quand nous avons l'impression d'être suspendues, et vous savez, la peur de la mort n'existe plus à cet instant ; la mort devient un petit point noir parmi les milliers de points de feu qui constituent le soleil, il n'y a plus cette notion d'arrachement, mais il y a une immense tristesse, ma tristesse algérienne vient de cette association : la beauté qui se mêle à la mort. Je suis en paix dans la voiture de mes grands-parents parce que je connais ces voix, cette voiture, cette maison devant laquelle nous nous garons, mais je connais ces éléments en dehors de l'histoire de ma mère, j'ai une histoire avec mes grands-parents qui ne passe pas par les souvenirs de ma mère ; cette histoire c'est un hiver à Rennes où nous faisons des crêpes, où on m'offre un lapin blanc, où je lis *Alice au pays des merveilles*, cette histoire c'est l'école du Thabor, le cabinet de la rue d'E., la pile de *Paris-Match*, les déjeuners de famille, tous ces mots que j'entends comme un bourdonnement qui rassure, cette histoire c'est l'odeur du grenier, l'odeur des livres, l'odeur des cahiers de ma mère que je retrouve, cette histoire est aussi l'histoire d'une trahison, puisque j'ai le souvenir de m'être détachée de mes parents pendant cet hiver, de les avoir oubliés. Le cœur s'habitue à tout, je crois ; je m'étais habituée à ma nouvelle vie ; pendant quelques mois, mes grands-parents sont devenus mes parents, et j'ai un souvenir d'amour de cette période, et je crois que ma vie d'adulte n'a jamais cessé de réparer cette infidélité. Je me suis sentie coupable de cela ; je me suis sentie coupable d'aimer des gens qui n'avaient aucune douceur envers ma mère, et pire encore, je me suis sentie coupable de recevoir de la douceur de ces gens, donc de la voler à ma mère et pire encore, je me suis sentie coupable d'avoir un sentiment flou, comme une ombre, de supériorité. J'ai reçu de la douceur, parce que je la méritais, plus que ma mère. C'est cette idée qui dort au fond de moi, c'est cette idée qui gâte, comme un fruit trop mûr, les autres idées, les autres fruits du panier ; quand mon grand-père prend ma main, je me détruis de l'intérieur, quand il dit : « Tu es si jolie », je me détruis de l'intérieur, quand il dit, encore : « Sacré petit oiseau », je me détruis de l'intérieur, quand je lis leurs cartes postales *Nous embrassons notre petite*, je me détruis de l'intérieur, et j'élargis le cercle de ma destruction : il est impossible pour moi de recevoir un compliment, en règle générale. Je m'interdis ce droit à être aimée, je défends, jusqu'au bout, ma mère, je m'interdis le bonheur, c'est pour cette raison que je reste avec la Chanteuse pendant deux ans. J'ai cette image d'elle, toujours, qui passe avant moi, dans les restaurants, dans les salles de concerts, dans les soirées, dans la voiture du taxi, je m'efface pour elle, je m'efface de moi, il y a ces mots un jour au sujet de la disparition de mon écriture : « Cela me plaît que tu n'écrives plus, il n'y a pas la place pour deux. » Moi j'ai assez de place dans mon cœur pour rassembler tous mes sentiments, je suis dans le jardin de Rennes et je me dis que chaque rose est une rose de mon enfance et non une rose de l'enfance de ma mère, je suis désormais capable de séparer mes émotions de ses émotions. Il faut du temps pour exister, il faut du temps pour se défaire du lien des ventres. Je monte dans ma chambre, je m'enferme dans la petite salle de bains rose, je fais couler de l'eau et je téléphone à l'Amie. Elle ne répond pas. Je dis sur son répondeur : « J'ai tant de choses à te raconter. Tu me manques. » Ces choses, c'est mon visage dans la glace qui me semble plus vieux, c'est mon corps qui ne sait pas où se mettre, c'est la voix de ma grand-mère, en bas : « On est sortis si tard de table, je découpe juste un ananas pour ce soir » ; ces choses, c'est mon père que je regarde de la fenêtre qui donne sur le jardin, il est assis sur une chaise en fer et je crois qu'il pleure mais je n'en suis pas sûre, ce que je sais c'est qu'il se sent aussi seul que moi, détaché du corps de ma mère qui a rejoint le monde de son enfance ; elle n'a plus besoin de nous, elle est près de sa mère et je ne saurai jamais ce qui n'a pas fonctionné entre elles ; ces choses, c'est ma fatigue d'être, oui je suis fatiguée d'exister dans cette maison, par cette maison, je suis fatiguée aussi d'exister par mes livres ; qui va enfin me demander : « Est-ce que tu partages ta vie avec quelqu'un ? » Parce que c'est cela, à Saint-Malo, que nous cherchons, avec mon cousin, toute une jeunesse à chercher, la personne vers qui aller, oui, nous avons tant cherché ensemble et mon cousin m'a tant pris, sans le savoir, puisqu'il embrassait celle que je désirais ; il a peut-être su, puisque, à son mariage, il dit : « Tu sais, j'ai toujours dans mon portefeuille une photo de nous trois. » Il y a tant d'amours cachées. Et lui ? Se souvient-il de notre histoire ? Se souvient-il de nos corps qui se serraient de tristesse parce que nous avions perdu celle que nous aimions tous les deux ? Je ne sais pas si ma grand-mère se reconnaît en moi, je ne sais pas si elle reconnaît notre lien ; je ne sais pas si on peut se défaire des liens du sang ; je pense que ma peur me défait de tout, puisque je m'enferme à double tour après dîner et que je pose une chaise contre ma porte, et que j'ai une insomnie, et que je regarde le plafond strié par les phares des voitures qui passent ; ma peur revient, je ne me sens plus en sécurité, c'est à cause de la colère encore, parce que mon père se tenait voûté à table, parce qu'il n'arrivait plus à parler, parce que nous étions pétrifiés quand mon grand-père a commencé à parler du monde. Nous ne saurons jamais qui est cet homme, c'est tout le drame de ma mère, il tient là, dans ses deux grandes mains qu'il ferme quand il est énervé ; ma mère ne sait pas qui est son père, elle ne sait pas qui elle est ; souvent à Alger, elle dit : « Je ne viens pas de Rennes. Je suis faite de vous. » Nous avons *engendré* ma mère, l'amour de ma sœur, l'amour de mon père, mon amour, l'ont construite, l'ont façonnée, c'était nous contre eux, mais la colère revient parce que je ne couvre pas toute l'histoire, parce que je ne saurai jamais pourquoi ma mère a peur des yeux de son père, pourquoi ma mère a les mains qui tremblent, pourquoi ma mère prend sa voix de petite fille, ils ont un secret, ou ils ont un faux secret, un secret qui s'est construit avec la peur. Et dans la nuit, j'ai les moyens d'effacer cette peur, je pense à l'Amie, je la vois sous mes yeux fermés, elle conduit sa voiture, je suis près d'elle, nous glissons au bord des quais, c'est l'été, il y a une odeur de fleurs dans l'air, il y a notre chanson aussi — *Two of Us* —, nous sommes si heureuses, nous sommes seules au monde, en voiture, avec le vent dans nos cheveux, avec nos corps légers, avec cette phrase à notre sujet : « Vous deux, c'est la vie. » Avec Diane de Zurich, l'amour a un lien avec la mort, à cause de la neige, à cause de la forêt, à cause de sa voix qui ne m'enveloppe pas ; il y a un sentiment de fuite, des choses et du paysage ; je n'entre pas dans son cadre, je n'entre pas dans sa vie, ma main ne tient pas dans la sienne, nous sommes si différentes que nous nous dévorons. C'est le visage de l'Amie qui efface la peur de la nuit, c'est son sourire et sa voix, c'est sa phrase que je répète : « Je suis née pour te protéger. » Je pense que je suis cassée, je pense que ma cassure vient de cette maison, mais je n'ai pas encore trouvé l'arme qui m'a blessée, il faut toute une vie pour comprendre. Je fais souvent le rêve du livre idéal, qui s'écrirait dans un état d'inconscience, un livre qui dirait le secret de notre famille, un livre surgi de l'hypnose, le livre de la vérité, puisque c'est cela le grand problème : savoir ; il faut que je sache. J'ouvre la porte de ma chambre, je descends l'escalier, j'ouvre la porte du jardin, je marche pieds nus sur la pelouse. Je regarde ce mur en pierre et je me souviens de moi, si petite, avant, pendant cet hiver-là, et je me souviens que c'est à cet endroit précis que j'ai compris que la vie n'était pas éternelle ; cela a fait comme un trou noir en moi et je me suis dit qu'il fallait avoir beaucoup d'amour autour de soi pour accepter cette tragédie, la peur vient de là peut-être, de cette idée, et surtout de ce manque d'amour qui doit envelopper cette idée. Et c'est pour cette raison que la Chanteuse a une cour, dont j'ai fait partie et je n'ai pas honte de cela ; je n'étais pas une groupie, j'avais juste trouvé plus malheureux que moi ; c'est pour cette raison qu'il y a cette phrase quand on me voit avec l'Amie : « Vous deux, c'est la vie », parce que nous deux c'est l'amour, mais un amour si infini, si particulier, que même le mot amour ne saurait le couvrir totalement. Il y a quelque chose de grand, entre nous, quelque chose, une fois encore, qui nous dépasse, parce que notre amour cimente tous nos liens fissurés. Avec l'Amie, nous avons tous les visages, nous sommes tout, l'une pour l'autre, nous ne souffrons d'aucune déficience dans notre lien, nous sommes avant et après tout, nous ne suivons que notre ligne, nous ne ressemblons à personne ; il y a une sorte de lien reconstitué, nous nous sommes choisies, je crois. Cela est si précieux. Il y a tant de soumission parfois. Nous sommes si libres, si libres à l'intérieur de ce que nous avons créé. Cet amour-là est une œuvre d'art. L'Amie dit souvent : « Je suis émue de nous. » Et je sais la souffrance de ma mère. Je sais qu'une fille ne se remet jamais de ne pas avoir été sûre de l'amour de son père. C'est cela la mort, bien avant la mort du corps. Et elle vient de là, la peur de ma mère, quand elle dit : « Serre-moi dans tes bras, j'ai peur ; ne fais pas ces yeux-là, j'ai peur ; range ce couteau, j'ai peur ; ne te penche pas à la fenêtre, j'ai peur. » Je remonte dans ma chambre, je pense à la Chanteuse, à sa façon de passer la nuit, elle n'arrivait jamais à dormir parce qu'elle avait peur de ne pas se réveiller, et je pense à ma sœur qui dit : «Je ne veux plus aller à Rennes, parce que j'ai peur d'y mourir. » Et je pense que la peur est aussi la peur de la nuit, de cette expression terrifiante : la nuit des temps. Il n'y a que l'amour pour retirer cette peur de nos têtes, et c'est ce sentiment, ce dimanche, au soleil, dans le jardin de la maison de Rennes, quand je regarde ma grand-mère servir l'orangeade dans des grands verres, que le petit chien s'est endormi dans l'herbe, que mon oncle arrive et me dit : «Tu es devenue une femme. » Combien de temps est passé ? Combien d'heures me manquent entre cette famille — ma famille — et moi ? Combien de mots n'ai-je pas dits au bon moment ? Parce que j'aimerais les dire ces mots, là, devant mes parents qui se tiennent comme deux amoureux dans une colonne de soleil face aux rangs de roses que ma grand-mère a rompus pour l'enterrement de sa fille, ces mots d'amour : je veux te prendre dans mes bras chère grand-mère, je veux te serrer jusqu'à l'étouffement, je veux sentir ta peau et la douceur de ton vêtement, je veux être pénétrée de ton histoire qui est la mienne, parce qu'à bien y regarder, je te ressemble, j'ai ta taille, j'ai tes mains et j'ai ton nez, et j'ai peut-être aussi tes yeux, ceux qui te font si peur car ils regardent dans la même direction, et notre route est celle-ci, la voiture, la gare, la voix qui annonce les quais, le bruit de la porte du train qui se referme, le bruit des moteurs, le bruit des passagers, le bruit de la vie qui court, dans un sens puis dans un autre, dans un sens puis dans un autre, toute ma vie tient dans les départs, quitter Alger, quitter le 118, quitter Zurich, oui je ne vous ai pas dit, après Zurich il y a cet hôtel Méridien «qui coûtait une fortune», dit ma mère, à Ferney, nous y restons pendant un mois, le temps des balades autour du lac de Divonne, le temps des créneaux que j'effectue avec l'Opel Corsa sur le parking, pour apprendre à conduire, pour apprendre à oublier Diane; je suis partie d'Alger à cause de l'asphyxie de ma mère, je suis partie de Zurich à cause de l'étouffement de Diane, son corps, à elle aussi, se posait sur moi, m'engloutissait, alors voilà ma chère grand-mère, tout mon amour tenu pour toi, et je devrais dire pour vous, parce que nous avons fait de nous deux étrangers ou plutôt, comme tu dis deux *estrangers*; c'est ce que je suis encore, car toute ma vie se démet d'elle-même par le mouvement des trains et des avions. Il n'y a que des départs dans cette vie, qui sont des départs de feu, chaque fois, tout brûle sur les images de la télévision, la Corse, notre villa que la Chanteuse loue, notre lit blanc, le jardin où elle écrit, la petite terrasse en pierres rouges qui porte le titre de l'une de ses chansons, et cela brûle encore une nuit dans ma rue, le ciel est orange et l'Amie n'est pas là, alors ce feu est bien plus qu'un feu, c'est l'incendie algérien, ce sont les murs de mon enfance qui tombent, c'est tout cela dans ma tête ; « le feu marche avec moi », écrit Lynch dans son film, *Fire Walk With Me*, et ce feu est une grande solitude, l'Amie dit : « Toi tu as l'habitude d'être seule, tu sais faire », oui je sais, et c'est ce qui me fait pleurer quand je rentre par le bus de Rennes, que je répète les scènes et que je sais que le malheur de notre famille tient dans ce mot, *soledad*, chacun pour soi, rien ne circule, personne n'a dit : « Vous m'avez manqué », personne, alors j'ouvre la porte de mon appartement, et comme chaque fois l'Amie couvre de sa voix tout ce que je n'ai pas entendu à Rennes : « Comme tu es jolie. Tu as un peu maigri, non ? Tu m'as manqué. Tu as changé aussi, je ne te reconnais plus. » Moi je me reconnais quand je suis place du Châtelet un jour, que j'appelle l'Amie et que je lui dis : « Je vais manger au café », et qu'elle me répond : « Seule ? Je ne sais pas comment tu fais, moi je ne pourrais pas. » Et en traversant la place du Châtelet, je pense à Guibert, qui l'a tant de fois traversée, qui a tant écrit sur le café, sur l'attente, sur le théâtre de la place, sur son corps affaibli, là, dans les rues que je traverse, sur cette banquette où je m'assois : « C'est pour manger ? » « Oui. » Une fois de plus, on m'installe la nappe en papier, l'huile et le vinaigre, la corbeille de pain, je suis près de la vitre, à cause du soleil, à cause du bruit des voitures qui restera toujours le bruit de Paris, à l'opposé du silence algérien, et je regarde vers le bar, les hommes et les femmes debout, les petits espressos, les petits verres de vin, le mixte

170

sur le comptoir, le percolateur, et c'est encore Paris que j'admirais, avant, dans les films de Claude Sautet, cette folie à la caisse, derrière le bar, ces amis qui se retrouvent, et j'ai toujours le cœur qui se serre quand je pense à Romy Schneider, à son visage tant aimé, tant admiré, à sa voix qui perçait le brouhaha incessant des brasseries, le bruit de la ville, de la vie, de l'amour. Je n'ai pas honte de déjeuner seule. Je ferme les yeux sur moi, je n'ai aucune tristesse à mon sujet, ma solitude est aussi une forme de travail ; je longe le quai de la Mégisserie et j'ai cette phrase de l'Amie : « Quand tu fermes les yeux, j'ouvre les miens » ; c'est à cause de la voiture, une nuit, du tunnel du Louvre, du bruit des pneus, oui, je ferme les yeux, parce que l'Amie regarde pour deux ; je ferme encore les yeux vous savez, puisque je ne vais plus à Rennes, je ne peux plus, ma grand-mère y est couchée, je crois qu'elle ne peut plus bouger depuis son attaque, je ferme les yeux sur moi : je l'ai abandonnée ; alors je fais, d'une certaine façon, sa route, ou plutôt je suis avec elle quand j'entre dans les magasins d'animaux, quand je cherche un chien — ma grand-mère n'aime que les petits chiens, ceux qui ont les oreilles douces comme du velours, les yeux noirs, les pattes courtes, le poil ras, la tête qui penche quand on leur parle. Ils sont là, derrière la vitre, mes Jack Russell, ils dorment, puis jouent dans la paille, et je les regarde dans les yeux, et j'attends un signe, un signe d'amour, lequel choisir, lequel aimer, lequel sauver ? Diane de Zurich disait : «Tu es comme un petit animal, tendre et imprévisible», elle me tenait dans sa main comme je tiens l'image de Guibert dans mes yeux, il est là, devant moi, sur les quais, il marche vite, il a rendez-vous place du Châtelet, il sait, il sait que tout peut s'écrire, qu'il y a un flux impossible à fixer ; tout est là, tous les livres sont là vous savez, il suffit de marcher, il suffit de regarder le ciel, il suffit de prendre le soleil de l'hiver, il suffit de s'infiltrer dans la foule et tout commence, l'écriture est l'écriture du mouvement de la vie ; c'est ce que je dis un jour à la librairie française de Boston, quand une lectrice me demande les raisons de mon écriture : «Je crois que c'est la vie, la vie qui bat», et pendant ma réponse, je sais que je peux écrire sur les visages qui me regardent, sur cette dévoration, puis le livre vient avant le décor, j'ai une voix dans ma tête qui décrit les objets, les personnes, avant même que mon corps ne les traverse. J'écris dans ma tête, sur la librairie en bois de Boston, sur mon éditrice américaine, J., blonde aux cheveux courts, sur ses mains longues et sa bague au pouce qui signifie, je crois, qu'elle est homosexuelle. Il y a un vrai lien entre nous, le livre n'est pas le seul enjeu de notre rencontre, il y a Boston, ma ville préférée, l'hôtel où je descends, les roses blanches de ma chambre, le début de l'été, la couleur du ciel, ma vie d'auteur me semble pour une fois si légère ; je ne joue aucun rôle, tout se rassemble à l'intérieur de moi : ce que j'écris et ce que je suis. Je ne veux pas rentrer à Paris. L'été prend ici avec douceur, la lumière est pâle et chaude, il y a un sentiment de l'Amérique, il y a un sentiment de l'immensité de l'Amérique ; je marche dans les pas de mon père, j'ai toujours su qu'il y avait une Amérique particulière, celle dont je rêve enfant quand j'attends ses cartes postales, ses appels téléphoniques, quand je collectionne ses billets d'avion, New York, Washington, Chicago, c'est une Amérique qui passe par mon père et par l'absence de mon père puis par son retour, puisqu'il devient vite le héros qui traverse l'Atlantique ; et il y a une autre Amérique qui me fascine, l'Amérique de San Francisco, de Key West, de Fire Island, l'Amérique de Provincetown, au large de Boston où je décide de passer quelques jours ; il n'y a aucune tristesse dans mon cas à passer des vacances seule, parce que je ne suis jamais vraiment seule, mon écriture est ma vision des choses, cet œil que je porte sans cesse, comme un œil déformant ou l'œil d'un appareil photographique, fait de ma solitude un vrai chantier, je ne suis pas passive dans cette solitude, je suis en mouvement, je ne me regarde pas seule, je regarde les autres venir vers moi, prendre cette solitude et s'y révéler, ce n'est pas comme la Chanteuse qui prend un taxi un jour pour Roissy et réserve au hasard, sur un vol, Lisbonne, je crois, une place, et s'en va, mais elle s'en va de tout, et quand elle arrive à Lisbonne, elle s'enferme dans sa chambre d'hôtel, et elle reste pendant deux jours, la tête dans les mains, à se demander qui elle est, si elle pourra un jour avoir assez de force pour exister vraiment ou pour s'aimer. Je n'ai que de l'amour quand je prends le petit avion hall C, porte 5 de l'aéroport de Boston, je n'ai que de l'amour quand je sais, là, face à vous, que je m'apprête à vous parler des femmes, de mon rapport aux femmes, de ce lien, de cette adoration, je n'ai pas honte ou je n'ai plus honte, vous me regardez et je soutiens votre regard, je ne sais pas si je suis en train de vous séduire, si Provincetown n'est pas un moyen de vous dire combien je me sens en paix avec les femmes, avec vous, même si vous portez plusieurs masques ; le corps qui me fait face, votre corps, est le corps d'une femme et je crois que tout tient là, dans cette différence avec les hommes, je n'arrive pas à me dire que nous sommes semblables, il y aura toujours, pour moi, les hommes et les femmes, il y aura toujours cette ligne, mais ce n'est pas la peur qui fait cela, c'est le désir je crois, c'est la place aussi, chacun sa place et ma place est dans le petit avion de Provincetown, je ferme les yeux et je descends au fond de moi, dans cette enfance où je rêve tant, où je voyage avec ma sœur, où les hôtesses sont des beautés qui vérifient mon identité, mes affaires, ma ceinture, et je suis au-dessus du ciel, et je suis près de ma sœur, et je sens son odeur, eau de Cologne Bien-être, et je regarde les nuages qui me séparent de la terre, et je me sens si libre, si libre de moi, l'enfant attachée à sa mère ; il y a une excitation à divorcer d'un lien et il y a une douceur dans la tristesse de ce lien rompu, il y a un infini bonheur à le retrouver, à le recons-

174

tituer, c'est une spirale, c'est ma spirale amoureuse, c'est la spirale de mon écriture, quand je quitte ma mère, je prends un foulard qui porte son odeur, quand je quitte la Chanteuse, je prends une chanson qu'elle a chantée, sur scène, pour moi, quand je me sépare de l'Amie, je prends toute notre vie dans mon cœur, nos mots, nos voyages, nos silences, nos regards, quand je quitte mon éditrice américaine à l'aéroport de Boston, j'entends ses mots : « Vous êtes une belle personne », et je ne me souviens pas des mots de mon père à mon sujet, je n'entends pas, je crois, « Tu es ma jolie petite fille », J'entends : « Tu es mon brio », mon père ne marque jamais la ligne entre les filles et les garçons et je crois que je suis encore son fils quand il déjeune avec moi, quand nous parlons de sa carrière, quand il me demande où j'en suis avec un grand respect et un sentiment d'égalité, de fraternité, de complicité, que j'ai toujours vu se dégager dans le lien des hommes, et je tiens mon rôle à merveille, je crois que je suis fière d'être encore le fils de mon père, et son prolongement puisque je pense que nous avons le même cerveau, le même humour, la même fragilité face à la fascinante douceur des femmes ; l'Amie dit, souvent, quand je la fais rire : « Je crois voir ton père » ; je suis le fils de mon père, je suis surtout son miroir, un jour il dit : « Tu es le jeune homme que j'étais. » Il y a une histoire des pères dont on ne se défait pas, j'ai souvent pensé que mon écriture venait de ma mère, de sa passion des livres, et qu'elle me tiendrait toujours dans ses mains, qu'elle me dévorerait encore avec amour — ce qu'elle fait puisqu'elle reste ma lectrice la plus rapide, avide de mes mots, car elle se cherche dans mes pages, et quand elle ne s'y trouve pas, elle a l'intelligence de se débusquer dans les ombres qui dansent entre les lignes —, tandis que mon père me lit lentement, il m'apprend et il se redécouvre, dans ce prolongement des sangs, de l'écriture qui saigne, et je sais désormais que l'écriture vient de lui, lui qui écrit tant à Alger, à son bureau, sur la table du salon, sur ses genoux, dans son lit, lui aussi a cette écriture qui saigne, il note tout, il répertorie tout, comme pour resserrer la vie, comme pour préparer ses voyages et me laisser des preuves de lui-même, mon père surgit dans ses dossiers, dans ses carnets, dans ses lettres, que je lis pendant ses absences sans en saisir le sens mais en me persuadant qu'il se tient dans ses mots un secret que je dois trouver : le secret de l'univers, et, à mon tour, je me mets à mon bureau, je prends du papier, des stylos et je forme des lettres que je relie entre elles dans une langue inventée puisque je ne sais pas encore écrire : je deviens un enfant écrivain. Et c'est dans les mots que je retrouve mon père, c'est notre pays je crois, ces lignes que je trace au feutre, cet alphabet que j'apprends, ces mots que je relie les uns aux autres ; ma mère serait du côté de la lecture, mon père serait du côté de l'écriture, de la force et d'une forme de sexualité ; il y a de la sexualité dans l'acte d'écrire, il y a de l'exposition et de

l'intime, et c'est si simple de comprendre aujour-
d'hui mes amours, je marche dans les pas de
mon père, et je sais comme lui combien il est
enivrant de suivre le parfum d'une femme, de
répondre à sa voix, de soutenir son regard, et je
sais combien mon cœur est léger quand je survole
la baie de Cape Cod, les plages de Hyannis Port,
et enfin, comme une apparition, la petite ville
de Provincetown, serrée de dunes et de marais, la
ville des femmes. Quand je regarde autour de
moi, je me rends compte que nous sommes six
passagères dans le petit avion, et je suis bien,
je me sens en sécurité, je me sens en sécurité avec
moi vous savez, je sais mon corps près du corps
des femmes, je sais ses façons de tenir ou de se
retenir, il y a un lien entre les femmes, il y a un fil
invisible ; je sais que j'écris par amour vous savez,
je sais que j'écris dans cette forme de félicité, et
quand j'écris sur Diane, je la serre encore dans
mes bras, et quand j'écris sur l'Algérie, je pourrais crier : « Je suis de retour ! », mais de quoi suis-
je partie sinon de moi-même ? Et c'est en arrivant
à Provincetown que je sais d'où je viens, tout est
là, tout se tient derrière le soleil rouge et dans
ma voix qui dit : « Je suis, ici, chez moi » ; cette
phrase signifie aussi que je suis chez moi à l'intérieur de moi, vous savez, je me laisse traverser, il
ne s'agit plus de regarder, mais de vivre enfin ce
que je regarde, c'est comme si j'entrais dans mon
miroir, c'est comme si des milliers de souvenirs
se rassemblaient pour ne former qu'une seule
vérité, qu'une seule ligne ; c'est ainsi que je quitte

l'aéroport et que je prends un taxi pour mon hôtel : « *In town* », dit le chauffeur — qui est une femme —, « *To the Blue Elephant* » ; je ne suis plus l'auteur du roman, je suis à l'intérieur du roman, et je forme à mon tour une particule infime de ce qui constitue le monde, notre monde, mon monde. Il y a des choses que je ne peux pas traduire, je retombe dans l'état de l'enfant écrivain, j'ai la main de mon père dans ma main, je suis en Amérique, je suis un auteur, je suis seule comme l'était mon père dans ses chambres d'hôtel, dans ses salles de conférence que je voyais à la télévision, cherchant son visage parmi la centaine de participants, seul dans les rues, dans les nuits, seul dans ses voyages qui le séparaient de moi, de nous, ses adorées, seul encore quand il est à Alger, seul dans l'appartement de l'immeuble sur pilotis, seul dans ma chambre dont il a gardé l'intégralité des affaires — papiers, livres, jouets, vêtements —, et qu'il choisit pour prendre le soleil après sa course dans le stade municipal où de jeunes garçons le surnomment *El Hadj*. Cette solitude donne accès à un autre sentiment, à la liberté, à la liberté de l'homme, à la liberté de choix ; c'est moi qui choisis ma vie, là, à Provincetown, ce n'est plus la vie secrète, il y a un décrochage de ma vie dans une autre, je glisse, lentement, et je me reconnais dans ce qu'il y aurait de moins reconnaissable, je suis si bien, si près de moi, dans cette petite ville, puis dans Stanford Street, quand je traverse le jardin du Blue Elephant, quand je remplis mon formulaire au *desk*, âge, nom, prénom, adresse, et que je *m'oc-cupe*, que je suis en moi, je ne me suis jamais sentie aussi solidaire de moi-même, et cette solitude ne revêt aucune violence, vous savez; quand je pense à mes voyages avec la Chanteuse, je sais ma violence, je sais mon effacement, je reste derrière elle sur le bateau qui nous conduit à Formentera, je reste derrière elle dans le Falcon qui nous conduit à Madrid, je reste derrière elle dans sa maison de Marbella quand elle me dit : « Tu n'es que haine en toi », je reste derrière elle une nuit quand elle pleure sur la terrasse de l'hôtel de Sartène, je reste derrière elle dans ce bar de New York quand des Françaises la reconnaissent et qu'elle m'ordonne de m'éloigner, je reste derrière elle et c'est une façon de rester derrière moi, d'avoir honte de ce lien, qui n'est ni de l'amour ni de la haine, mais qui se situe à l'interstice de ces deux sentiments, prenant tantôt de l'un, tantôt de l'autre. Quand mon père s'en va pour le Venezuela, je n'ai aucune haine envers lui, je ne lui en veux pas, je sais qu'il ne faudra pas compter sur lui dans l'immédiat, qu'il est là dans une image, son image de père, mais que je ne pourrai pas toujours serrer son corps, c'est l'idée de l'hologramme dans mon cerveau, vous savez, ce sont ces images qui dansent devant mes yeux fiévreux une nuit, à l'inauguration de Disneyland Paris, avec la Chanteuse; c'est dans le théâtre des poupées que je comprends les nuances de la réalité, voir sans regarder, être sans aimer, se tenir sans s'y fondre; ma relation avec la Chanteuse tient aussi de cette illusion, je suis son ombre, je suis sa voix qui répond quand elle appelle, je suis la jeune fille qui la suit sur les marches du palais au Festival de Cannes, celle qui ne sourit pas à l'objectif, celle qui fera dire à notre guide corse : «Vous aviez l'air triste *dans* le journal» ; je suis devenue célèbre à sa façon, par son seul visage à mes côtés, son visage tant cherché, tant pris en photo, tant capturé que j'ai toujours pensé qu'il finirait par arriver une catastrophe, une faillite de l'image, de son image, l'illusion ne pouvant durer, ou devant se transformer ; je crois que c'est à cause de cela que la rumeur sur la Chanteuse a pris si vite, comme un feu, c'est arrivé un matin, par son agent qui a dû répondre à cette question : «Alors, c'est vrai, elle est morte hier?» Je crois que la Chanteuse a eu si peur de la rumeur qu'elle s'est vraiment sentie mourir, vous savez, il y a eu une confusion des réalités. Je ne confonds rien à Provincetown, je sais qui je suis, je sais ce que je désire. Je monte l'escalier du Blue Elephant, tout a disparu en moi, la peur, la tristesse, l'exil, je le répète, je suis chez moi — *at home* —, je suis rentrée, dans un pays que je connaissais bien avant de le visiter, le pays de mon enfance, le pays du chapeau de plumes d'Indien, du Levi's, du blouson de daim, du pyjama Magic Circus, du revolver avec la crosse en chrome que mon père me rapporte de ses missions, le pays des alligators, des astronautes, des gratte-ciel, que ma mère photographie quand elle rejoint un jour mon père et que je vois son

180

voyage comme un rendez-vous amoureux, loin de moi, l'enfant-invasion. Il y a encore de l'invasion avec la Chanteuse quand nous nous disputons, quand elle me gifle un jour parce qu'elle est à court d'arguments ; j'ai toujours joué avec la violence, j'ai toujours provoqué les colères de mon père pour qu'il s'occupe de moi. Encore des fleurs blanches dans ma chambre de Provincetown, un grand lit, le bruit de la climatisation, un minibar, du champagne, la Bible sur le bureau, le *flag* de la fierté gay à la fenêtre, et le sentiment étrange d'être attendue, alors que je suis seule, cette solitude est excitante, c'est aussi la solitude de ma mère quand elle voyage — *Je me fais des films dans ma tête* — et que je l'imagine, dans sa chambre en Jordanie, rangeant ses affaires dans une commode, accrochant ses vestes dans une penderie, «Je suis la plus élégante du groupe, tu sais », dit-elle au téléphone, et je sais que mes larmes ne sont pas loin, parce que j'ai encore ce sentiment d'abandonner ma mère dans les ruines de Pétra, sur les routes de Sicile, dans les ruelles de Naples, je l'abandonne au soleil, à la mer, à la beauté des vestiges qui fait écho à la beauté de l'Algérie ; je l'abandonne au monde, qui me semble si brutal, j'abandonne mon amie, ma fille, mon amour. Je deviens comme mon père ; il y a notre visage, notre corps et il y a notre façon de faire, nous sommes aussi secrets, aussi étranges dans nos déplacements, quand il s'en va, mon père ne donne jamais sa date de retour, par superstition, puisqu'il a toujours la terrible pen-

181

sée de mourir jeune et de nous laisser; je crois que c'est à cause de son frère, porté disparu, c'est à cause de ce mort dont il ne peut évoquer le souvenir sans fondre en larmes, alors, tous les deux nous écoutons la chanson d'Abdelwahab, la chanson du grand frère qui a laissé le petit derrière lui; mon père dit que les morts sont de plus en plus présents au fur et à mesure de la vie, comme le manque, comme la tristesse; on ne se remet jamais de la mort des siens; la vie est aussi faite des absents qui brûlent les cœurs. Mon père porte son frère, son père, sa mère, il se tient, comme l'Amie, dans une maison sans toit, qu'il a bâtie avec ses mains puis avec nos rires d'enfants. «Je n'ai que vous», répète-t-il, et je sais qu'il a raison. Qui j'abandonne dans les rues de Provincetown? Qui je fuis? Qui je retrouve? Vous pensez que ces trois jours, seule, sont d'une extrême violence, n'est-ce pas? Vous pensez que je suis tombée très loin dans le châtiment? La colère s'en va, vous savez, elle s'en va au Blue Elephant, elle s'en va Commercial Street, elle s'en va sur les planches du Gay Tea Dance, elle s'en va de moi, je ne suis plus dans la spirale des corps, je ne suis plus happée, je suis à côté des corps qui m'attirent, que je choisis, que je vénère parce que ce sont des corps désarmés; il n'y a aucune violence ici, moi aussi je suis sans violence, je n'ai pas peur de la nuit, je n'ai pas peur de cette phrase: je n'ai jamais cessé d'aimer Diane; il y a un cimetière amoureux je crois, il faudrait écrire sur ce lieu, il faudrait reprendre *Le Mausolée des amants* d'Hervé Guibert, et reconstituer l'édifice des filles, puis des femmes de ma vie ; j'écrirai sur les femmes de Provincetown, celles de mon hôtel, plus âgées que celles de la nuit, il faudrait écrire sur leur peau fine qu'elles protègent du soleil, sur leurs corps si délicats, sur la peur de ne plus séduire, alors que ces corps sont d'une extrême beauté, parce qu'ils deviennent fragiles et forts à la fois, comme polis par le temps, ces corps portent l'empreinte des caresses, et je pense au corps de ma mère dont la peau ne se plie pas, comme si elle avait été trempée dans un bain de rose, un fixateur de beauté ; ces femmes de l'hôtel me saluent, je baisse les yeux parce que j'ai toujours été troublée par les femmes plus âgées que moi, je crois que ma relation à elles passe par le filtre maternel, j'ai donc une infinie douceur pour elles. Je reste sans désir, ou dans le désir de me faire protéger ; j'écrirai aussi sur la jeune femme qui porte des rollers et qui me regarde, assise au café français de Commercial Street ; c'est à cause de la beauté, je crois, que je soutiens son regard, je n'ai pas peur, je n'ai pas honte, je suis fascinée par ce corps à demi nu, parfait, qui porte un jean coupé en short, un débardeur, une crosse de hockey dans la main, des cheveux longs. Il faudrait écrire sur les femmes de la plage qui arrivent si tôt le matin, avec les glacières, les ballons, les matelas pneumatiques, avec leurs enfants parfois, avec leur amie, que je devrais nommer épouse, il faudrait que j'écrive sur moi, sur mes traversées de Provincetown, sur cet état étrange, mon état, ma façon de regarder les femmes, entre elles, Garden Party, Tea Dance, Slow, de les regarder comme si je me regardais enfin grandir, vieillir et changer ; dans ces femmes, il y a l'histoire de ma mère en tant que mère, et je me souviens d'elle, à la plage, me protégeant du vent et du sable, dans la rue, me protégeant du regard des hommes, à Timimoun, au volant de sa GS, doublant les camions-citernes, avec la force d'un soldat, c'est cela ma mère aussi, le petit soldat qui se sauve de son père, qui arrive en Algérie après la guerre, qui se remet de ses crises d'asphyxie, et je crois que j'ai aussi sa force, dans mon voyage imprévu, dans mes promenades solitaires, comme elle je peux manger seule à une terrasse de café, comme elle je peux m'endormir seule dans une chambre d'hôtel, comme elle j'ai les yeux pour prendre la mer et les bateaux de croisière, les sables et l'eau des marais, comme elle ma vie est longtemps passée par le filtre déformant des livres, comme elle je me réjouis de retrouver la nuit Hervé Guibert, mon amant de papier dont je souligne les mots, d'une extrême beauté, toujours dans le sentiment de vie et donc de mort. Ma mère lit Jean-Louis Bory, Yves Navarre, Michel Foucault, elle forme une bibliothèque que je n'ai qu'à consulter pour savoir, très jeune, ce que je suis, pour savoir qui se forme au fond de moi ; il y a un tissage romantique et j'en poursuis la trame dans la ville des femmes que je regarde embarquer sur le petit port de Provincetown. Et c'est encore cette trame qui me guide quand je sors dans les bars de Stanford, quand je réponds au surnom de *Frenchy girl*, quand je sais que je pourrais trouver ma place ici, un jour, parmi ces femmes, parmi ces filles, dans ce lieu mythique où séjourna Tennessee Williams ; il y a des places amoureuses et je sais que je reviendrai à Provincetown, c'est mon paradis, quand je cours le matin, quand je petit déjeune à la boulangerie, *the baker point*, quand je marche sur les docks, vous savez, il y a une écriture qui se forme dans ce lieu, une écriture fine et pure, une écriture du cœur ; je ne me suis jamais sentie aussi bien dans un pays, dans une communauté, je ne me suis jamais sentie bien en moi-même puisque je suis pleine de moi ; dans cette semi-solitude, je suis en paix, il n'y a plus de colère en moi, je suis faite d'une seule partie, je me resserre, je me retrouve, je suis à l'opposé de ce que j'étais au Mexique, un jour avec la Chanteuse ; je lui ai sauvé la vie, cela se passe dans une crique à Cozumel, il y a le bruit de l'eau contre les rochers, ce n'est pas le bruit d'Alger, ce n'est pas le bruit de Nice, c'est le bruit des Caraïbes, de l'eau profonde, des fosses et des crevasses, je me baigne avec elle, il y a tous ces poissons, si nombreux qu'ils finissent par me dégoûter, parce qu'ils frôlent ma peau, ils se déplacent en bancs serrés, à la verticale, comme ivres de lumière, puis ils s'enfoncent loin sous la mer, là où la température chute, là où je n'irai jamais ; on dit qu'il y a des organismes vivants qui se développent très loin sous l'eau, que c'est le secret des mers, qu'on ne peut les identifier parce que l'homme ne peut plonger si profond ; alors je suis le mouvement des bancs, je suis dégoûtée et fascinée à la fois, et puis il y a cette ombre sur mon corps, je porte un masque et un tuba, je peux rester des heures ainsi, vous savez, la tête sous l'eau, démise du réel, en rupture des bruits du monde. Être sous l'eau, c'est organiser sa fuite, vous comprenez, et j'ai tant l'habitude de cela, depuis la piscine de Zeralda où j'ai senti la mort, depuis le Rocher Plat où je me cache de madame B. qui ne se baigne jamais et qui me regarde comme l'enfant fou. Alors, avec l'ombre, je relève la tête, j'ai froid, c'est un nuage sur le soleil, ce sont les cris de la Chanteuse qui se noie, et c'est étrange parce que ce sont deux chiens qui la noient, deux braques, gris avec les yeux bleus, qui s'appuient sur son corps pour jouer, pour la tuer ; ces chiens dressés ressemblent à des hommes ; alors je nage vite, comme une folle, vers elle, vers eux, et je frappe les chiens avec mon tuba, je les frappe et je crie, ils ont peur, ils baissent les yeux et nagent vers la plage ; quand je frappe c'est la colère qui est là, j'aurais pu les tuer ces chiens, je frappe, parce que moi aussi j'ai failli me noyer, moi aussi j'ai failli mourir, et je m'en veux tant de ne pas avoir vu l'Amie, j'aurais tant voulu qu'elle n'ait jamais cette peur-là, en elle, sous sa peau, dans sa vie ; le sentiment de noyade est terrifiant, parce que l'eau ressemble à un corps d'eau, se noyer, c'est aussi se noyer dans un corps-océan, dans un corps qui a donné du plaisir ; quand je frappe les chiens, je sais, je sauve ma mère de ses asphyxies, je me sauve des choses qui font peur, je me sauve de mon enfance, je me sauve de la phrase de mon grand-père : « Tu vas mal finir », quand je frappe les chiens, je me frappe aussi, je frappe mon corps de ce jour de février, celui qui déçoit tant madame B. ; je ne sais pas s'il y a une dette à payer quand une personne vous sauve la vie, ce que je sais, c'est que depuis ce jour, la Chanteuse organise sa fuite. Il y a sans cesse quelqu'un qui part de moi, il y a sans cesse un voyageur ; après l'événement de ce jour de février, madame B. s'éloigne de notre famille, lentement, avec une grande politesse, je ne suis plus invitée, à jouer au tennis, à dormir dans l'appartement bleu, à monter dans la vieille Mercedes, à écouter les albums de Supertramp ; seule ma sœur se rend dans les beaux quartiers, et poursuit son histoire d'amitié avec M.B. qui se moque de moi au lycée : « Alors joli cœur, tu as fait des bêtises ? » Je ne lui en veux pas de cela, d'ailleurs je n'ai aucune haine envers les femmes, peut-être un peu contre la Chanteuse mais cela tient surtout de son statut d'idole ; j'ai ce sentiment avec elle, de passer après les corps qui l'appellent sur scène, je ne sais pas où se trouve la limite de l'amour, ou si c'est une limite qui se déplace sans cesse. Je n'ai pas de place amoureuse. Ou alors, il n'y a pas de place pour moi. La première femme que je perds vraiment, ma première strate romantique serait madame B., je crois. Il y a eu un coup de foudre, de mon corps pour son corps. Il n'y

187

a eu aucun remplacement. Je ne l'ai jamais vue comme une mère, vous savez. Elle avait tant de force en elle. J'avais de l'admiration. J'ai perdu une idole, j'ai perdu aussi ma propension à idolâtrer, à me perdre dans l'autre, dans l'image de l'autre pour réparer ma propre image. Avec l'Amie, je retrouve l'admiration, pour ce qu'elle est, pour son corps et son visage, et aussi pour ce qu'elle est à l'intérieur d'elle-même ; il y a toujours, devant elle ou derrière elle, cet homme qui lui manque tant, elle dit : « Mon père était si doux », et vous savez je n'ai rien à répondre à cela, je n'ai rien à lui donner sinon mon cœur et mes bras, sinon ma voix qui console, elle dit aussi : « Chaque mort est une petite lumière qui s'en va de notre monde vers un autre monde », elle dit qu'elle a la sensation de ce passage en elle, qu'elle est habituée, c'est comme un chapelet toutes ces morts dans son histoire familiale, et j'aimerais tant faire revenir son père, j'aimerais tant lui donner des heures et des jours entiers avec lui, elle dit : « Nous nous entendions si bien, c'était un homme si bon, c'était le dernier de sa famille, le *petit*, et il est parti en premier » ; chaque famille est un arbre, chaque mort est une branche coupée de cet arbre, il est si douloureux de se dire : « Un jour, je me tiendrai sur la dernière branche. » Je ne supporte pas cette idée, vous comprenez, cette idée de disparition entière, je ne peux pas la soutenir. Je crois que ma fascination pour la beauté vient de là, de cette peur, ce n'est pas juste la peur de la mort, c'est la

peur de la disparition; et l'on peut disparaître
sans mourir, c'est de cela que j'ai peur, être et ne
plus être, être là et ne plus être là, je ne sais pas
si c'est à cause de cet hiver à Rennes chez mes
grands-parents, je ne sais pas si j'ai, un instant,
considéré mes parents comme disparus. Seule la
beauté brouille cette peur, la beauté se pose sur
la peur comme un voile; je pleure de beauté
en Algérie, vous savez, je pleure au sommet de
l'Assekrem, je pleure dans la forêt d'eucalyptus,
je pleure sous les cascades de glycine, il y a une
révolution de la beauté, la beauté algérienne a
formé ce que je suis. Au Rocher Plat, M.B. longe
une falaise, ma sœur la suit, et elles nagent sous
l'eau, côte à côte comme deux dauphins. Je les
épie, je sais que je suis à l'extérieur de leur vie, il
y a un cercle que je ne dois pas pénétrer; ma solitude prend aussi là, dans le choix de ma sœur qui
me tient loin d'elle, parce que *je ne peux pas comprendre*; ce que je comprends c'est que le soleil
tombe par bandes sur leurs corps, ce que je comprends, c'est que se forment devant moi mes
tableaux algériens. Il y a tant de sensualité, sur ce
rocher plate-forme, dans la terre rouge, sous
l'eau chaude et profonde, dans l'odeur aussi, que
je retrouve sur le petit chemin du Cap-Martin.
Souvent, je me dis que je fais tout pour reconstruire mon édifice sensuel, j'ai rapporté l'Algérie
en France, j'ai rapporté sa douceur et sa violence,
et je suis devenue sa douceur et sa violence. Je
plonge du rocher, je nage vers une île, je sais que
mon père me surveille, je sais aussi que je pour-

rais disparaître sous les flots, qu'il n'aurait pas le temps de me sauver, je sais que c'est mon jeu, que je le mets à l'épreuve, quand il est là, avec moi, de retour de mission, à mon tour de le quitter, à mon tour de lui manquer : « Ne va pas trop loin », à mon tour de lui faire peur, et je nage vite et fort, et je suis sans souffle et la mer algérienne me porte, et je suis bien, parce que je sais que mon père me regarde. Ma mère ne peut rien pour moi en Algérie, elle ne peut qu'avec ses baisers et ses mots tendres mais elle ne peut pas me protéger, vous comprenez, elle n'a pas la force pour cela. Elle est dépassée par la force de l'Algérie. Il y a une invasion de la terre. Il me reste quelque chose de cette période, cela revient avec la peur et aussi avec la colère ; quand je la rencontre, M. le sait, elle sait ma colère et elle sait que vous avez le pouvoir de calmer ma colère. Cette colère, c'est la trace de la terre, la colère c'est encore la force de l'Algérie en moi, la force de sa beauté : les criques, les plaines, la montagne, le désert, le vide de la nature, le vent, le vent sur mon corps, le vent qui fait plier les coquelicots, le vent qui soulève le sable, le vent entre les pilotis de l'immeuble, le vent sur l'eau qui se plisse et gonfle, le vent dans l'herbe, là où je me couche, où je me sens si bien, l'herbe du parc de la Résidence, l'herbe haute et fraîche, l'herbe de février, l'herbe sous mon ventre, le vent sur mon visage, les mots de ma mère : « Tu sens le vent », le vent dans les draps qui sèchent, le vent du Sud, le vent de l'orage, le vent dans ma tête quand je n'arrive pas à dormir, quand je suis envahie ; il y a un glissement de la terre algérienne sur mon corps, je veux dire par là que j'ai le statut de l'enfant sauvage. Je ne me suis pas remise de cela, vous savez. L'écriture vient de là. Je n'ai aucun désir du monde ; je ne pouvais qu'écrire en retrait, seule, penchée sur mon bureau, seule avec les spirales de mots ; l'écriture c'est la terre, c'est l'Algérie retrouvée, c'est l'état sauvage aussi : tout mon amour pèse sur ma main qui écrit, j'écris ce que j'aurais dû vivre : je couvre la terre quittée. Au 118 rue Saint-Charles il y a ce garçon que je croise quand je rentre déjeuner avec ma mère ; il est blond, grand et mince, il a les cheveux longs, il ressemble au Christ ou à Rahan, il a quelque chose de surnaturel ; il porte toujours la même tenue, une veste et un pantalon en jean, avec une chemise blanche, très serrée, un peu transparente, qui montre sa peau, les muscles de son ventre ; il a le visage d'une fille ; je le rencontre devant la droguerie Zola Color ; ce sont toujours les mêmes yeux sur moi, bleus en amande, c'est toujours la même lumière sur lui, autour de son corps, c'est toujours le même silence dans ma tête : je me sens si seule, je me sens si seule en France ; parce que je ne dis rien sur l'Algérie, parce que je déchire toutes mes photographies, parce que je ne prends pas mon père au téléphone, parce que je ne réponds plus à ses lettres. Quand je vois ce garçon, il y a une déchirure en moi ; c'est la beauté qui revient, c'est la beauté qui se pose, c'est la beauté des

191

corps endormis sur la plage, j'ai déjà un corps amoureux en Algérie, un corps fasciné. Et je suis fascinée, un jour, dans la maison des instituteurs qui nous invitent pendant quelques jours. Il fait très chaud, ils vivent dans une ferme, à l'extérieur d'Alger, nous sommes des amis de leur fils, nous sommes une dizaine, nous dormons dans l'ancienne grange. Il y a la nuit sur nous, il y a cette joie à être dans la nuit, à ne pas dormir, à parler dans le jardin, je suis assise sur un puits fermé, je suis bien, je n'ai pas la peur en moi ; et je sais qui a peur, vous savez ; il y a ce garçon Johan, aux cheveux blonds, qui reste en retrait. Je ne pensais pas qu'il viendrait. Il est grand, fin et musclé. Il ne parle pas, il nous regarde ; c'est la nuit, c'est la nuit du début de l'été ; il y a du désir autour de nous, et c'est si joyeux. Je ne sais pas encore que je vais quitter Alger, je suis avec mes amis, nous ne sommes plus des enfants, il se passe quelque chose et moi je sais où est la peur, c'est le garçon blond qui a peur et je sais pourquoi, je le connais depuis deux ans, il est souvent seul au lycée, au tennis, dans la salle de gym ; il fait de la boxe, et je le regarde, cachée, quand il s'entraîne. Il est suédois, il a la peau dorée et très fine, il a une beauté étrange, une beauté dont on ne peut se remettre. Et je sais de quoi il a peur, et il ment, il dit qu'il ne peut pas se baigner, à cause de sa peau, à cause du soleil, alors il ne viendra pas à la plage avec nous. Il dit qu'il aime la nuit, et moi je sais pourquoi, je crois que je l'ai su depuis toujours et je ne dis rien. Il dort dans la chambre des garçons. Et je pense à lui dans la nuit, à sa voix, à ses mains, à ses cheveux dorés, il vient à la plage parce que les instituteurs insistent, il reste habillé, et il a encore peur et j'ai peur pour lui parce que je sais. La mer est dangereuse, à cause du banc de sable, à cause de la fosse profonde, je reste longtemps sous l'eau, je sais que le garçon me regarde, je sais que je dois lui parler ; et vous savez, après la peur il y a la colère, et je sais qu'il sera en colère quand il rentrera chez lui. Johan, Johan, Johan, je répète son prénom trois fois et je vais vers lui, il fait si chaud et j'ai si froid, il ne dit rien, il ne me regarde pas, je suis si près de lui, il y a sa peau, il y a son odeur, il y a ses yeux, il a peur, vous savez, il est dans la peur, et il prend ma main, il l'embrasse, et je reste dans le silence, parce que je suis fascinée, parce que je sais et je ne dis rien, j'ai dans la tête la chanson que ma sœur me chantait enfant, *Colchiques dans les prés*, et ce n'est plus le début de l'été, et ce n'est plus la mer, et ce ne sont plus nos deux corps, si près, et ce ne sont plus les rires de nos amis, je suis dans la forêt d'eucalyptus, je suis dans la terre rouge, je suis dans un tunnel, je suis contre le corps de ma mère qui dit : « J'ai si peur pour toi », je suis contre le corps de ma sœur qui chante, je suis contre le corps de mon père qui me porte à cause des rochers, je sais, je sais et je ne dis rien, il y a cette chanson de ma sœur, sa chambre, le magnétophone qui fixe nos voix, ses mains, sa première bague, il y a le parfum de mon père, dans l'escalier, sur ses cravates qu'il range dans un petit placard creusé à même le mur, il y a la robe jaune de ma mère avec des petites fleurs rouges, il y a la peau si douce de mes grands-mères, il y a la voix de madame B. : « Tu pourrais être ma fille », il y a le petit bureau qu'on installe dans ma chambre pour que je puisse faire semblant d'écrire comme mon père, il y a le gâteau à la banane que ma mère prépare à chacune de mes fêtes à la maison, il y a mon corps qui se détache du monde, parce que je sais, je sais mon désir pour Johan, je sais cette part de moi, si profonde et si légère à la fois, je sais cette vie heureuse, je sais. Je sais que Johan est une fille. Je sais aussi que je le retrouve, ou je la retrouve, bien des années plus tard dans une université de Berlin ; c'est un bal de filles, je descends l'escalier, je le reconnais vite, à cause du visage qui n'a pas changé, à cause des yeux et du regard froid, il est ou elle est avec une autre fille, ils dansent ensemble sur une valse et je le trouve d'une grande beauté parce que je sais, et qu'il ressemble encore à un garçon, et je suis troublée par cela, par ce qui revient sur moi, l'odeur des pins, l'odeur de la mer, la chaleur et la chaleur de sa main dans la mienne, la voix de mes amis d'Alger, ces voix amoureuses qui hantent encore puis se posent encore, en seconde strate, la voix des filles qui dansent entre elles, elles tournent avec la valse et cette ambiance est si étrange vous savez, ce bal de fin d'année, ces filles-hommes, ces femmes-femmes, il y a une diversité amoureuse, une mosaïque, et je n'en retiens que le point le plus lumineux : Johan ; je la regarde danser et je sais qu'elle ne me reconnaît pas, alors je ferme les yeux et j'invente notre histoire, nos corps sous les orangers, nos corps dans l'appartement sur pilotis, nos corps dans une histoire algérienne, et je sais qu'à force il m'a fallu inventer l'Algérie aussi, il a fallu reconstituer des souvenirs que j'avais brûlés, je me tiens sur des cendres, je marche dans le vent, je porte un voile, je viens d'une enfance romanesque. Mon travail d'écriture est aussi un travail de faussaire. Il n'y a que ma vérité vous savez, il n'y a que mon interprétation des choses. Quand je rencontre la Chanteuse, elle dit : « J'ai hâte que tu vieillisses » ; au début, je ne comprends pas sa phrase ; je sais aujourd'hui, vieillir c'est apprendre à vivre, c'est renverser sa peur de vivre, puisque c'est cela la colère, c'est la peur d'occuper sa vie, de se délier de la famille, le cercle des adorés. Je ne sais pas si je suis libre là, dans la salle de bal, il y aura toujours un sujet pour me relier à mon passé ; je ne danse pas, je regarde Johan et ce n'est plus Johan, c'est encore le jeune homme du lycée, pendu aux barres asymétriques, plié sur la ligne de départ du marathon, seul sous les préaux du secondaire, avec sa petite cicatrice près de l'œil droit, une croix blanche et enflée que j'ai envie d'embrasser chez les instituteurs ; je le regarde et je me sens encore au 118, le premier jour, quand ma mère me montre ma chambre, notre chambre, le balcon qui donne sur la rue Saint-Charles, le grand salon qui pourra aussi servir de bureau, il a fallu faire si vite vous savez, il a fallu me défaire de mon premier corps amoureux pour en constituer un autre, que je nomme le corps français ; et c'est ce corps français qui se tient sur un banc d'une salle de bal berlinoise, et qui regarde les femmes entre elles, cette spirale qui suit la musique, et c'est comme un vertige dans ma tête puisque je pense à mon enfance étrange quand j'écoutais la bande originale d'*Orange mécanique*, dansant comme une folle sur *La Pie voleuse*, mimant les images de la pochette intérieure du disque ; moi aussi je voulais ce chapeau melon, cette canne, ces habits blancs et cet œil avec de très longs cils, moi aussi je voulais être un des voyous du film ; ce n'est pas que de la violence, c'est une superposition de fantasmes je crois, puisque ma mère me raconte qu'elle fut victime d'une crise nerveuse en sortant de la salle de cinéma, et que les amis chez qui elle séjournait durent appeler le SAMU pour lui faire une piqûre de calmant ; je ne sais pas pourquoi ma mère a acheté la musique du film, je ne sais pas pourquoi elle me laisse danser, le vendredi matin, jour férié en Algérie, habillée en blanc, un bâton à la main ; il y a une mise en scène de la violence chez moi, c'est le seul état où se déploie ma force. Je ne danse pas vous savez, c'est une nuit étrange à Berlin, c'est la nuit de Johan et c'est la nuit de mon enfance ; je la regarde quitter la salle et je ne la retiens pas, je reste, j'ai le cœur brûlé ; les femmes dansent la valse autour de moi, elles sont grandes et blondes, c'est un manège infernal ; il y a ces deux filles qui ressemblent à des danseuses de flamenco, leurs corps s'emboîtent l'un dans l'autre, et je suis fascinée par la poésie qui se dégage des chemises à jabot, des tailles serrées, des pantalons de smoking, des épaules droites, des cheveux bruns et attachés, du regard fier, des mains fortes qui font tourner ; je pense à la danseuse Blanca Li que je vois un jour au Théâtre Mogador, je pense à la ligne invisible qui sépare les hommes des femmes, je pense que certains corps s'y tiennent, sans cesse en équilibre, sans cesse dans un camp puis dans l'autre. Ce sont des corps en zone floue ; c'est ainsi que je vois ma grand-mère désormais, cachée dans la brume, cachée derrière mon silence, je sais que sa chambre est au rez-de-chaussée, je sais qu'on a transformé le petit salon bleu, je sais qu'il y a des infirmières pour s'occuper d'elle, pour s'occuper de son corps, laver, nourrir, déplacer, je sais qu'elle m'attend, peut-être, je ne me souviens plus de ses mots à mon sujet, je ne veux plus me souvenir, comme je ne veux pas savoir qu'il est parfois question de mes livres dans cette famille, qu'on trouve mon écriture indécente quand elle raconte la vie des morts ; il y a une écriture de l'histoire familiale, parce que ces histoires font aussi partie de moi, je suis le sujet-buvard, j'ai la mission de restituer les mouvements de chaque feuille de chaque branche de l'arbre familial ; il faut fixer mes vacances françaises, il faut fixer le visage de mon arrière-grand-mère qui partage notre chambre d'hôtel ; quand

197

ma sœur demande : « Pourquoi dors-tu les mains croisées sur la poitrine ? » et qu'elle répond « Si la mort me prend, je serai dans la bonne position » ; je veille toute la nuit vous savez, j'écoute son souffle, je regarde ses côtes, j'écoute son sang, du cœur à la tête, je crois que la peur de la mort est là, dans cette petite phrase, *être en bonne position*. Mon arrière-grand-mère se réveille toujours de son sommeil, elle fait sa toilette dans le bidet parce qu'elle a peur de glisser dans la baignoire, elle ne fait pas son âge, elle est musclée, sa peau est encore bien tendue, elle porte une gaine sur le ventre, ma sœur dit que c'est un collant spécial qui tient les chairs, elle fait ses exercices, chaque matin, allongée sur son lit : abdominaux, étirements, abdominaux, étirements, souffler, inspirer, souffler, inspirer, elle dit que c'est important de renforcer son corps, que c'est contre la mort qu'il faut penser et non avec, elle dit que c'est une vraie guerre, qu'il faut aérer son sang, le faire tourner, elle dit qu'il peut y avoir du sang noir dans chacun d'entre nous, c'est ce qu'on appelle la bile aussi ; alors, vite, je fais comme elle — abdominaux, tractions, étirements, souffle, alors moi aussi je change mon sang, parce que j'ai peur de la bile, j'ai peur de mal finir. Et nous descendons dans la salle de petit déjeuner, et pour moi, c'est vraiment un tableau français, les tables blanches, les chaises en bois, les tasses, les croissants, la baguette et le beurre, puis mes grands-parents nous rejoignent, il y a l'odeur de mon grand-père, Chanel Monsieur, la force de ses mains dans mes cheveux, son pull blanc et torsadé, sa caméra en bandoulière, son pantalon d'été beige, puis il y a ma grand-mère, son regard triste, ou absent, les cartes postales qu'elle nous fait signer avant de les poster, le petit chien à ses pieds, à qui je donne mon pain sous la table, puisque je n'aime pas manger devant mes grands-parents, je ne peux pas, je ne peux plus, c'est à cause de l'histoire du pied de cochon, que je commande un soir, pour goûter, mon grand-père dit : « Tu as intérêt à le manger » ; alors le pied arrive, gluant, dans une assiette, et c'est à cause de l'ongle, vous savez, il y a quelque chose de si vivant là, je pense aux cannibales, je pense à la chair, je pense aux ongles rouges de mon arrière-grand-mère quand elle se met du vernis assise au bureau de notre chambre, il y a une odeur de peau, tout autour de moi, et je ne peux pas manger ce pied de cochon, et bien sûr mon grand-père est en colère, et il m'en veut, et il me punit, et je me couche sans dîner, et tout se lie, puisque dans mes mauvaises pensées il y a l'idée fixe d'un ongle géant qui gratterait ma peau jusqu'au sang. Je ne sais pas si ma grand-mère est *en position*, je ne peux pas aller à Rennes, je ne veux pas, je garde l'image d'une femme au bord de l'eau, je garde ses mots sur moi : « La mer c'est bon pour le sang. Tu as une cuisse bretonne, une cuisse algérienne. Si tu n'obéis pas, je téléphone à ton papa. Tu as des petites mains avec des petits gestes. J'ai acheté tes crêpes préférées, les industrielles. Va voir si la tortue est encore vivante.

Ne tire pas sur la laisse du chien, tu vas finir par l'étrangler. Il faut attendre deux heures avant de se baigner. Va me cueillir de la menthe dans le jardin. Je t'ai mis une pomme et des gâteaux avec ton sandwich au jambon. Fais un bon voyage, ma petite fille. » Je garde l'image d'une femme qui porte des tailleurs en laine l'hiver, des jupes légères en été, des chaussures plates parce qu'elle souffre des pieds, une petite montre en or dont elle dérègle les aiguilles à cause de son *magnétisme,* je garde le souvenir d'une femme qui est une grand-mère douce et distante à la fois, qui ne refuse jamais mes baisers mais qui ne sait pas trop quoi en faire, je garde le souvenir d'une femme qui a peur de moi, peut-être à cause de l'écriture, peut-être à cause de mes yeux, « Ce sont tes petits gestes, dit-elle, on ne sait jamais ce que tu prépares » ; ce que je prépare c'est une pelote d'amour dont j'aimerais démêler les fils et en recouvrir cette famille qui ne sait pas s'aimer ou qui ne sait pas dire ses sentiments, ce que je prépare c'est un cœur reconstitué qui aurait pu dire à la Chanteuse : «Je ne t'aime plus » ; c'est cela que j'aurais dû faire, ce jour au Terrass Hotel devant le feu de cheminée quand elle dit : «Tu dois t'écarter de moi parce que je n'aime pas ce que tu es. » C'est à cause du Mexique aussi, à cause des chiens. Elle a perdu quelque chose là-bas, elle a perdu sa tête ; l'Amie connaît une fille qui n'est jamais revenue du Mexique, elle lui a écrit un jour sur une carte cette simple phrase : «Adieu, je ne suis plus la même. » C'est à cause des montagnes, à cause de l'influence des montagnes. La rumeur vient après les pyramides de Chichén Itzá, après le serpent que je découvre un jour sous mon oreiller, après l'hôtel hanté de Mérida, après les temples de Tulum, après les oiseaux noirs de Cozumel, après les ruines du Guatemala, dès notre retour. C'est étrange, vous savez, la force du langage. Je me dis que la Chanteuse est peut-être vraiment en train de mourir, de mourir de mon cœur, il y a un effondrement des images, sa chambre de Marbella, sa maison de Saint-Germain, ses disques, ses concerts, ses photographies, ses appels de Tokyo, ses répétitions, ses valises, ses voyages en Falcon, ses souvenirs, Ibiza, New York, L.A., sa vie dont je n'arrive pas à faire partie, il y a un effondrement de mon image à ses côtés, je ne la vois pas sur les photographies que je fais développer, je ne la vois pas dans mes souvenirs de vacances : la plongée, la cage à requins où un homme fait plonger des touristes pour dix dollars, le soleil sur le bateau quittant le port de Cancún, la descente vers Belize, les nuits près du volcan, les hommes aux dents cerclées d'or, je ne la vois pas vous savez, il n'y a plus son petit carnet où elle note ses chansons d'amour, il n'y a plus sa mélodie qu'elle répète, tout bas, dans la chambre, il n'y a plus ses appels téléphoniques vers Paris, il n'y a plus sa peau qui se décolle de la mienne, elle ne passe plus par mon esprit, je suis séparée d'elle, malgré sa présence, malgré sa voix au Terrass Hotel : « Il est préférable que nous nous quittions. » Je n'ai aucune tristesse à ces mots. Ils glissent sur moi comme sa peau a toujours glissé sur la mienne. Il y a des poisons qui s'annulent. Je pense à quelqu'un d'autre. Je pense à mon premier ravage. Je pense à celle qui a tant serré mon cœur. Je pense à celle qui n'a jamais fait la différence entre mon corps français et mon corps algérien. Je pense à celle qui n'avait qu'une seule idée : me détruire. Je pense à Diane de Zurich, je pense aux cristaux de neige qui ressemblent à des diamants, je pense au lac qui devient noir avant la pluie, je pense au ciel qui tombe quand je cours dans la forêt du Dolder pour m'échapper de moi-même. Je suis ma propre maison. Je n'ai que mes mains sur mon visage pour me défendre de Diane. Alors je cours dans la nuit, je cours parce que j'ai envie de mourir. La Chanteuse quitte Paris pendant la rumeur, elle vit à Londres d'où elle m'écrit un jour *Voilà la bande-son d'une chanson dont je ne trouve pas les mots. J'aimerais que tu écrives dessus, enfin, j'aimerais que tu écrives pour moi. Je suis bien ici. On ne sait pas qui je suis.* Moi je sais qui je suis, et je sais qu'aucune écriture ne vient sur la mélodie de la Chanteuse, c'est comme un effacement de l'écriture par l'écriture, c'est comme une pierre qui tombe dans un puits, je ne vois pas le fond des choses, je ne vois pas mon propre fond, je ne sais pas si j'ai encore la force de lui donner, de lui écrire et donc de me lester de notre amour puisque les chansons ne sont que des chansons d'amour ; de cette musique elle écrira une chanson qui nous sera destinée, je n'ai jamais compris pourquoi puisqu'il y est question des pluies d'été et que nous nous sommes quittées au milieu de l'hiver, avant le dernier épisode de *Twin Peaks*; je crois que notre échec se tient là, *Twin Peaks* m'a tant rappelé Diane, Zurich, la forêt, la violence de nos sentiments, la Chanteuse n'était pas de ma génération, elle n'a jamais connu Diane, elle n'a jamais pu l'identifier ou plutôt elle n'a jamais pu mesurer mon amour pour elle. Quand elle me quitte, je retrouve Diane, puisque mon chemin amoureux s'achève sur les rives du lac de Zurich, puisque mes mains ne tiennent que son souvenir. C'est encore l'hologramme, vous savez, c'est aussi un petit point qui grossit chaque fois que j'y pense, Diane se tient dans une forme d'hypnose, une hypnose romantique. Un jour, à Alger, nous allons au Festival de la magie, c'est ma première nuit à l'extérieur, c'est la première fois que je circule dans la nuit : les lumières, les bruits, les voitures, les gens, le chant des grillons, l'air léger sur mes épaules, le corps pris dans le noir, comme porté. Nous allons au Théâtre national d'Alger, il y a ces marches à gravir, et je suis si fière, entre mes deux parents, dans la nuit, habillée en blanc, les cheveux mouillés d'eau de Cologne, mi-longs, la raie sur le côté ; je me souviens aussi que je porte une montre, en plastique, c'est un détail, mais je sais que dans mon enfance, il y a une peur du temps qui s'efface et que je porte très tôt une montre pour savoir, combien de minutes dans la mer ? Combien d'heures dans ma chambre ?

Combien de secondes pour traverser les préaux de l'immeuble sur pilotis? Combien de temps pour trouver le visage de mon père à la sortie de l'école, le jeudi — début du week-end en Algérie? Combien de temps avant d'entrer dans ma colère, avant de m'y perdre, là je suis sans colère, le temps de la nuit n'est pas le temps du jour, il y a une illusion dans la nuit, il y a cette idée qu'elle ne finira jamais, que le cœur de la vie se tient là; et il bat ce cœur, vous savez, dans ma main qui serre la main de mon père, dans mes jambes qui montent les marches du TNA, dans ma tête parce que j'ai peur, mais c'est une peur chaude, c'est une peur qui a un lien avec le plaisir, la peur chaude c'est quand je retrouve, pour la première fois, l'Amie, Chez Richard dans le Marais, la peur chaude quand je retrouve mon nouvel éditeur pour parler de mon avenir, la peur chaude quand je monte dans l'avion de Praslin, la peur chaude quand je plonge dans les rouleaux du golf de Sartène; alors, on s'assoit, la scène est grande, il y a un rideau noir, c'est toujours la nuit, c'est toujours le désir d'y rester, je suis dans Alger, dans sa nervure, je suis dans le corps d'Alger, je suis à l'intérieur de ma tête, je vois tout, je retiens tout, je sais la vitesse de ma mémoire, je peux me la représenter ainsi : un câble de dynamite en feu, comme les images de mon feuilleton *Mission : impossible*; il y a l'homme qui découpe la femme en morceaux, il y a le lanceur de couteaux, il y a l'homme aux tourterelles, il y a la femme dans l'aquarium, il y a les chiens savants, il y a le ballet des hologrammes, et puis il y a le tonnerre, les éclairs, et les faisceaux lumineux, c'est la peur chaude, vous savez, c'est mon corps dans la nuit et c'est le cœur du spectacle : l'hypnotiseur. Il porte une cape noire et un chapeau haut de forme, il a la peau blanche et les lèvres rouges, il a cette voix dans son micro : « Mesdames, messieurs, je suis Ouda, grand hypnotiseur. Par un simple regard je peux vous endormir. Par ma seule voix, je peux vous faire remonter le temps. Qui peut savoir vraiment qui il est ? Qui porte le secret de l'univers ? Qui se cache au fond de vous ? J'ai le pouvoir de remonter le temps. J'ai le pouvoir de fixer le temps. Je vais choisir ici, ce soir, au hasard, un homme ou une femme. Et je vais l'endormir sous vos yeux. » Vous savez, il y a quelque chose d'étrange, là, parce que l'homme monte dans la salle, il a déjà choisi, dans le noir, il monte vite et la peur chaude se transforme en peur froide, et je sais que je peux avoir de la colère après, je sais que je ne vais pas dormir, il monte si vite, il y a ces effets spéciaux, les tubes de lumières, les éclairs, le son du tonnerre, et la lumière tombe sur moi, elle est blanche et bleue, et je n'aime pas le mot *secret*, là, dans la nuit, je sais que je déteste ce mot, il m'étouffe, il est dans ma gorge, il est au centre de tout, ce mot, le secret, la *Secret Life*, dans la chanson de Leonard Cohen, le secret de soi, le secret de ce que j'ai dans ma tête, le secret de ma mère, et l'hypnotiseur se penche vers nous et choisit ma mère, qui le suit, sans aucune résistance ; il se passe quelque chose qui me suivra longtemps, puisque je déteste quand Diane danse *Flashdance* devant la classe du lycée de Zurich, je déteste quand ma sœur danse avec l'orchestre oriental du Cappadoce, je déteste quand la Chanteuse monte sur scène, je déteste quand l'Amie *fait* Tina Turner devant les filles et les garçons, parce que c'est ma mère qui revient, et c'est son image d'une femme qui disparaît derrière les éclairs et que je regarde, allongée puis décollée de l'estrade qui la porte, et c'est toujours sa toute petite voix que j'entends : «Je suis toute petite, toute petite, je suis une toute petite fille» ; et sa voix n'est pas sa voix, ou c'est sa voix dans l'avion un jour : «Appelle l'hôtesse ma chérie, je sens que je pars, je pars, je pars. » C'est *partir* le problème, c'est le corps de ma mère qui part de moi, c'est cette vision que je ne supporte pas, et c'est ce mécanisme qui reprend, avec mes mauvaises pensées ; quand elles viennent, je crois perdre mon corps, ou plutôt je crois détacher mon corps de mon cerveau, et je sais que c'est la peur qui génère tout, j'ai en fait peur de croire que mon corps va se détacher de mon cerveau, qu'il va faire sa vie sans moi, et une vie forcément dangereuse ; quand ma mère *part* dans son asthme, dans ses états de mal, elle *part* vers le danger ; c'est comme si mon corps avait la mémoire du corps de ma mère, c'est comme si ma peur de me séparer était juste la réplique de cet abandon. Après le spectacle, il y a sa voix dans la voiture : «C'était rigolo, je dormais sans dormir» ; moi je ne trouve pas cela rigolo, parce que je n'ai jamais assez de mère près de moi, je la veux en entier, je ne veux pas qu'on la regarde, ma mère n'est pas le clou du spectacle vous comprenez? Puis je deviens fascinée par le cirque, par les foires, par tout ce qui entretient l'illusion; je suis fascinée par l'autre monde, celui où je n'ai plus besoin de ma montre; alors tout recommence en juillet quand la foire s'installe aux Tuileries et que je suis avec ma mère et les enfants de ma sœur, c'est encore le chiffre quatre, c'est encore la petite famille qui se resserre, mais ma mère est si forte aujourd'hui, et elle nous regarde, je monte avec les petits dans le train fantôme et je sais que nous avons les mêmes peurs, la peur du noir, la peur de la vitesse, la peur chaude aussi quand les portes du petit train s'ouvrent au dernier moment, quand un squelette passe ses mains dans nos cheveux, quand je crie et que les enfants crient avec moi, après il y a ma mère qui porte le goûter, l'eau minérale, les biscuits au chocolat, et quand elle dit : « Te souviens-tu de la grande roue ? » Je me dis que ma mère est une vraie mère, qu'elle tient encore toute mon enfance entre ses mains. Après le Festival de la magie, la colère revient, je reste devant la fenêtre de ma chambre et je regarde la nuit qui s'efface; je suis en colère parce que je ne peux pas tenir le corps de ma mère, je suis en colère parce que je ne peux pas tenir le corps de la nuit, je suis en colère parce que je ne peux pas tenir le corps de l'Algérie; tout surgit devant moi, la mer, la montagne, la baie, le toit des maisons, tout m'encercle et tout se fige. Il y a un mystère algérien. Quand la Chanteuse dit : « Tu es la seule à savoir que je suis née à Alger », j'entends aussi : « Je te quitterai pour cette raison. » Quand j'arrive au 118, je n'ai aucune honte de l'Algérie, mais elle reste secrète, parce que c'est le terrain de mon premier corps amoureux, on dit que l'enfance est aussi un pays, moi je bâtis mon pays de femme, mon langage écrit — mes livres —, où mon langage parlé — mes mots que je vous donne — sont les pierres d'une nouvelle maison, il m'aura fallu recommencer à zéro, chaque livre étant le premier livre, chaque amour étant le premier amour. Je ne sais pas si je suis amoureuse de vous. Je ne sais pas si j'ai du désir pour vous ; vous restez tantôt le visage blanc, tantôt le visage de mes baisers imaginaires. Je devrais dire, je ne sais pas si je suis amoureuse de vous comme l'était M. Je ne sais pas si j'ai ses sentiments. Elle disait : « C'est inévitable, tu sais ; et puis, elle est si belle. » Je ne sais pas si je vois cette beauté en vous. Vous êtes noyée de mon histoire. Et je vous regarde, et je n'arrive pas à faire l'inventaire de votre peau. Avez-vous des grains de beauté ? Des cheveux blancs que vous teignez ? Pratiquez-vous un sport ? Prenez-vous des coups de soleil ? Faites-vous l'amour la veille ou le matin de nos séances ? En gardez-vous une trace ? Est-ce que je suis jalouse ? Avez-vous eu des relations sexuelles avec une autre femme ? Avez-vous peur de la nuit ? De l'amour ? Comment se prénomment vos enfants ? Êtes-vous une mère

douce ? Combien de baisers par jour ? Avez-vous
la clé de tous vos rêves ? Y a-t-il une vie civile ?
Comment se déroule-t-elle ? Avez-vous un lien
particulier avec Buffet — je dis cela à cause de la
litho signée ? Quels sont vos mots sur moi ? Quel
est mon dossier ? Me trouvez-vous jolie ? Intelligente ? Perdue ? Avez-vous fixé ma voix sur une
bande magnétique ? Dois-je vous avouer qu'il
m'arrive de rêver de vous ? Ce ne sont pas les
rêves de M., c'est juste votre corps dans une forêt
d'autres corps. La sexualité est imagée chez moi,
je sais que cela vous fait sourire ; c'est ma pudeur
orientale, je crois, ce sont les mots de mon père
dans mon enfance : « Attention ferme les yeux, je
suis nu. » Je ferme les yeux, je ne suis pas M. Elle
disait : « C'est plus fort que moi, elle est dans
ma tête, dans ma vie, je sais que je la trouble,
j'en suis sûre. » M. multipliait ses séances qu'elle
appelait ses *rendez-vous*. Une séance me suffit,
ma semaine tourne autour de notre mardi, je suis
fatiguée de venir parfois, je suis fatiguée de vous
raconter, je commence souvent ainsi : « Aujour-
d'hui, je vais bien », mais je sais que je ne soigne
pas mon aujourd'hui, il y a un chevauchement
des temps, je soigne mon enfance. Vous dites
que j'ai toujours eu des phobies d'impulsion,
et que je les ai refoulées parce que j'en avais
peur. Quand je sors d'ici, il y a cette chaleur dans
mon corps qui revient, c'est la peur chaude, l'excitation, je sais que j'ai un livre avec vous, que je
le porte comme on porte un enfant. Je téléphone
à l'Amie, dans la rue, sous vos fenêtres, je dis :

« Je vais bien » ; je déjeune chez ma sœur, et tout retombe, lentement, parce que j'ai encore des silences pour elle, je ne peux pas lui dire tout ce que j'ai dans ma tête ; parfois, je rentre à pied, juste après vous, je traverse le parc Monceau, l'herbe, les arbres, les manèges, les balançoires, les cris des enfants, ce décor-là me relie à l'Algérie, je suis seule dans la ville et je sais que j'ai trouvé ma place à Paris. Je suis en vie, vous comprenez, place de la Concorde, je suis en vie, arcades des Tuileries, je suis en vie, place Vendôme, je suis en vie, place des Victoires, je suis en vie, j'ai un lien amoureux avec Paris ; je m'étourdis : les marronniers, le Louvre, la Seine, les tours ; je m'étourdis de mots : « J'ai gagné le cœur de Paris. » J'ai tant répété cette phrase, vous savez ; quand je vais avenue Émile-Zola, chez la dentiste, je me rends, avant mon rendez-vous, au 118 rue Saint-Charles ; il y a toujours cette odeur dans la rue, à cause du marché, du boucher, de la boulangerie, c'est mon odeur française, je reste devant l'immeuble qui n'a pas changé, il est petit, moderne, avec des balcons à croisillons, il n'est pas très beau, mais toute ma vie commence ici, toutes mes forces, toutes mes cassures, c'est la source des larmes, c'est la fin de l'Algérie, c'est le début de ce que j'ai décidé d'être, c'est aussi le lieu où je peux fermer quelque chose, l'Algérie est ma maison à l'air libre ; ma maison sans toit. L'Algérie est le lieu de l'appartement. Mon regard est rivé sur ce souvenir, qui, à force, devient un souvenir de chair, un souvenir de la réalité. Je n'ai rien fermé parce que je ne veux pas fermer, je ne veux pas qu'une partie de moi se meure de cela, je ne veux pas, je sais que j'ai tort, je n'ai pas la force, j'ai si peur de me brûler les yeux, j'ai si peur de me regarder là-bas. Quand l'Amie se rend rue Pierre-Nicole, elle ferme, quand elle se rend avenue du Roule, elle ferme, quand elle se rend au cours Hattemer, elle ferme, quand elle se rend à Nice, elle ferme, quand elle se rend à Passable, au Cap-Ferrat, elle ferme. Il faut fermer pour reconstruire. Il aurait fallu avoir une deuxième vie en Algérie ; il aurait fallu avoir une deuxième chance. Quand M. vous rencontre, elle dit : « Cette femme est la chance de ma vie », ce que j'entendais ainsi : « Cette femme est l'amour de ma vie. » Il m'arrive d'avoir des images de vous, dans la nuit, votre main dans mes cheveux, votre parfum sur ma peau, votre bras autour de ma taille, je n'ai pas de rêve précis sur vous, je n'ai aucune mise en situation. Cela reste flou, parce que j'ai peur. Je sais que vous avez dû arrêter les séances de M., je n'en connais pas la raison. Je sais qu'il y a l'orgueil du patient, que cela existe, je sais que j'aimerais être parfois votre enfant préféré, puisque nous sommes tous des enfants, je n'ai toujours pas de larmes devant vous, mais quand je quitte votre immeuble, j'ai le cœur léger, puis triste, je deviens romantique, il y a toujours ce joueur d'accordéon. Il joue des chansons qui me font penser à vous, à nous, je reste devant ma fenêtre quand il pleut et je regarde tomber la pluie, j'écoute, à nouveau,

Johnny Mathis, je sens la vie sous ma peau, j'ai encore mes idées fixes, mais je n'en ai plus peur, parfois, j'ai peur pour vous, j'ai peur de vous faire du mal, j'ai peur de vous gifler, j'ai peur de vous faire un chèque sans provision, je crois que c'est bon signe, vous entrez dans mon cercle. Nous nous croisons dans la rue, à deux reprises. La première fois, vous ne répondez pas à mon salut, la seconde fois, c'était il y a peu de temps, vous me souriez, je ne sais pas si cela veut dire quelque chose, si nous avançons dans la nuit des mots, si le lien s'épaissit, vous êtes avec votre mari, je crois, et votre petite fille, c'est un dimanche, je me rends chez ma sœur, pour un déjeuner de famille, mon père vient de rentrer d'Alger, la famille est électrique, d'ailleurs je pourrais surnommer ma famille « la famille électrique » comme la famille Addams, ou la famille Osbourne, ou la famille Simpson ; ma famille a quelque chose de particulier quand elle se réunit, c'est une spirale de voix qui se mélangent, s'opposent, mais ne se répondent pas, c'est très fort, c'est une poche d'amour qui se rompt : « Ma chérie, ma beauté. Mes cœurs adorés. Du champagne. On est bien. C'est qui le plus beau des grands-pères ? Mon amour j'ai encore du courrier pour toi. Tu n'as pas tout mis à ton adresse ? Non, c'est mon pied dans l'enfance. Ah ça y est tu vas encore nous reprocher des choses ? Mon Loulou Beille, je t'ai rapporté tes petites voitures Majorette. Et toi ma grande chérie voilà ton horloge suisse. C'est sur cette horloge que j'ai appris à lire l'heure. Vous vous rendez compte. Je vais pleurer. Je n'ai plus rien de mon enfance. Mais j'ai gardé ta chambre. Il y a toutes tes petites affaires. Je suis allé à Koléa. Regarde mon Lou, pour ta table. Ah, tu n'aimes pas les nappes? Donne à ta sœur chérie. Tu ne veux jamais rien de nous. Tu es bizarre, je te jure. Moi je prends la nappe, pour Noël c'est bien. Il y a trop d'or dessus. Oui, ce sont des fils d'or. Tu sais que l'artisanat a repris en Algérie. Je voulais rapporter un tapis, mais c'est trop lourd dans la valise. Voilà les collections roses et vertes pour tes enfants. Mon Lou, tu peux donner tes livres aux enfants quand même. Et puis au départ c'était les livres de ta sœur. Tu veux que j'ouvre le champagne. Ah! Mes amours, vous m'avez tant manqué. Figurez-vous que j'ai refait toutes les peintures de l'appartement. Moi je n'y retournerai plus. Il ne faut pas dire cela, c'est si violent. Cela te plaît chéri? Tu sais Enid Blyton était notre auteur favori. Moi je n'aimais que *Le Club des Cinq*, à cause de Claude. Et tu sais pourquoi? Parce que Claude était un garçon manqué. C'est marrant, tu as toujours besoin d'en parler. Oui, c'est ma vie. Mais ce n'est pas que cela la vie. La mienne, oui, c'est cela, c'est tout cela, mes références d'enfant, tu comprends? C'est vrai que tu portais les cravates de papa en cachette. Tu étais une boule d'amour. Nous formions un couple, maman. Oui et j'en suis fière. Tu sais, on a fait de notre mieux. Je ne suis pas n'importe qui moi, je suis votre père; elle est belle ta mère, n'est-ce pas? Et intelligente en plus. C'était difficile l'Algérie tu sais ; surtout avec deux petites filles. J'avais peur de toi, je le disais à maman mais elle ne croyait pas. J'avais peur de tes yeux. J'ai lu qu'il y avait des dépressions de l'enfance. Je voyageais pour vous gâter. Tous mes frais de mission étaient pour vous. Nous manquions de tout. Tes parents ne nous ont jamais aidés, jamais. Rien. J'ai reçu une lettre de mon père. Il ne veut toujours pas m'aider. Je suis la seule fille qui n'a rien reçu de ses parents. Tu l'expliques comment ? C'est à cause de moi mon amour. Il n'a jamais voulu voir les choses, ton père. Je veux encore du champagne. Tu bois trop vite. Et toi tu bois trop. Il va neiger. Le ciel est lourd. Le ciel est lourd comme ma tête. Vous devez aller voir votre grand-mère. Il y a un train le samedi matin ; il faut de l'alcool pour supporter cela. Je suis bien de ton avis. Il faut aussi remonter notre enfance toutes les deux. J'ai peur que le train déraille. Tu es folle. Rennes, c'est le malheur. Elle vous attend. Je ne te crois pas. Je te jure qu'elle vous attend. Elle est si faible. Elle dort beaucoup ; elle se repose de la vie. J'ai envie de danser. C'est vrai, si nous dansions ? Avant on dansait toujours. Pourquoi l'Amie n'est pas là ? Elle déjeune avec sa maman. Je peux te poser une question ? Oui. Tu parles de moi au docteur C. ? À ton avis ? Je ne sais pas. J'espère que tu dis du bien, c'est tout. Tu es égocentrique. Non, mais c'est vrai que je me trouve très beau. Il y a quelque chose dans notre famille. On ne change pas. Je crois que l'on ne veut pas se voir changer.

Ta sœur est devenue mère. Toi tu resteras toujours mon Nono des Nonos. J'aimerais faire ma vie de femme. Tu es agressive. Vous m'étouffez. On n'a jamais assez d'amour. J'aurais adoré avoir des parents comme nous. J'aurais adoré recevoir autant de baisers que tu en as reçu. Tu te souviens quand tu vomissais à table, à Alger? Oui. Papa restait à tes côtés et il tenait ton assiette. Oui, il disait : "Dégage ce que tu as sur le cœur ma fille." C'était répugnant. Non, rien n'est répugnant, vous êtes la chair de notre chair. Qui a cassé l'applique années trente? Ce n'est pas moi. Ce n'est pas moi non plus. Tu n'avoueras donc jamais? Et toi tu mentiras pendant toute ta vie? Je te jure maman, c'est elle. Non c'est elle. Non c'est elle. Je te dis que c'est elle. Les filles, vous n'allez pas remettre cela quand même. Après tant d'années. Je n'ai pas aimé ton interview dans *L'Express.* Pourquoi tu rapportes toujours tout à toi? Tu sais, j'ai fait de mon mieux. On ne pouvait plus rester à Alger. J'étais malade comme un chien. Tu cherches toujours à me culpabiliser. C'est faux, je voulais juste dire adieu à mes amis. Pourquoi tu n'y retournes pas avec ton père? Parce que c'est trop tard. J'ai changé et tout a changé. Tu me fais pleurer mon cœur. C'est vraiment la famille Paramount ici, on pleure pour un rien. Tu sais que papa arrive à pleurer sur commande? C'est vrai que vous lui avez un peu volé son passé. On ne pouvait pas faire autrement. Tu sais, Moustache, quand il est mort, vous étiez en vacances en France. C'était terrible. Je l'ai enveloppé dans une serviette et je l'ai enterré sur une colline, face à la mer. C'était notre petit chat. Et tu es allergique depuis ce jour. Tu prends tout en fait. Oui, je suis un sujet buvard. La nuit arrive déjà. Le temps passe si vite. On aimerait que tout reste ainsi. On aimerait toujours rester en famille. On se tient chaud. Oui, j'étouffe. Tu pars déjà ? Tu as une vie secrète ? Appelle-nous pour dire que tu es bien rentrée ; je n'aime pas te savoir dans les rues. Mais moi j'aime cette idée d'être de la rue, de la rue française et parisienne. Tu sais, je n'allais pas tous les jours à Keller. Je marchais. Je marchais pour trouver mon chemin. Je sais que tu as fait beaucoup de choses dans mon dos. J'étais obligée, maman. Appelle-nous quand même. Je ne veux pas rendre de comptes. Tu restes notre chérie. *Chéri* ? N'est-ce pas le titre d'un livre de Colette ? » J'ai pensé à vous pendant le déjeuner chez ma sœur, j'ai pensé à vous parce que vous teniez la main d'une petite fille ; je ne connaissais que le visage de votre fils, croisé, une fois, dans l'escalier, c'est M. qui m'a dit que vous aviez aussi une petite fille, c'est étrange, cette vision de vous et votre enfant. Elle porte un manteau de flanelle grise et un bonnet bleu, elle a froid, vous la faites monter dans la voiture, vous partez en balade, je crois. Tous les vendredis, nous quittons Alger. Nous prenons la voiture et nous roulons, il y a cette tristesse de la campagne, je vous l'ai déjà dit, c'est comme si le vide se resserrait autour de nous. Quand je montre mes films super-8 à l'Amie, elle dit : « C'est très beau, et c'est angoissant. » Elle dit aussi : « Tu ressembles à l'enfant sauvage. » Votre petite fille fait si petite fille, je me demande ce que j'ai raté dans mon enfance, puisque je me sens responsable de mon enfance. Il y avait une force en moi. Ma mère dit souvent : « On ne pouvait pas te faire plier. Tu as toujours fait ce que tu voulais. » Je ne sais pas si les bons enfants portent les bons vêtements, je ne sais pas si tous les enfants ont la force de choisir, je sais ce que vous pensez, vous pensez qu'il m'a manqué un cadre, une autorité, vous pensez qu'il aurait fallu me tenir plus, me diriger aussi dans ma vie, mais j'étais si adulte, je me suis retrouvée si souvent seule dans l'appartement sur pilotis, j'ai tant écrit, ou plutôt j'ai tant fait semblant d'écrire, et je ne me suis pas menti. J'ai encore ma vie, mon silence, ma solitude, j'ai encore la vie de l'écriture. Un jour ma mère me dit : « Si tu veux faire un best-seller, écris ma vie. » Je ne comprends pas cette phrase, je ne comprends pas ce qu'elle recouvre. Je reste l'instrument de ma mère. Je pourrais écrire pour elle, moi qui n'ai jamais écrit contre elle. Quand Guibert écrit *Mes parents*, il dédie son livre *À personne*, ensuite, dans *Le Mausolée des amants*, il dit que cette dédicace est effroyable ; quand j'écris mon premier roman, je jure à ma mère de le lui dédier. Et je ne le fais pas. Je ne la mêle pas à mon premier livre que je considère raté ; il n'a aucune vérité en lui, j'aimerais tant qu'il disparaisse, j'aimerais tant l'effacer de ma bibliographie, j'en ai si honte, vous savez. Mon premier éditeur ne fait aucune correction sur ce livre, ce que je comprends ainsi : il me laisse m'enfoncer. Mon premier éditeur ne prend jamais de mes nouvelles. C'est un homme en voyage, il est souvent au Portugal, en Chine, au Japon, il m'envoie un télégramme après le prix. Félicitations. C'est tout. Puis il disparaît de ma vie pour écrire sa Somme Philosophique. Mon nouvel éditeur est tendre avec moi. Je ne me remets pas de lui avoir menti. Chaque livre est désormais la réparation de ce mensonge. Chaque livre est le livre d'amour. Je le tiens par le bras dans la rue. Je l'appelle mon oncle. Il dit : «Je suis un joueur et je sais.» Il dit : «Ce manuscrit sent bon.» Il dit : «Il faut vivre dans le plaisir avant tout.» Mon nouvel éditeur dit aussi qu'il n'aurait pas aimé être une des filles que j'ai fait souffrir. C'est pourtant moi qui me suis brûlée, à force d'amour, à force d'échecs. Mon nouvel éditeur dit que l'Amie est sa seconde nièce, que nous formons une certaine famille, un nouveau cercle. Le ciel est composé de sept cercles. Dans mes rêves, il y a cette image qui revient, l'image du ciel, de ses bandes blanches que font les avions, c'est l'image de l'infini, quand je demande à mon père ce que signifie l'infini, il dit c'est ce qu'on ne peut ni arrêter ni quantifier, quand je lui dis que j'ai peur de la mort, il me dit que cette peur est une angoisse métaphysique et que je n'ai pas l'âge pour en souffrir. Enfant, la mort est une question sans réponse. Il y a un mythe autour de cela. La disparition de notre oncle. La mort de notre grand-père algérien. Je ne vois pas la mort du côté de mon père, elle est du côté français, de l'autre côté de la mer. La mort d'oncle Jacques. La mort du père de ma grand-mère. La mort des sœurs de ma mère. Je vais à chaque enterrement. Je ne sais pas si mon père a peur de la mort. Je sais qu'il avait peur de nous laisser. Je sais qu'il a peur de sa tristesse aussi. On ne se remet pas de ses morts, je crois. On fait semblant de s'en détacher. L'Amie dit : « Après la mort de mon père, j'ai souvent regardé mes mains avant de m'endormir : la vie de mon père est là, sous ma peau, dans mes mains tu comprends, il me constitue, il vit à travers moi, à travers mes frères. » Un jour, le père de l'Amie trouve des bijoux dans le pied d'un lavabo qu'il détruit. L'Amie dit : « Je n'ai jamais voulu être architecte à cause de la responsabilité. Mon père n'en dormait pas de la nuit. » Mon grand-père algérien disait qu'il fallait manger de la roquette parce qu'elle changeait le sang. Il vendait des fruits et légumes. Il avait un immense magasin. Dans l'histoire de mon père, il y a cette image qui me reste, un hangar où s'entassent des pains de glace, j'y vois mon père, enfant, je le vois jouer dans cette chambre froide, je n'ai que mon imagination pour former l'enfance de mon père, je n'ai que mes livres pour fixer ses silences, je ne sais rien de ces années, il y a la maison, les frères, la sœur, la cour intérieure, il y a le père, sévère, la mère, douce, la grand-mère qui lui ouvre la porte quand il fait le mur, il y a la pêche à la murène, un pari au couteau, une blessure à l'aisselle, il y a la natation, l'équipe de foot, Pandora, Ava Gardner dont il est amoureux, il y a un accident de vélo avec son père, il y a l'école, l'intelligence, la guerre. Mon père se protège de son enfance «parce que tout cela ne reviendra jamais», me confie-t-il un jour. Dans tout cela, je dois entendre tout ce qu'il ne veut pas dire, je crois qu'il avait peur de son père, il avait peur, comme ma mère a peur de son père, je crois que chaque rencontre tient sur ce fil. Nous sommes tous reliés à notre enfance. Je ne vois aucune enfance en vous, je ne vous donne aucun âge non plus, vous êtes un corps en suspens, suspendu à mes rêves. Vous dites qu'il n'est pas nécessaire de les noter, que je ne suis pas en analyse. Je sais que vous avez dit à M. qu'elle avait besoin de plus et que vous ne pourriez pas suivre son nouveau travail. Et moi? Ai-je besoin de plus? Dois-je aller encore plus loin? J'ai si peur de me perdre, j'ai si peur de vous perdre. Il m'arrive de ne plus supporter nos séances. Je n'annule jamais. C'est un devoir de venir ici, un devoir vis-à-vis de moi. Je rêve une nuit que je maquille mon père, je rêve une autre nuit que je vais voir ma grand-mère et qu'elle porte le visage de ma mère, comme un masque, je rêve que je suis un homme, parfois, je suis réveillée par le plaisir, je ne sais pas s'il arrive vraiment ou s'il vient du cerveau. Dans mes phobies, j'ai l'image de ma boîte crânienne, c'est ma folie du langage, je crois, il me faut tout nommer, il me faut tout fixer, il me faut tout détailler.

Quand je me confie, je sais que la terre entière a des phobies, que c'est *sain*. À ma naissance, ma mère avait peur des couteaux, elle avait peur de faire quelque chose de mal pendant son sommeil. Ma sœur dit : « Parfois j'ai des images monstrueuses dans ma tête. » Le frère de l'Amie dit : « Un jour, assis au bord d'une rivière, j'ai cru voir des cadavres dans un bain de sang. » Ma mère dit : « C'est de la fatigue nerveuse. » Vous savez, je me suis sentie si seule, dans ma tête. J'ai eu l'impression de pénétrer dans les ténèbres, dans mes ténèbres. Il y a cette phrase qui revient : « On ne connaît jamais l'autre » ; je me suis dit que je ne me connaissais pas non plus, qu'il y avait un glissement de ma personne. Je me suis dévorée de l'intérieur, j'ai perdu ma pureté, j'ai perdu mon enfance. J'ai des mauvaises pensées avec les filles de Clermont, cela vient le jour où nous nous rendons à Laguiole, le village des couteaux. Il fait froid, le village est entre deux montagnes, « Il y a toujours du vent ici », dit la Chercheuse, je pense au vent qui s'engouffre sous les préaux de l'immeuble sur pilotis ; le village me semble construit en pente, j'ai toujours le sentiment de monter ou de descendre, sans jamais me tenir sur une ligne horizontale, la Chercheuse dit : « Il fallait que tu voies cela » ; *cela*, ce sont les couteaux, à l'usine, au magasin, au bar, au restaurant, ils sont vendus par paires ou par dizaines, et j'ai la nausée, j'ai la nausée de toute cette violence dans ce village, avec le vent, avec le rire de la Chercheuse qui dit : « Regarde-toi, tu es blême » ; j'ai peur des couteaux parce que j'ai dû avoir peur de moi dans mon enfance, je ne sais pas où marquer l'événement de violence chez moi, je sais qu'il culmine ce jour de février quand la fille tombe dans la piscine, mais je sais aussi que j'ai mille petits points de violence dans ma première vie, mille petites lucioles autour de mon corps ; ma mère dit que cela est sain d'avoir de la violence en soi, que c'est un signe de vie ; j'ai porté toute la violence de ma famille, et je devrais dire, j'ai porté toute la violence de la famille, de chaque membre qui la constitue, mort ou vivant. Quand Diane décide de ne plus me voir, elle a cette phrase à mon sujet : « Tu me fais peur », puis elle ajoute : « Tu me fais peur parce que tu te fais du mal. » Je sais que la fille est tombée toute seule dans la piscine. Je sais que je n'étais pas coupable de ma noyade à Zeralda. Je sais que ma mère n'étouffe pas de moi dans l'appartement. Je sais que mes mauvaises pensées sont avant tout dirigées contre moi. Il y a un point de moi que je dois frapper, je me punis de mon corps, de ce qu'il a pu susciter un jour près des orangers. Tout revient là, tout se dirige là puis se dirige contre moi. Vous savez, j'ai failli me faire enlever enfant. Je ne me souviens de rien, c'est ma sœur qui raconte puisque c'est elle qui m'a sauvée, je n'ai que sa parole, je n'ai que ses mots, mon désir d'écrire repose aussi sur ce défaut de mémoire, je n'ai aucune preuve de ce jour-là ; faisait-il chaud ? Quelle heure était-il ? Qui était cet homme ? Était-il jeune ? Ma sœur dit

222

qu'il portait un costume, une chemise blanche, qu'il était assez élégant, là, appuyé contre un arbre, et qu'il parlait français ; je n'ai que les mots de ma sœur, mon livre sur cet enlèvement, si je devais l'écrire, serait le livre de ma sœur : je n'ai aucune vérité. Ma sœur dit qu'il était si brun que ses sourcils se touchaient ; c'est tout, il y a une sorte de portrait-robot dans mon cerveau sur cet homme, il y a aussi une sorte d'alerte sur les hommes bruns, jeunes, minces qui m'approchent ; c'est tout ce qu'il me reste en surface de ce jour, en profondeur c'est différent, vous savez, je crois que j'ai honte de moi, je sais que je ne suis pas coupable, mais j'ai honte parce que je crois avoir été séduite par cet homme. J'ai voulu le suivre. Il ne s'est rien passé et il s'est tout passé. Il y a aussi le silence de mon père sur cet épisode. Il ne dit rien, je crois qu'il est gêné de cela, et je crois qu'il a vraiment eu peur. Mon père perd ses mots à cause de la peur. Alors, il efface son silence en appelant le soir mon répondeur : « Lou, c'est papa, rappelle-moi. Lou, c'est papa, tu n'es pas rentrée ? Lou, c'est papa, je suis inquiet. » Ma sœur a cette phrase qui me fait rire : « Je t'ai sauvée, donc tu me dois des cadeaux à vie », je me souviens que, pendant mon enfance, je demande à deux reprises à ma mère qu'elle m'offre un couteau suisse, sa réponse est toujours la même : « Non, cela me fait peur » ; moi je rêve de tailler les branches des arbres de notre coin à la campagne où nous manquons tous, un jour, tomber dans un puits caché par les herbes hautes ; ce n'est pas mon imagination, il y a cette menace des corps dans notre histoire algérienne, c'est une menace fantasmée puisque nous payons le prix du départ de ma mère. Il y a quelques années, à la veille de ses quarante ans de mariage, son père lui dit : « Tu es la honte de la famille. » Ma mère dit que ses bras lui en sont tombés. Elle ne comprend pas ; elle a eu tant d'amour pendant tant d'années. Je crois que nous nous sommes tous sentis coupables parce qu'elle se sentait coupable d'être en Algérie, même si elle dit : « Je me suis sauvée de lui et j'ai sauvé ma vie. » Je me sauve de Laguiole à toute vitesse. On me laisse conduire et je n'ai jamais eu autant le sens de la vitesse, des courbes et de la géographie ; je comprends qu'on puisse mettre des kilomètres entre soi et sa peur, c'est ce que fait ma mère en mille neuf cent soixante-deux, c'est ce que je fais sur la route de Clermont-Ferrand ; puis il y a encore la peur qui se relie à la peur des couteaux, et je comprends, quand je lis les panneaux : le Puy-de-Dôme, Villefort ; ce sont les lieux de mes vacances françaises, c'est l'odeur de la voiture de mon grand-père, le goût de l'eau à la menthe dans ma gourde en plastique, le bruit des Kway sur la peau, et le bruit surtout de mes chaussures sur les petites routes de montagne. Je voulais déjà fuir de moi ; il reste des souvenirs de cadeaux de cette époque : l'appareil à voir des images, le planeur miniature rouge avec des ailes jaunes, le boomerang, il reste des photographies de ma sœur cachée dans un arbre, de moi, cachée derrière mes mains, de mon grand-père devant l'hôtel du Perroquet, pension de famille, de ma grand-mère qui porte son petit chien, de mon arrière-grand-mère au balcon de notre chambre d'hôtel, il y a une forme d'ennui propre à ces étés-là, un ennui que je retrouve dans le film *La Vieille Fille*, avec Girardot et Noiret, vous savez, le temps lent, les petites habitudes, la petite vie, les petites amours et les petites haines, la petite existence qui tiendrait dans un petit mouchoir, les petites remarques, les petits regards en biais ; ce sont ces petites pierres qui forment la tristesse de mes vacances françaises. Ce n'est pas vraiment désagréable, ce n'est pas vraiment joyeux, c'est entre les deux, c'est déplacé de moi, je ne m'inscris pas dans le paysage, il n'y a qu'en Algérie où je me fonds dans la nature, parce que c'est le pays qui fait pleurer, les larmes viennent, avec la mer, avec le vent, avec l'orage, il y a un lien entre le cœur et la terre, je ne sais pas définir mon état, mon état de tristesse algérienne, je ressens cela, un jour, en Espagne dans les rues de Grenade, je marche seule, la Chanteuse n'est pas encore là, elle arrivera dans la nuit, j'ai voulu une journée pour moi, pour savoir ce que je suis en train de devenir, je monte vers le quartier des gitans qui surplombe la ville ; il y a cette lunette en acier qui grossit jusqu'à dix fois les monuments, mon œil couvre la ville, je regarde les lignes rouges des phares des voitures sur l'autoroute ; au loin les palmiers de l'Alhambra, encore plus loin, je sais que les moulins à vent ressemblent à des géants métalliques postés sur les crêtes des vallons secs, il y a une beauté espagnole, c'est ce que me dit l'Amie dès que je la rencontre, c'est une beauté qui fait aussi pleurer, je ne sais pas si c'est à cause de la couleur des choses, les arbres, le ciel, la pierre, je ne sais si c'est dans le regard des gens ou dans le parfum des fleurs, j'ai envie de me mettre à genoux, de plier la tête, de pleurer vers la terre. Il y a aussi une tristesse espagnole, c'est ce qui revient dans ma chambre d'hôtel au lit haut, au petit napperon, au buffet de bois, je sais que je perds ma jeunesse, j'en ai conscience, ce n'est pas une peur, il y a quelque chose qui file de moi, cette chose file sur le rythme de la chanson de *Cria Cuervos*. Chaque jour j'enterre mon enfance, chaque jour j'avance dans ma vie, chaque jour j'essaie de me prendre par la main, je rêve de moins en moins au Rocher Plat, je rêve de moins en moins à la forêt de pins qu'il fallait traverser, à la petite échelle qu'il fallait monter, je rêve de moins en moins à la jeunesse de ma sœur; cela ne s'efface pas de moi, mais se transforme, c'est comme si cela se mélangeait à mon sang, il y a une dilution en moi de mon passé, et puis, parfois, j'en ignore la raison, il y a une survivance des images, j'ai encore des assauts, inexplicables; j'ai l'image de mon père qui se déguise en Mexicain, l'image de ma sœur qui rentre un jour blessée à la tête par une élève de sa classe, l'image de mon propre visage, quand je remonte un jour en sang du parc vers l'appartement, l'image d'une robe d'intérieur que porte ma mère, bleue avec des fleurs, l'image d'un voyage à Tizi Ouzou, l'image des remonte-pentes immobiles de l'ancienne station de ski de Chréa, l'image de ma sœur qui pleure l'été de ses dix-huit ans ; cette image serait l'image-mère, celle qui recouvre toutes les autres. Je ne la supporte pas et elle revient. Je ne peux pas entendre ma sœur pleurer, vous savez, elle m'a tant portée, à Rennes, à Alger, par téléphone quand je vivais au 118 rue Saint-Charles, elle m'a tant portée, dans son enfance, ma sœur est une mère depuis longtemps, elle est une mère avant même d'avoir eu ses enfants. Je suis le corps témoin. Elle s'entraîne sur moi, et j'adore ce jeu, alors elle ne peut pas pleurer, elle ne peut pas s'effondrer dans son lit. C'est l'été de ses dix-huit ans, nous sommes à la montagne, à cause de la famille B. Mon père loue un appartement ; il dit : « Vous avez intérêt à en profiter parce que j'y ai mis toutes nos économies » ; il y a un problème avec l'argent dans mon enfance, il y a la peur d'en manquer, c'est la phrase de mon grand-père qui revient : « Tu finiras mal », il y a les mots de ma grand-mère : « L'argent se mérite », il y a les billets de cinq dinars que je vole dans le porte-monnaie de ma mère et que je cache dans une boîte parce que cela me *rassure*, il y a l'image de madame B. à l'aéroport d'Alger avec ses malles en cuir, ses deux chiens et son domestique, il y a cette phrase de ma mère : « Nous n'avons pas les mêmes moyens. » Je ne comprends pas cette phrase, je ne comprends pas ce que le mot *moyens*

peut couvrir ; moi j'ai les moyens de ma jeunesse,
je sais que je peux acquérir des choses par moi-
même, l'image de l'avion, l'image du petit train
qui part de Sallanches, l'image de notre arrivée à
la station, au milieu du mois d'août ; je sais que
ces images sont précieuses, qu'elles se forment
l'une après l'autre et que je peux les assembler et
en dresser un récit, ma richesse tient là, ou vient
de là, j'écris à partir de l'extérieur, j'ai le réflexe
de tout fixer dans ma tête. Nous quittons la
famille B. dès la gare, ma sœur est silencieuse, je
lui demande si c'est ma faute, elle dit : « Tu es
loin de tout cela » ; ma sœur ne sait pas pour
la fille de la piscine ; ni ma mère ni madame B.
n'y font allusion pendant l'été mille neuf cent
quatre-vingt. Mon père nous rejoindra la dernière semaine, il dit que ces vacances sont pour
les dix-huit ans de sa petite fille. Je regarde la voiture de la famille B. s'éloigner, je regarde ma
mère et ma sœur, il y a cet air léger qui tombe sur
nous, debout à la station de taxis, comme aban-
données. Quand M.B. donne à ma sœur un
numéro de téléphone où la joindre, elle dit : « Il
faudra s'appeler avant de se voir puisque vous
n'êtes pas dans la bonne zone » ; et là, vous voyez,
comme par magie, le mot *zone* se lie au mot
moyens ; et je pense à mon père : « J'y ai mis toutes
nos économies », et je pense à l'histoire de mes
parents que me raconte un jour ma mère *Quand
nous étions étudiants, nous n'avions pas d'argent, c'est
mon amie Marie-France qui m'a offert ma robe de
mariage, ce sont les amis algériens de ton père qui nous*

228

ont aidés, ce n'était pas évident, ta sœur est arrivée là,
et nous manquions de tout, c'était une enfant si gaie,
avec un cœur si léger, elle montait sur la table avec sa
guitare le soir, et elle disait : «Je vais vous faire la télé-
vision», elle dansait en chantant J'aime les filles *de*
Jacques Dutronc, on a mangé de la vache enragée, un
jour, ta grand-mère nous a envoyé un poulet par la
poste, je n'ai pas su comment le prendre, je ne sais pas
si c'était de la gentillesse ou du mépris; avec toi, nous
étions déjà plus installés dans la vie, c'est pour cette rai-
son qu'il y a des faire-part pour ta naissance. Je ne
sais pas si je suis dans la bonne zone, je n'en suis
toujours pas sûre, quand les enfants de ma sœur
naissent mon père dit : «Tout va bien, ils sont du
bon côté de la barrière.» Ma zone est floue pendant ces vacances à la montagne, elle est floue
parce que je suis triste et heureuse à la fois. Notre
appartement est dans un grand chalet en bois,
nous occupons le deuxième étage, je partage ma
chambre avec ma sœur, il y a cette odeur de sapin,
il y a mes premiers rituels aussi, tous les soirs,
quand ma sœur préfère dormir sur le canapé du
salon à cause de ses insomnies, j'allume et j'éteins
cent fois ma lampe de chevet, je dors avec un
crayon de bois sous mon oreiller — puisque le
bois protège —, je me relève vingt fois afin de
contrôler le gaz de la cuisine, les robinets de la
salle de bains, la serrure de la porte, la flamme
de la chaudière, le verrou des volets. Tout doit
être fermé, puisque mon cœur est ouvert, je suis,
tous les jours, au bord des larmes. Cela commence avec l'invitation de madame B. qui télé-

phone un soir : « Je passe prendre la petite demain pour jouer au tennis. » Elle vient, en Jaguar, je suis heureuse, vous savez, et quand je monte dans la voiture et que je sens le bonheur dans mon ventre, j'ai honte de moi, ma sœur me regarde du balcon, ma mère me regarde de la route qui s'éloigne et devient un petit point dans ma tête, il y a encore ma chanson préférée *The Logical Song*, il y a les mots de madame B. : « On n'est plus fâchées toutes les deux », il y a ma voix : « Non. » Nous quittons le village, madame B. a loué un chalet au mont d'Arbois qui doit être la bonne *zone*, le chalet se compose de trois étages ; chaque étage comprenant cinq chambres, madame B. dit : « Nous avons trop de place ici, tu devrais venir dormir de temps en temps avant l'arrivée des cousins. » Je ne réponds pas, je vais me changer dans la salle de bains, j'ai ma tenue, je me regarde dans un miroir et je sais ce que je vois au fond de mes yeux : il y a de la honte, la honte de moi et pire encore, il y a de la colère, je pourrais briser le miroir d'un coup de tête, je pourrais m'ouvrir les veines, je pourrais m'enfuir par la fenêtre, descendre le petit chemin qu'on appelle chemin du Calvaire, et je ne fais rien, je me lave les mains, je bois l'eau glacée au robinet, je mouille mes cheveux, j'ai l'image de cette affiche placardée dans tout le village : Le cavalier électrique — parce que je sens l'électricité qui monte dans tout mon corps, je sens toute la force de ma colère et toute la force de ma tristesse, je me sens humiliée ; les courts de tennis sont dans le prolongement du club de golf, je suis madame B., je me sens comme un des petits chiens de ma grand-mère, petit mais fort, peureux mais espiègle, j'aperçois M.B., qui ne vient pas me saluer, elle porte une robe jaune pâle et un sac en bandoulière, je crois qu'elle fume mais je n'en suis pas sûre, nous entrons sur le court et j'ai de la violence en moi, alors je frappe toutes mes balles pendant une heure et quand je frappe, je sais que je détruis tous les instants heureux du Rocher Plat, de la propriété, de l'appartement bleu ; je sais aussi que je me fais du mal, que je m'épuise, que je bats mon sang, que je bats ce que je suis, un sujet en *zone* floue ; je brise ma raquette, ce qui fait dire à madame B. : « Tu ne changes pas, toi. » Elle me ramène en voiture et je n'ai aucun mot, je ne la remercie pas, je lui dis juste de me laisser au village parce que j'ai envie de marcher, ma sœur ne me demande rien, je lui dis que j'ai cassé ma Donnay ; elle répond : « C'est bien fait pour toi. » Ma mère prépare des coupes de chocolat chantilly, il y a cette chanson de notre enfance algérienne que diffuse le petit poste de radio : « Il a neigé sur Yesterday, le soir où ils se sont quittés » et je me dis que le temps n'existe pas, tout s'étire, mes sentiments de cet été quatre-vingt, je les retrouve bien des années plus tard à Zurich, avec Diane, je me dis que les *zones* floues sont grandes et multiples et je sais que ma vie est d'un trait, mes émotions ne changent pas selon mon âge, et quand je regarde ma sœur qui fume sur le balcon de notre appartement, je sais qu'elle est triste d'avoir bientôt dix-huit ans, qu'elle attendait ce moment depuis si longtemps et que ce moment n'est rien, que la vie se tient sur une ligne, et qu'il n'y a pas d'âge, qu'il n'y a que des ruptures ou des silences, que tout se répète, qu'il y a quelque chose d'infini dans la vie, qu'on ne peut capturer. Ma sœur rejoint un après-midi M.B., pour assister à un tournoi de tennis, le soir, dans notre chambre, elle me fait part de ce récit : *« Je me rends au mont d'Arbois par le petit chemin du Calvaire. Je suis seule, mais je n'ai pas peur. Je porte ma robe noire à bretelles. Je te le dis parce que tu ne m'as pas vue partir. Plus je monte, plus je me sens étrange, il fait un grand soleil, mais c'est comme la nuit dans ma tête, je me sens vraiment en France, tu sais, je me sens sans repères, et je me dis que je ne sais rien de la vie de M.B. en dehors de l'Algérie, je ne sais pas si elle sera différente, c'est comme un mauvais pressentiment. J'ai très chaud, il faut au moins une demi-heure avant d'arriver au mont d'Arbois. Je demande où se trouvent les tennis, on me dit qu'il faut suivre la direction Domaine du golf. Et puis, plus je marche, plus je pense à nous. Tu te souviens, quand on était petites, j'étais toujours là pour te protéger. Je disais : "Celui qui touche un seul cheveu de ma petite sœur, je le tue." J'aurais pu tuer pour toi, je n'ai pas peur de me battre, et en pensant à toutes ces années où je t'ai couverte en quelque sorte, où tu pouvais toujours te cacher derrière moi, je me suis dit que personne ne m'avait vraiment protégée, cela m'a rendue triste, parce que je me suis sentie seule. C'était mon lien avec M.B. Je pensais qu'elle me protégeait, des autres, du* monde, de l'amour, je croyais, à force, que nous étions faites de la même pierre ; elle était plus qu'une amie, elle était aussi ma sœur. Quand j'arrive au Domaine du golf, je reconnais immédiatement son rire, et il se passe quelque chose d'étrange, je ne la reconnais pas elle, je ne la reconnais pas dans son intégralité, ce sont bien ses cheveux, ses yeux, ses mains, c'est bien sa voix qui me dit : "Tu es là, toi ?", et ce n'est plus elle tu comprends ; il ne reste plus rien de nos après-midi dans sa chambre de l'appartement bleu, de nos fous rires dans les couloirs du lycée, de nos vendredis au Rocher Plat, de toutes nos années qui ont constitué notre jeunesse ; moi je sais que je ne vais rien regretter, il ne reste rien de tout cela, ce n'est que de la terre sèche et brûlée. Je ne suis pas sûre de mon sentiment, mais je crois qu'elle a eu honte de moi, ou alors elle a eu honte de me voir là, peut-être qu'elle n'a pas dit qu'elle était algérienne, je ne sais pas, elle me tourne le dos, elle ne me présente pas aux gens qui l'entourent, alors je reste là, je n'ai pas honte de moi, j'ai honte d'elle quand elle me dit : "Tu n'as qu'à nous suivre, la finale va commencer", je les suis, et je vois qu'il y a un garçon, assez beau, qui la tient par la main. On ne s'est jamais caché nos histoires d'amour, je lui écrivais même ses lettres de rupture. Je les suis, comme une mesquina, je veux partir, mais je ne peux pas, c'est comme si j'avais du plomb dans mes sandales, je les entends rire et je sais pourquoi je reste, je veux voir jusqu'où elle est capable d'aller, je m'assois un rang derrière elle, il n'y a plus de place à ses côtés ; elle ne se retourne jamais vers moi, je regarde la finale, et là je pense encore à toi, je me dis que c'est peut-être une erreur de ne pas t'avoir inscrite en sport-études comme le

conseillait ton professeur, c'est vrai que tu as un beau
style mais tu as la force surtout, et cette force, ce sont nos
parents qui nous l'ont donnée malgré eux, on ne doit
jamais la perdre, et cette force me fait rester derrière la
fille que j'aimais le plus au monde, je sais tout d'elle, sa
peau, son parfum, ses angoisses, je sais tout de nous,
on a tant partagé, on a tant rêvé aussi, on se disait
qu'on ferait des ravages ensemble à Paris, qu'on ne se
quitterait jamais, et là, je suis restée pour voir ce que
j'étais en train de perdre, je n'étais pas triste, je me suis
sentie vide, comme si le ciel s'ouvrait au-dessus de ma
tête, comme si la terre quittait mes pieds, et ce vide, en
fait, venait d'elle, il venait de cette fille pendue au bras
d'un garçon qu'elle ne m'a pas présenté. Après le
match, je les ai encore suivis, elle semblait agacée par
quelque chose, j'ai fait semblant de ne pas comprendre,
ils sont allés prendre un verre au Domaine, je les ai
encore suivis, il y a une phrase que je retiens, c'est une
phrase sans importance, mais quand elle la prononce,
je sais que je vais la retenir toute ma vie, parce que cette
phrase, ce n'est pas elle, ou plutôt c'est celle que je refu-
sais de voir avant, elle a dit : "Quelqu'un aurait du
Dermophil Indien, j'ai les lèvres gercées à force d'embrasser." C'était si vulgaire. J'ai commandé une eau
minérale, ils ont bu des Martini, ils ont parlé d'une soirée à l'Esquinade, j'ai compris que je n'étais pas invitée,
je me suis levée et je suis partie, elle ne m'a pas suivie,
elle ne m'a pas appelée, et quand bien même elle l'aurait
fait, je ne me serais pas retournée. Tu sais, dans la vie,
il faut aller jusqu'au bout des choses pour ne pas avoir
de regrets. Quand je descends vers le village, j'ai envie
de rire et de pleurer, j'ai envie de rire parce que c'est

234

l'été, je vais avoir dix-huit ans, j'ai la vie devant moi, j'ai envie de pleurer parce que je sais que je ne reviendrai pas sur mon enfance, que tout est clos pour moi. Je change de chemin. » Quand j'entends les mots de ma sœur, il y a cette tristesse sur moi, elle est douce et douloureuse, douce parce que je sais qu'une autre vie s'ouvre devant nous, douloureuse parce qu'il est difficile de dire adieu à son enfance ; je pense à notre petit chat, je pense que tout a pris à partir de sa mort, que les années s'enterrent, l'une après l'autre, que le temps nous efface, en silence. Ma sœur a perdu son amie. Ma sœur a perdu une partie de l'Algérie, les fêtes dans l'appartement bleu, les journées au Rocher Plat, les retours en voiture vers Alger, la légèreté de vivre, de se laisser vivre. Ma sœur dit qu'il y a un pan de son cœur qui s'effondre ; que s'il fallait donner une image à ses sentiments, elle aurait la violence d'un immeuble qui explose. Je reste avec elle, je regarde ses ruines, je sais que moi aussi je suis en train de perdre quelque chose ; cette chose, c'est ce qui reviendra bien des années plus tard. Il y a un mythe algérien, ce mythe tient aussi à notre lien avec la famille B., j'ai tant de fois écrit sur ce vaste rocher, blanc et poli, posé sur la mer, j'ai tant rêvé de ce lieu, de ce paradis, j'ai tant vu pleurer ces années dans ma famille ; c'est ici, à la montagne, que se défait l'histoire que j'essaie, aujourd'hui, de reconstruire, de réécrire, l'Algérie est dans mon cœur qui saigne, c'est ce flux qu'il faut arrêter ou du moins contenir, je suis débordée. La Chanteuse disait : «Le problème avec toi, c'est que tu regardes en arrière.» Je me retourne sur ce que je crois avoir été, il y a une invention de soi, j'écris sur ce que je crois avoir été, et je sais, cette nuit-là, à la montagne, quand mon père téléphone pour dire qu'il nous rejoindra plus tôt que prévu, quand j'entends ma sœur pleurer, je sais, d'une façon si précise, que ce qui déborde de moi sera, un jour, contenu dans un livre. Mon père est si heureux de nous retrouver, ce sont nos premières vacances françaises, c'est la première fois que je vois mon père dans un décor français ; ce décor se compose ainsi : la station Shell, le Codec, le café, la galerie du Mont-Blanc, l'ascenseur, le chemin du Calvaire. Je tiens la main de mon père et je marche à ses côtés, je l'accompagne au tabac, je le regarde acheter ses cigarettes — Peter Stuyvesant paquet doré —, je le regarde jouer aux courses, je le regarde choisir des fleurs pour ma mère, je le regarde marcher dans la rue, et je me dis : «Je suis avec mon père» ; il entre dans mon histoire française, il est là, avec moi, dans mon deuxième pays, et à ses côtés, avec lui, je me sens plus étrangère que d'habitude ; ce sentiment revient quand nous marchons ensemble dans Paris, que nous descendons la rue de la Montagne-Sainte-Geneviève, que nous marchons vers la Seine, que nous formons ce couple parfait : c'est évident, je suis la fille de mon père, je porte son nom, je l'emporte avec moi, je suis vraiment la fille de mon père à la montagne quand je le suis sur le petit chemin du

Calvaire, je ne dis rien sur la famille B., il ne pose aucune question à ma sœur. Il dit : « L'amitié peut s'envoler comme un oiseau. Il faut l'accepter. » Moi je crois que c'est l'amour qui s'envole comme un oiseau vous savez ; cela prend sur les peaux puis cela quitte les peaux. On ne se remet pas de cette disparition, c'est pour cette raison que ma sœur ne veut plus monter au mont d'Arbois, elle rencontre un garçon aux cheveux blonds et bouclés, ils passent l'été ensemble, je me rends parfois à la piscine avec eux, ils jouent aux dés tout en fumant des cigarettes, je me dis que le secret de la jeunesse tient là, dans ces après-midi vides et silencieux, l'amour s'est envolé, de ces vacances, je garde une balle de golf trouvée hors du parcours ; je la jette en arrivant au 118 de la rue Saint-Charles avec les rares objets que j'ai de l'Algérie. Un jour, alors que je déjeune au bois de Boulogne, au Chalet des Îles, avec la Chanteuse, je vois M.B. avancer vers ma table. Elle me regarde et dit : « C'est toi ? C'est bien toi ? » Je me lève, je l'embrasse, je ne lui présente pas la Chanteuse qu'elle dévisage. Quand elle dit : « Je crois savoir que tout va bien pour toi », j'ai honte, j'ai honte parce qu'il y a un vide en moi, qui se creuse, j'ai honte parce que je devrais lui dire : « Non, tout ne va pas bien, la Chanteuse que tu dois connaître, tu vois, cette femme qui est à ma table, c'est l'ombre de ma vie, et c'est un peu ta faute tu sais, avec elle aussi, je ne suis pas dans la bonne *zone*, et cet été à la montagne, j'aurais dû venir te gifler, parce que tu as brisé le cœur de

ma sœur» ; mais je ne dis rien. Je sens la honte
venir sur moi, je pense à la petite échelle qu'il fallait gravir, je pense à la piscine en mosaïque, je
pense à l'odeur de l'herbe quand il pleut, je
pense à tout ce qui peut se détacher de moi,
je me sens comme un point dans la nuit, je
deviens l'enfant, je deviens la fille qui fait semblant d'écrire, je pense à mon père qui me dit un
jour qu'il lui arrive d'essayer dix paires de chaussures tout en sachant qu'il n'en achètera aucune,
je pense à ma mère dans l'appartement de la
rue X : «Quand ton père n'est pas là, je n'ose
pas prendre de bain parce que j'ai peur de ne pas
pouvoir me relever», je pense à la Chanteuse :
«Tu sais, cette rumeur sur moi, je vais finir par la
croire», je pense au pendentif que porte Laura
Palmer dans *Twin Peaks*, la moitié d'un cœur, je
pense que moi aussi j'ai le cœur brisé en deux, je
ne suis pas remise de l'Algérie, c'est cela qui
revient, quand je suis en famille. Il y a ces mots :
«Te souviens-tu ? Te souviens-tu ? Te souviens-
tu ?» Et vous savez, quand je me tiens debout,
au milieu du restaurant du Chalet des Îles, face à
M.B., j'ai envie de lui dire : «Désolée, je ne vous
connais pas madame.» Je quitte la table, je prends
le bac qui me ramène au bois, je cours pour me
défaire de la chose, de ce qui se déploie au fond
de moi et étouffe, je ne sais pas si c'est de la tristesse, je ne sais pas si c'est de la peur, je ne sais
pas si c'est de la colère, il faut que je l'épuise. Il y
a ce bruit qui revient, le bruit du Paris-Alger, le
bruit du train qui me conduit vers Diane, le bruit

de la voiture qui va à Ferney, c'est encore le bruit du corps de ma mère dans la petite chambre du Méridien, ses doigts qui composent le numéro de téléphone d'Alger, sa voix qui commande nos petits déjeuners, sa peau qu'elle frotte dans la salle de bains, ses mots sur le parking : « Je vais t'apprendre à conduire », que je comprends ainsi : « Je vais t'apprendre à te conduire. » Le bruit de ma mère pourrait être le bruit de votre peau quand vous vous levez, quand vous prenez ma carte Vitale, quand vous ouvrez la porte, ce bruit est léger et féminin, ce bruit reste dans ma tête. Quand vous fermez la porte de votre cabinet, j'ouvre la porte de l'appartement de ma mère, je garde sa clé, par précaution : « On ne sait jamais », dit-elle. Le bruit de ma mère, c'est le bruit de mon enfance, du fouet Moulinex qui bat les œufs en neige, du couteau sur les écailles de poisson, de sa main dans mes cheveux, de ses ongles sur le volant de la GS, de sa voix qui nous appelle du balcon, de sa voix encore qui raconte l'histoire du *Petit Chaperon rouge*, j'en reviens toujours là, je me pose toujours sur la ligne de ma première vie. Ma mère a raison quand elle dit que je ne veux pas la voir vieillir, je suis éblouie d'amour. Quand je me rends rue X, je n'ouvre jamais sa porte avec ma clé, je sonne trois fois, c'est encore son bruit : les petits pas sur le parquet, sa peau contre la mienne, sa main dans ses cheveux : « Je sors de chez le coiffeur. » Le couple se reforme, comme la peau du lézard blessé, il y a une mémoire des gestes je crois, je la regarde de dos dans la cuisine, je suis à Alger, je suis au 118, je suis à Zurich, je suis à Ferney, ma mère occupe tous mes territoires, je serre ses épaules, elle sent toujours bon : « C'est un nouveau parfum, tu aimes ? » Elle a la peau douce, la peau de sa mère. Il y a aussi la même question : « Tu as eu des nouvelles de papa ? » « Il a appelé ce matin, il t'embrasse. » Alors se superposent nos deux lieux, l'Algérie sur la France puis la France sur l'Algérie. Quand je m'installe face à ma mère, je deviens la doublure de mon père. Je suis là, maman, je suis là avec toi ; je retrouve son visage, le visage de mon enfance, je retrouve ses gestes, le pain, la viande, je retrouve ses mots : « Tu ne manges pas beaucoup. » Je sais qu'il fait beau à Alger, qu'à cette heure-ci mon père a déjà fait son tour, qu'il remonte de la petite place, où le photographe disait dans son studio en sous-sol : « Je t'ai demandé de sourire, pas de loucher. » Mon père a ouvert toutes les portes-fenêtres pour faire entrer la lumière, il s'est préparé un poisson au four, une daurade, qu'il mangera sur deux jours, il ira après dans ma chambre prendre le soleil *pour chauffer ses os*, il y a une fuite et un resserrement du temps, je construis un pont, j'ai toute ma vie pour faire le grand écart entre les deux terres, entre mon père et ma mère, j'ai toute une vie pour occuper leur solitude, j'ai toute ma vie pour couvrir mes familles, il y a cette photographie de mon grand-père algérien assis en tailleur, il porte un costume et une chéchia rouge, il est assis sur un tapis, il est mince et fier, il a les yeux très clairs, il y a ces mots que ma mère entendait enfant : « Si tu ne dors pas, le *Sidi* viendra te voir cette nuit », il y a la nuit de mon père, seul à Alger, il porte sa jeunesse dans la nôtre ; c'est l'histoire des poupées russes. C'est notre histoire. Il y a un livre dans un livre. Il y a une écriture du jour comme il y a une écriture de la nuit, il y a une écriture d'hiver comme il y a une écriture d'été. Mon père a une heure de moins en Algérie, c'est l'heure qu'il me faut pour traverser la Seine et me rendre dans l'appartement de la rue X, c'est l'heure qu'il me faut pour me détacher de mon livre, il y a des livres-châteaux forts, des livres dont on ne peut sortir. J'ai construit un édifice, je circule à l'intérieur de cet édifice, j'en ouvre chaque porte, chaque secret. Je ne veux plus en sortir, comme je ne veux plus m'arrêter un jour quand nous quittons Paris avec l'Amie. C'est la peur chaude sur l'autoroute, à cause du bruit, des glissières, de la vitesse, à cause de l'idée de la mer aussi. Nous écoutons à la radio les chansons de notre jeunesse, puisque nous sommes aussi liées par cela, nous avons la même mémoire musicale qui est aussi une mémoire amoureuse, à cause de Valérie Lagrange, à cause d'Anne Pigalle, à cause de Serge Gainsbourg. On se fait un cœur, à force. On se fait une résistance aussi. L'Amie est ma deuxième tête ; nous allons si vite toutes les deux, vers la Normandie, nous remontons aussi nos enfances, comme deux horloges, nous vivons à la même heure, quand je danse à Saint-Briac, l'Amie danse à Houlgate, quand je pêche au Rocher Plat, l'Amie pêche à Foux, quand je regarde ma mère sur le balcon de la Résidence, l'Amie regarde sa mère au troisième étage de la rue Pierre-Nicole, quand je danse au Grenel's, l'Amie danse à l'Apoplexie, quand je veux faire du cinéma, l'Amie passe un casting avec A.S., quand je commence à écrire, l'Amie commence son métier, quand je passe des étés lourds et lents à Paris, l'Amie s'enferme un week-end entier avenue du Roule avec un somnifère, quand je regarde la mer et les pétroliers qui disparaissent après la brume, l'Amie regarde la Seine, le Louvre, de son appartement de la rue de Beaune, quand je fixe le temps avec l'écriture, l'Amie raconte : « Pour dire je t'aime à ma mère, je disais *Moumf.* J'ai tant prié derrière le fauteuil jaune. Je voulais me transformer en garçon. Je jouais à l'architecte, avec une poupée, Pekor le chat. Je me plaquais les cheveux en arrière après le bain. On disait que j'avais une coiffure de chauffeur de taxi. J'étais souvent triste, jeune, parce que je ne savais pas où poser mon cœur. Quand mon père est mort, j'ai su, aussi, que ma vie amoureuse en serait bouleversée. Mon père avait le visage de Dustin Hoffman. Je ne peux pas regarder *Kramer contre Kramer* pour cette raison. Enfant, il y avait une évidence de Dieu pour moi. C'était si simple, il y avait la terre, et le ciel. Je préparais mon paradis. Sur les films super-8, tu me trouves immobile ; tu sais que je peux rester des heures au soleil, sans bouger. Un jour, on m'a battue à l'école. Ils m'attendaient à plusieurs.

Je n'en ai jamais connu la raison. J'en garde encore de la haine, et donc de la violence. Tu es comme ma petite sœur. J'aurais adoré te connaître enfant. Sur les photographies, je trouve que tu es un très beau bébé. C'est rare. Nous aurions fait les quatre cents coups toutes les deux. Tu sembles venir de ma famille. Moi aussi j'ai eu une Diane dans ma vie. Ce sont les plus dangereuses. Tu te souviens de Natacha dans le film avec Clavier, *Je vais craquer*? Avant mon vrai métier, je faisais la doublure lumière dans une agence de mannequins. Tu sais, il y a cette histoire du producteur en Jaguar et moi qui suis en Chappy. Je n'avais peur de rien. Je crois que nous avons le même cerveau. J'adore tes mains, ce sont des mains de singe. Deauville ou Trouville? Je t'invite au Central. Tu es ma triple buse et je suis ton andouille. Tu veux vraiment un petit chien? J'ai toujours eu une angoisse avant la nuit. J'ai toujours eu un sentiment de tristesse aussi. J'avais peur quand nous allions à la campagne avec ma mère. Nous étions sans voiture, sans téléphone. Il y avait ce silence, et cette torpeur, tu sais, sur les petites routes quand tu n'entends que le frottement des roues de ton vélo, que tu te sens vraiment seule, entre les champs puis entre les arbres de la forêt. C'est le côté Laura Palmer. C'était la fête quand mon père arrivait. Je l'accompagnais au village. Nous achetions de la viande et du saucisson sec. Tu n'étais pas fascinée par les gestes du boucher? Je crois qu'il y a une tristesse de l'enfance, il y a un côté si fragile, si démuni. J'entends encore le bruit du papier-calque que mon père fixait pour tirer ses traits. Je sens encore son odeur de tabac, de crayon, son odeur d'homme, j'entends encore sa voix, il avait une très belle voix, qui disait : "Un jour, tu rencontreras quelqu'un que tu aimeras à la folie", j'entends encore le bruit de nos bottes en caoutchouc sur les rochers, dans l'eau, ce bruit est si particulier pour moi, c'est toute la vie, toute la vie de mon enfance avec mon père ; j'étais fière de pêcher avec lui. J'ai cette image en Méhari, quand il disperse un troupeau de vaches. C'était mon héros ; il me faisait rire aussi, je n'ai jamais vu quelqu'un aimer autant la vie. Il me manque ; il est parti trop tôt. Nous avions tant à partager. Il nous arrivait de déjeuner ensemble à La Fontaine de Mars. Nous étions aussi des amis. Je n'ai jamais su qu'il était malade. Mon oncle a tout gardé pour lui ; il a gardé ce secret comme on garde une folie. Il m'a volé les derniers jours de mon père. Il nous a volés l'un à l'autre. Une partie de mon cœur a brûlé. La vie n'arrange rien au sujet des morts. Il n'y a pas d'oubli, il n'y a que l'amour, au fur et à mesure des jours, il n'y a que du manque. Il serait naïf de croire que le temps apaise les peines. Tout me fait penser à mon père. La vie même me fait penser à lui. Le cœur de la vie. La vitesse de la vie. Le feu de la vie. Le silence de la vie. Il reste mon premier référent. Je le consulte, dans ma tête. J'aime croire à cette idée qu'il aurait toutes mes réponses en lui. J'aurais tant à raconter. J'aurais tant à demander. Tous les jours, je me dis qu'il serait fier de moi. Je suis sa ligne de vie tu sais, d'une certaine façon, je poursuis son ouvrage. J'adorais le prénom de mon père. J'adorais le prononcer : Alain. » Nos voyages en voiture sont des voyages dans le temps, c'est une façon de nous retrouver aussi, de ne vivre que par nos regards, que par nos voix, nous ne nous baignons jamais à Trouville, nous sommes des filles du Sud, quand je prépare le voyage au Cap, je demande pour mon anniversaire un livre sur Eileen Gray, il y a une légende autour de cette femme, qui est aussi la légende de Roquebrune, de ses maisons d'architecte, de ses rochers blancs, du chemin des Douaniers qui suit comme un serpent la côte. Notre légende normande, c'est la terrasse du Central, ce sont les planches vers les Roches Noires, c'est le vent autour de nous froid et léger, c'est la petite caméra DV qui prend nos corps, nos visages, comme le faisaient avant nos parents avec le super-8. Il y a une répétition des gestes, je crois. Sur les films de mon enfance, je suis sur les ruines romaines de Tipaza et je sais que cette image a quelque chose d'historique. C'est ma révolution algérienne. Au Central, il y a toujours un garçon pour nous reconnaître : « Quel plaisir de vous revoir mesdemoiselles », c'est comme un don, ce souvenir que nous laissons avec l'Amie, à la brasserie Maillot, au bar du Lutétia, à l'hôtel Beau-Rivage de Nice. Il y a des traces de nous deux. C'est la nature de notre lien. C'est le thème de notre chanson : *Cric et Croc sont de bons amis, Cric et Croc toujours réunis.* Nous avons les mêmes adorations, nous avons les mêmes effrois, nous venons du même cercle. Nos références seraient : la chèvre de monsieur Seguin, Isengrin, Poil de Carotte, la fatigue du corps après le bain, pain-beurre et chocolat, les lumières de la ville dans la nuit, la tristesse sans mot, l'excitation du lendemain — il y a un pont qui relie nos enfances, nous allons toujours plus loin, après Trouville, vers les falaises d'Étretat, où nous nous tenons contre le vent, et nous allons encore plus loin, au Havre, la ville qui pourrait être une ville sans nom tant elle semble irréelle et monstrueuse, comme posée entre la mer et la terre, serrée de métal, de rouille, de chantiers, de navires, de violence mais une violence de la matière même, qui viendrait du pont, des câbles, des docks, des poulies, une violence de fer. Et nous sommes là, toutes les deux au sommet du Havre, et nous regardons loin vers cette mer qui n'est pas aimable, qui n'est pas la mer des bains chauds, ou la mer de lait de Praslin ; cette mer ne sert qu'à partir ou plutôt à s'enfuir. Avant son départ pour Londres, la Chanteuse organise une fête chez son agent. Je ne me souviens d'aucun de ses mots. Il y a une chanson qui revient où il est question d'un vent tiède et léger comme un amour qui disparaît. Il y a d'autres chanteuses, dont je ne donnerai que les initiales : S.V., B.F., M.L., C.L., il y a aussi le sentiment de ne jamais avoir existé dans ce *milieu*, notre lien s'est effacé de lui-même ou s'est annulé de lui-même, je me souviens des mots de l'ex-femme d'un joueur de tennis, je m'en souviens parce que c'était comme une folie, ses mots n'avaient aucun sens, et ne se tenaient pas, il y avait comme une rupture du langage et j'ai eu peur d'avoir cela quand mes mauvaises pensées sont apparues, l'incohérence ; elle disait : « Vous avez une jolie peau. J'aime un garçon de dix-sept ans. La nuit ne succède pas au jour. Vous pourriez m'écrire une chanson. Je me sens comme un oiseau. J'attends sur la branche. » Et je suis partie, sans dire adieu, sans vouloir reprendre ma place ni mon nom, puisque personne ne m'a demandé qui j'étais. Avec les mauvaises pensées, j'ai si peur de ne plus savoir qui je suis. Au début, je décline mon identité, nom, prénom, âge, date et lieu de naissance ; ensuite, je dis : « Quelle est mon adresse ? » Et cela arrive au fond de la nuit, mon adresse est l'adresse où je vis. Puis j'ai un doute, non, mon adresse est l'adresse de mes parents, et j'ai encore un doute, mon adresse est sous les préaux de l'immeuble sur pilotis, je viens de là, je viens des peurs. J'aimerais tant venir de moi vous savez, mais d'un moi blanc et désertique sur qui rien n'aurait pris ; en leçons de sciences naturelles, il y a ces lamelles de verre qui enferment une tache de sang ou un insecte et que nous inspectons au microscope, je suis ainsi, sans cesse en examen de moi-même ; ou alors j'aimerais venir de vous, ce serait le fantasme du docteur et de sa créature. J'ai souvent pensé que je venais de l'Amie, que nous avions une circulation de nos deux existences, de l'une vers l'autre. Avec les mauvaises pensées, il y a la peur du langage déstructuré : la chair sans les os. J'ai peur du livre fou qui ne saurait ni se tenir ni se comprendre. Quand Laura Palmer passe dans le monde noir, elle parle à l'envers. Il faudrait un miroir pour lire ce livre dément, celui que j'ai si peur d'écrire, malgré moi. Vous dites qu'il n'y a pas de passage à l'acte dans les phobies d'impulsion, vous dites aussi qu'il faudrait savoir pourquoi j'ai eu peur de sauter de la fenêtre pendant mon sommeil, vous dites qu'il y a la remontée en moi d'un désir de mort, je suis en train de m'enflammer. Un jour, ma sœur me dit : « C'est atroce, un homme s'est immolé dans le jardin des Tuileries, là où tu as l'habitude de jouer avec les enfants. » Avec les mauvaises pensées, je suis dans le cercle de la peur, cela prend dans le corps entier, c'est comme si cela inversait mon sang, à force d'avoir peur, je crois avoir attiré le danger. Cette peur serait un aimant, entre mon corps et le poste de télévision. Cela arrive un soir à Paris. Il fait bon, les fenêtres sont ouvertes, j'entends les voitures, les scooters, l'été n'est pas loin, il y a des rires aussi, il doit être minuit, je pense à ces voix que j'entendais quand je passais les vacances chez mes grands-parents, j'en étais jalouse, parce qu'elles semblaient heureuses, je voyais encore le jour au travers des volets, il fallait dormir et moi je n'avais pas sommeil, comme ce soir où je regarde une dernière fois les informations de LCI, parce que mon père est encore à Alger et que c'est une manière pour moi de le couver ou tout du moins de penser à lui. Quand le journaliste annonce un séisme de 6,7 degrés à Alger, je suis sûre de la mort de mon père. Il y a une immense violence à avoir des nouvelles des siens par la télévision, parce qu'il y a soudain la conscience du monde, de ce monde si grand, que je ne peux couvrir ni serrer contre moi. Je me dis que je n'ai pas su protéger mon père de ce monde. Je téléphone sur son portable, comme tous les Algériens de France ce soir-là, il est impossible à joindre. Alors j'attends, devant l'écran, avec l'Amie, les images d'Alger, des images de mon père. Je pense à son corps, à ses poignets fins, à sa peau brune, je pense à sa robe de chambre en velours qu'il porte pour cuisiner, je pense à ses costumes, à ses chemisettes d'été, je pense au partage de sa vie, précis, régulier, entre nous et son pays, je pense à l'immeuble sur pilotis, je pense à mon père quand il me conduit à la plage, au tennis, au lycée, je pense à son visage qui pourrait être le visage de sa mère, je pense que je ne lui ai pas assez confié qui j'étais, comment je vivais, ce qu'il y avait derrière mes rires et dans mes larmes, je pense qu'il ressemble de plus en plus à un acteur des films égyptiens que je dévorais sans en comprendre vraiment l'histoire, je pense à la chanson d'Abdelwahab qu'il aime tant, *Cleopatra*, je pense à nos déjeuners, au poulet-frites qu'il mange avec indulgence puisqu'il ne m'en veut pas de ne pas savoir cuisiner, je pense à nos tête-à-tête, les images d'Alger ne viennent pas, le téléphone sonne dans le vide, je pense à ma mère qui doit déjà dormir puisqu'elle se réveille à cinq heures du matin, je pense à sa phrase : « Je me couche tôt, parce que je n'aime pas la nuit », je pense à ses oreillers — deux pour bien respirer —, à sa table de chevet sur laquelle elle a posé deux photos, les visages de ses deux filles, de ses deux anges qui la protègent, elle dort et elle ne sait pas, je pense à sa chambre, qui devient *leur* chambre quand mon père revient, le grand placard blanc, l'armoire, le tapis, le tableau de Baya, l'odeur de parfum sur les vêtements, les chaussures dans les boîtes à chaussures, les doubles rideaux, la cour silencieuse, le souffle de ma mère endormie, sa solitude que je ne peux supporter, que je ne peux saisir entre mes mains ; je ne sais plus mesurer la solitude, c'est quelque chose qui m'échappe à cause de la tristesse qui s'en dégage, je ne peux plus mesurer le désamour de mon grand-père quand il dit un jour à sa fille : « Tu n'as jamais pensé à ton avenir » ; avant, je disais à ma mère : « Tu ne seras jamais seule, je veillerai sur toi » ; avant, je disais à mon père : « Un jour, tu seras fier de moi » ; je ne sais pas si ces deux phrases ont fini par se répondre ou par s'annuler, je ne sais pas sur quelle ligne me tenir. La nuit du séisme n'est plus la nuit, seule la peur prend, tout autour de moi, il y a les mots de l'Amie : « Je suis sûre qu'il va bien », il y a ces images dans ma tête, quand je ferme les yeux : des plantes qui ressemblent à des cheveux plient avec le vent, et se balancent de gauche à droite, il y a la valise bleue où je cache les factures de ma mère, il y a mon placard creusé dans le mur de ma chambre où je cache les pantalons dont je découpe les jambes, il y a mon bureau, il y a le tiroir de mon bureau, et je ne me souviens plus de ce qu'il contient, et ce détail est immense dans ma vie, je le comprends cette nuit-là, ce tiroir c'est mon cercueil, c'est ce qu'il reste de moi, c'est ce qui s'est dégradé avec le temps, c'est moi, en tant qu'objet perdu ; puis vient une autre image, je suis dans un hôtel à Bou Saada, il y a des coups de bêche dans la terre, ma mère dit : « On cache peut-être un corps » ; alors toutes les nuits se relient à ce secret, toutes les nuits couvrent les corps, moi aussi j'ai peur de la nuit, de ma nuit algérienne, de cette nuit du Sud où un homme en enterrait peut-être un autre ; il y a un secret dans mon enfance, ce secret est peut-être écrit, dans un cahier, et ce cahier est dans le tiroir de mon bureau. Après la nuit, il y a la voix de ma mère au téléphone : « Tu sais je me suis réveillée avec les infos de cinq heures, je n'ai pas tout de suite compris, j'ai cru que c'était dans mon rêve, je me suis endormie avec la radio. » Et là, je pense au 118 rue Saint-Charles quand j'écoute mon walkman, allongée près du corps de ma mère et que la nuit se referme sur moi. « J'ai essayé d'appeler, tout de suite, comme une folle, j'ai eu si peur, 6,7 c'est la première fois à Alger, et c'est violent, et puis au bout d'une heure, j'ai entendu sa voix, il est calme, il va bien, l'immeuble a tenu, il s'est agrippé au pilier du salon, tu sais, celui autour duquel tu aimais tourner avec ta sœur, il a cru à la fin du monde, après il est resté avec son voisin dans la voiture, je crois qu'il a peur de remonter, il a une petite voix, il dit que c'est parce qu'il n'a pas dormi mais je sais que ce n'est pas vrai. » Dans le séisme d'Alger, il y a le séisme de l'Algérie, et je devrais dire de mon Algérie, il y a ce bateau que je n'ai pas pris, il y a ce mouchoir blanc que je n'ai pas agité. Je suis ramenée à mon point de fuite, je suis ramenée à ma ligne algérienne qui est la ligne de départ d'une course de fond : ma vie. J'aimerais revoir le pays où j'ai appris à écrire. J'aimerais revoir le pays où j'ai appris à aimer. Quand je parle enfin au téléphone avec mon père, il me dit que la mer s'est retirée sur trois cents mètres et qu'elle n'est pas revenue ; un savant espagnol dit qu'elle reviendra, haute et gonflée, pour noyer la baie. Il y a une histoire triste et algérienne. Ma grand-mère m'écrit une petite carte de Saint-Malo, avec ce mot : « J'ai bien pensé à ton papa », et je suis touchée par son geste. Je dévore les miettes d'amour, vous savez. L'Amie dit parfois : « L'ennui avec toi, c'est que tu demandes toujours plus, encore plus, qu'il faut une force de géant pour te rassurer. » J'ai le sentiment que la vie m'échappe, que moi aussi je me tiens en équilibre sur la branche. Quand je n'écris pas, la Chanteuse dit : « Tu es en manque de toi-même. » Je crois à un livre qui informerait son auteur sur lui, au fur et à mesure de son élaboration, ce serait un livre surnaturel, je crois aussi à un livre que me donnerait mon père quand il revient d'Alger, quand il revient du séisme, quand il revient de lui. Ma mère lui donne du Lexomil parce qu'il n'arrive pas à dormir. Avant son retour, je surveille les courbes sismiques sur un site Internet, à deux reprises, mon père est obligé de dormir dans une voiture, à deux reprises, des survivants du premier fracas sont morts dans ses répliques. J'achète du champagne pour mon père, l'Amie est là, avec moi, il vient à la maison, et il vient dans nos bras, et il dit : « Je suis si heureux d'être là » ; vite une coupe, vite une chanson, et dans les jours parisiens les mauvais jours algériens s'infiltrent comme du poison. « C'était atroce, dit mon père, je crois que je suis mort deux fois, je dansais sur place, il y avait quelque chose de si ridicule et de si terrifiant. Quand je suis descendu, j'ai pris tous mes dossiers, tout ce que j'avais écrit, j'ai tant travaillé pour l'Algérie. J'ai dormi dans une voiture et j'ai prié les morts, c'est arrivé si vite, c'est le bruit au début qui terrifie, quand j'ai compris, j'ai fait le tour de ma vie, j'ai pensé à notre famille, à ce qui faisait qu'elle était unique à mon sens, je me suis dit que je pouvais mourir parce que j'étais allé au bout du chemin. » Nous buvons tous les trois et j'ai envie de pleurer, il y a un renversement des liens. J'aimerais serrer ce fils contre moi. Mon père reste une journée entière avec nous, puis avec moi, nous sortons ensemble dans la rue ; puisque ma mère doit nous rejoindre, nous allons faire quelques courses, nous nous tenons par le bras, nos corps sont si légers à cause du champagne, nos cœurs sont si lourds à cause de la vie, de ce que nous devons en oublier. Chez le traiteur mon père dit : « Vous savez que ma fille est une *duduche* de trente-cinq ans ? » Et il se passe quelque chose là, dans sa voix, je comprends toute l'histoire de mon père et je comprends toute mon histoire ; je sais qu'il aimerait me présenter aux marchands de la place où nous achetions nos fournitures scolaires, notre pain, notre viande et nos journaux ; je sais qu'il aimerait me ramener en Algérie, fermer le silence, mon silence. Je suis irréelle là-bas, je suis encore l'hologramme. Il y a mon souvenir à cause de l'enfance, il y a ma présence à cause des livres et surtout de la télévision. Il serait bon de refaire le voyage. Pourrais-je dire *rentrer au pays* moi qui n'ai pas les moyens de choisir ? Pourrais-je parler de patrie, moi qui me sens orpheline d'une terre ? Je ne sais pas si on m'attend à Alger, je ne sais pas si le Rocher Plat existe encore, je ne sais pas si j'ai un visage algérien, si je vais changer de visage une fois rendue, quand je regarde mon père, je sais qu'il est plus qu'un père, il est mon seul lien avec le pays où j'ai grandi. Quand ma mère se rend à Nice, elle dit : « Je te comprends, cette ville est envoûtante, c'est cette lumière surtout. Je me suis assise sur une chaise bleue et j'ai regardé la mer ; j'ai pensé à l'Algérie tu sais et j'ai dressé la liste de ce que j'y ai laissé. C'est votre enfance qui est revenue. C'est l'odeur des champs de marguerites sauvages. C'est la force du vent qui nous emportait sous les préaux. »

Mon père a une deuxième vie algérienne, il est le gardien de mon musée, vous savez. Vous faites partie de moi, il m'arrive de penser à vous, dans la nuit, j'ai cru avoir du désir, mais tout s'est effacé, un soir quand j'ai rencontré par hasard M. Je lui ai dit que je vous voyais. Elle a souri, et elle a dit : « Il s'est passé quelque chose entre nous. » Je n'ai pas osé lui demander des détails. Je sais que les histoires prennent aussi dans la tête, chacun a sa vision des choses, j'ai une certaine vérité sur vous, au début vous êtes un mur pour moi, vous êtes le mur du parvis des tours que je frappe avec mes balles de tennis quand j'arrive à Paris, vous êtes ce mur qui a pris tant de colères, tant de fureurs, puis vous devenez un miroir, à force de rendez-vous je me rends compte que je n'aime pas mon visage, je n'aime pas ce qui se dégage de moi ; lentement vous devenez l'amie de mes peurs, chaque peur passe par vous, par votre voix, par vos réponses, il faudrait que je voie mon beau visage, tout ce qui me constitue, tout ce qui vit au fond de moi. Je sais qu'il vient ce beau visage, je sais qu'il va venir, c'est comme l'odeur du printemps à la fin de l'hiver, c'est comme la lumière qui change et s'adoucit, c'est une renaissance ; quand M. dit : « Tu es tombée amoureuse ? », je ne réponds pas, puisque je sais que c'est moi dont je tombe amoureuse quand je pense à vous. Vous tenez mes vies, je ne veux plus consulter mon dossier, je n'ai pas peur des traces de ce travail, je ne me sens plus folle, je sais aussi que je ne l'ai jamais été. Ma folie serait de la tristesse. Mon cœur se serre quand je longe la rue du Roi-de-Sicile et que je sens l'odeur de la maison de mes grands-parents algériens. Je suis toujours surprise par cela. C'est chaud au fond de moi. Cette odeur ne me fait pas peur, elle vient de la boulangerie orientale, mon corps a la mémoire que j'ai perdue. Je ne me souviens plus du petit port de Jijel, je ne me souviens plus des chambres de la maison familiale, je ne me souviens pas des citronniers, je ne me souviens pas du garage où j'assiste une fois, une seule fois, à la cérémonie du mouton, je ne me souviens pas du petit avion qui fait le trajet entre Alger et la côte est. Je ne me souviens pas de mon père entre ses deux parents, je devrais superposer les maisons de Rennes et de Jijel. Je devrais mélanger les deux jardins de mon enfance. Pour séduire Diane, je copie une page du roman de mon professeur du collège Apollinaire, madame G. Le livre porte le titre suivant : *Dans le jardin de mon père*. Quand Diane lit mon texte, elle dit : «Tu es vraiment un écrivain.» Diane croit être le premier témoin de mon écriture, ses yeux glissent sur des lignes qui ne sont pas les miennes, je vois tant d'amour dans sa lecture que je ne peux rien dire, je crois que mon travail d'auteur est aussi un travail amoureux. Je crois que j'écris encore pour Diane, et plus largement j'écris pour ceux que j'ai aimés, j'ai une dette à régler, j'ai un passé de faussaire derrière moi. Un jour à Zurich, ma mère est hospitalisée à cause d'une tumeur au genou, je lui en veux de cela, parce que j'ai peur. C'est toujours la même spirale, vous savez, la colère puis la punition de cette colère. Ma grand-mère vient de Rennes parce que mon père est à Alger, elle s'installe dans la chambre de mes parents pendant une semaine. Je ne lui parle pas beaucoup, je sais que mon père l'a suppliée de venir, je sais aussi qu'elle lui a dit : «Vous devriez vous occuper vous-même de votre femme.» Je ne comprends pas la raison de sa présence, nous ne sommes plus des petites filles ; ma relation avec Diane exclut toute forme de relation, j'en oublie même que ma mère est une mère, que ma mère est une mère qui souffre. Quand je me cogne contre la porte en verre de l'entrée de notre immeuble, je dis à Diane que ma mère m'a battue. Cela renvoie à un souvenir si précis, et si lointain à la fois ; pendant une crise de nerfs, ma mère tente d'ouvrir la porte de la buanderie où je suis enfermée, à cause du vent, la porte s'ouvre violemment et je suis blessée à l'arcade sourcilière ; il y a ces mots de ma mère : «Que vont-ils penser, à l'école, que tu es une enfant martyre ?» ; je crois que ma mère a peur du regard des autres, du regard de son père. Je crois qu'elle est rivée à ces yeux-là, comme moi je suis rivée au jugement de Diane : «Tu es vraiment un écrivain.» Je ne pouvais pas exercer un autre métier, vous comprenez. Je sais que je n'aime pas la Chanteuse quand Diane me téléphone après dix ans de silence. Je reconnais tout de suite sa voix. Diane a, d'une certaine façon, quelque chose de l'Algérie, puisque j'ai

quitté Zurich sans lui faire mes adieux, sans savoir
non plus ce qui s'était défait de nous. Elle dit :
« Je suis à la Fiac, j'ai rencontré un de tes meilleurs amis, on s'est rendu compte qu'on te
connaissait tous les deux en parlant de nos lec-
tures, c'est fou non ? Il m'a donné ton numéro.
Je veux te voir. » Quand Diane dit : « Je veux te
voir », je sais que je pourrais ramper jusqu'à la
Fiac. Je l'ai tant attendue, dans ma tête, je l'ai
tant cherchée pendant mes voyages à Genève, je
l'ai tant recomposée — ses cheveux, son nez, sa
peau, ses yeux, son corps, sa façon de rire et de
danser, tout ce qui faisait d'elle le parfait sosie
de l'actrice Jennifer Beals. Elle le savait, elle en
jouait. Vous dire cela, c'est pour que vous puissiez vous la représenter. Je regarde la Chanteuse,
je regarde ses mains, ses yeux, et je me dis que je
ne l'ai jamais aimée, il y a des intermèdes, je suis
dans cet état. Voici ce que Diane dit au téléphone : « Je t'attends demain à dix heures, au
Louvre, sous *La Victoire de Samothrace.* » Il y a
quelque chose de ridicule dans ce rendez-vous et
il y a quelque chose de grandiose parce que je
suis dépassée par mes sentiments, j'habite alors
rue de Sèvres et je décide de me rendre au
musée à pied par la rue Mazarine et le quai de
Conti, je vais si vite vers Diane, je me défais si vite
de la Chanteuse et de mes dernières années. Il y
a encore les flocons de neige qui tombent dans
son jardin, il y a encore la fine limite qui sépare
mon amour de ma haine. Elle se tient sous la statue, et elle n'a pas beaucoup changé parce

qu'elle a toujours fait plus que son âge. Elle dit :
« Ton visage s'est creusé, cela te va bien. » Nous
ne restons pas au Louvre ; pour la première fois,
je me préfère à Diane, je la regarde marcher
devant moi, entrer dans une librairie, acheter
mes deux livres, je la regarde jeter les bandeaux
rouges qui portent mon nom — c'est moi qu'elle
jette, mais elle ne s'en rend pas compte —,
elle me demande un mot, je lui dis : « Après
notre promenade. » Nous allons vers le jardin des
Tuileries, il fait froid, Diane est une relation d'hiver. Il y a, comme au Luxembourg, des petits
bateaux de bois, il y a deux chaises en fer forgé
qui nous attendent, nous faisons si femmes et
nous sommes si gênées. C'est Diane qui dit en
premier : « Je ne sais pas ce qu'il s'est passé entre
nous », c'est moi qui garde encore le silence. Je
pense à mes livres, je pense que j'ai enfin réussi à
convertir mon mensonge en vérité. Si je devais
écrire sur Diane, je dirais qu'elle s'est enfuie de
mon temps. J'ai perdu les moyens de l'aimer, j'ai
perdu la force de l'attendre. Quand nous nous
quittons, je sais que je vais déchirer l'adresse et le
numéro de téléphone qu'elle a pris soin de noter
sur la carte de son hôtel, le Bristol. J'aurais été si
tentée de la rappeler. Je ferme mon histoire tout
en traversant la Seine par le pont des Arts. Paris
est encore mon territoire, plus je m'éloigne du
Louvre, plus j'efface le souvenir de Diane. Je n'ai
pas signé mes livres, j'ai fait semblant d'oublier.
Je fais encore semblant avec M. quand elle vient
dîner chez moi et qu'elle me confie vous avoir

vue à deux reprises rue Étienne-Marcel ; je fais semblant de ne pas rougir ; quand elle dit : « En fait, je ne la trouve plus du tout jolie », j'entends : « En fait, je ne te trouve plus du tout jolie. » Quand nous dansons ensemble au Privilège, je sens que M., si grande pourtant, épouse mon corps, et je sais, à ce moment, que nous aurions pu former un couple et peut-être un beau couple. Cette histoire reste au centre de notre jeunesse, il y a des amours qu'on ne peut expliquer avec des mots parce qu'elles n'existent pas vraiment. Je crois que j'ai perdu M. à cause de vous, je crois que je suis remontée vers moi en oubliant, peu à peu, qu'elle avait occupé le siège que j'occupe, et que d'une certaine façon elle me protégeait, je crois que je peux enfin regarder mon passé. C'est ce que ma mère répète une nuit dans l'ambulance qui l'emmène à la Salpêtrière ; elle dit : « Je crois que je pourrais regarder mon père dans les yeux. » C'est la nuit profonde quand le médecin signe son *bon* d'hospitalisation sur la petite table ronde qui est aussi la table de mon enfance ; je remplis les formulaires de la Sécurité sociale pendant que ma mère choisit sa jupe, son pull, et la chemise de nuit qu'elle portera, si habituée à faire son sac, comme si son passé ne devait jamais se refermer, ou devait se refermer sur moi qui perds tous mes moyens. « Calmez-vous mademoiselle », dit le médecin, « Calme-toi », me dit l'Amie qui est là et que je présente comme ma sœur aux deux ambulancières qui semblent former un couple, je crois. Ma mère dit à l'Amie : « De toutes les façons, je vous considère comme ma troisième fille.» Je regarde ses affaires près de son lit et je me dis que ma mère a toujours vécu avec des livres autour d'elle, c'est sa forteresse, j'ai voulu écrire pour doubler ses murs, à Zurich, nous avons au deuxième sous-sol de notre immeuble un abri antiatomique que je prends soin d'équiper de couvertures, de réserves de pâtes et de conserves, je m'y réfugie aussi pour pleurer sur Diane et moi. Ma mère a ce petit chant sur les lèvres, c'est une chanson qu'elle a inventée, mais qu'elle connaît par cœur, puisqu'elle me la chante, parfois, le dimanche, quand je m'enferme dans mon silence, quand elle lit son *Femina*, le supplément du *JDD*, quand le temps doit lui sembler trop lent; il y a cette lenteur dans les gestes des femmes qui la portent sur une chaise métallique, il y a cette lenteur à l'arrière de l'ambulance quand je regarde l'Amie qui tient la main de ma mère. J'ai cette image d'un jeu des sept familles qui appartient à ma sœur. Les cartes sont tenues par un élastique, la boîte du jeu est en plastique blanc, ce sont les familles d'astronautes, dans la famille Gagarine, je veux la mère: la mienne est allongée avec de la fièvre. La mienne chante sa chanson. La mienne a mal au poumon gauche. La mienne m'a appelée au secours. Nous sommes là, maman. J'ai battu le jeu des sept familles, j'ai distribué et je suis en train de gagner. Je suis à la tête de notre tribu, c'est à moi qu'on demande l'identité et les antécédents de ma mère. L'Amie dit: «Je reste avec

toi », ce que je comprends ainsi : « Je resterai toujours avec toi dans ces cas-là. » Ma mère disparaît
encore dans le champ de marguerites sauvages,
mais je n'ai pas le courage d'aller la retrouver,
elle est en observation. Quand je demande à une
infirmière si elle peut me dire combien de temps
cela va durer, elle répond : « On ne sait jamais
pour le temps. » Et c'est vrai qu'on ne sait jamais.
Je pense à Hervé Guibert qui écrit, vers la fin,
contre le temps. Je pense à son journal d'hospitalisation que publie mon nouvel éditeur. Je
pense à la chanson qu'il cite — *Le dormeur doit se
réveiller* —, je pense à mes nuits d'avant quand je
dansais alors que j'avais envie de pleurer. L'Amie
est près de moi, sur le banc du couloir des
urgences. Nous sommes face à des rideaux jaunes
et sales et je sais que derrière ces rideaux, il y a
des corps qui se reposent. Nous entendons leur
souffle. J'entends encore ma mère chanter et je
ne sais pas de quoi elle souffre. À Alger ma mère
me tricote des pulls en laine douce parce que
j'ai la peau fragile. Quand nous jouons aux devi-
nettes, elle sait que mon gâteau préféré est la
tarte au citron meringuée, que j'ai porté pendant
quinze ans La Nuit de Paco Rabanne, que ma
couleur est le noir, que je sais encore me tenir en
équilibre sur la tête ; quand vient mon tour, je
sais qu'elle a essayé d'écrire mais que *c'est trop
compliqué*, qu'elle a le vertige dès le second étage,
qu'elle boit un litre de thé par jour, qu'elle adore
le fromage blanc et le pain Harry's aux sept
céréales. Quand je regarde l'Amie, je sais qu'elle

pense à son père, je sais qu'elle a de la tristesse pour moi parce que je ne suis pas armée. Je vais à la crèche du parc de l'immeuble construit sur pilotis. C'est plus simple ainsi ; ma mère me surveille du balcon et agite parfois son mouchoir dans ma direction. J'ai toujours voulu découvrir un trésor. Un jour, je crois tenir la mue d'un serpent rare : c'est une branche de cactus dont ma mère retirera les épines de ma paume, une à une, à la pince à épiler ; je crois posséder un timbre précieux. Je crois élever une perruche savante. Je n'ai jamais pensé à découvrir le trésor qui se cachait au fond de moi. Quand la police arrive, l'Amie me dit : «Ne les regarde pas, ils sont avec un prisonnier.» Quand l'interne m'appelle, je crains plus pour l'Amie que pour ma mère. Elle est là, allongée dans un lit roulant, avec un tuyau qui perce son bras. Elle souffre du poumon, mais personne n'est sûr de rien. Je crois que ma mère souffre de tristesse à cause de son père. Quand elle me regarde, je vois la petite fille des photographies, je pense à ma grand-mère qui l'inscrit à la pension, à deux rues de la maison de famille, pour lui apprendre la vie. À force de vouloir apprendre la vie, on passe à côté de la vie, je ne comprends pas comment mes grands-parents ont fait pour passer à côté de ma mère, je ne comprends pas le désert de leurs baisers. Il faudrait remonter le temps. «C'est la guerre qui fait cela, me dit l'Amie, c'est une génération.» Les gens de la guerre ont des problèmes avec l'amour. Quand Guibert écrit à l'hôpital, il est en train de perdre l'usage de ses yeux. Je regarde l'intérieur du corps de ma mère fixé sur sa radio ; j'y vois des trous et des crevasses, j'y vois tout le parcours de l'amour, tout le parcours de la tristesse ; il y a une petite tache qu'on appelle *masse* ; il faudra vérifier. Il se passe quelque chose dans cette nuit, ma mère ne veut plus rentrer chez elle. Elle n'en a pas la force. C'est la *masse* sur son poumon, c'est le corps de plomb qui prend tout. Elle veut encore des examens, elle veut savoir et je crois que la fièvre lui fait perdre la tête. Je rejoins l'Amie et le jour se lève. Je rejoins l'Amie et je sais combien il est inutile de se confier l'une à l'autre. Il y a tant d'amour entre nous, il y a tant de respect. Il est six heures et l'Amie dit : « Je ne veux pas te laisser ». Elle reste encore dix minutes avant d'aller se changer pour sa journée de travail, dans ces dix minutes tiennent nos dix années. Je reste seule aux urgences, moi non plus je ne veux plus partir, ma mère s'est endormie, derrière le rideau, j'entends sa voix parfois qui m'appelle mais je sais que c'est dans son sommeil, la vie de l'hôpital reprend, j'attends ma sœur qui m'aidera à soutenir ma mère, notre mère, une femme me demande où se trouve la chapelle, je me souviens que l'un des trois garçons de Biarritz y travailla un hiver ; il surveillait une exposition, je me souviens aussi de sa présence si étrange dans ce lieu si triste, il était comme un ange, il était comme tombé du ciel, il me disait : « Je me sens bien ici parce que je n'ai pas peur de la mort, j'ai dompté mes démons.» Je n'ai plus peur, vous savez. Avant, j'avais peur de vivre, c'est pour cette raison que j'avais peur de mourir. Hervé Guibert a voulu être enterré sur l'île d'Elbe, Le Corbusier a lui-même dessiné sa tombe, je ne sais pas s'il y a un arrangement avec la mort, je ne sais pas si je peux m'en arranger, on dit qu'on peut mourir à l'intérieur de soi tout en restant vivant, je ne veux pas croire à cette idée, je veux croire au feu du sang quand il remonte du cœur, je veux croire aux vies dans la vie. Quand mon père rentre du séisme, il dit au traiteur chez qui nous faisons des courses : «Je vis à Alger mais le pays que je préfère est la Jamaïque.» Madame G. a écrit *Dans le jardin de mon père*, j'aurais pu écrire *Dans le pays de mon père*. Il y a une terre pour chacun. Avec l'Amie, nous avons cru à l'île de Praslin parce qu'elle faisait face à l'Afrique, quand nous découvrons le Cap-Martin, nous savons que quelque chose parle de nous sur le chemin des Douaniers. Cela se passe, c'est tout, c'est comme un brasier, sous la montagne, entre la mer ; cela remonte nos deux histoires, il y a de l'Algérie ici, il y a de l'enfance de l'Amie, de ce qu'elle a appris, de ce qu'elle a perdu. L'Amie dit : «Depuis la mort de mon père, j'ai un morceau de moi qui s'est détaché.» Je crois que nous avons trouvé un chemin, entre Nice et l'Italie ; je ne sais pas si c'est *notre* chemin, en tout cas, je pense que cela y ressemble. Quand l'Amie manque se noyer au large de la plage de Castel, je lui tourne le dos, je ne la vois pas, je me sens encore coupable de cela, je me sens coupable parce que ce jour-là je suis en train d'apprendre à nager à un enfant. Quand ma sœur nage loin, à Alger, ma mère lui tourne le dos parce qu'elle s'occupe de moi. L'épicentre du séisme algérien a lieu plage du Figuier, là même où mes parents pensent avoir perdu ma sœur à jamais puisqu'elle disparaît pendant deux heures. Je me demande souvent si la conscience enregistre ces trous noirs, si nos peurs d'adulte ne sont pas reliées à nos égarements d'enfant, je ne sais pas ce qu'il reste à ma sœur de ce temps flou, l'Amie dit : « Il me reste cette image de l'eau dans mes yeux, comme une ligne, de toi derrière la ligne qui ne me vois pas, puis du fond, immense, sous moi. » Deux jours après, je manque aussi me noyer, en confondant le ciel avec la mer, je sais que c'est une forme de punition. Après, nos jours à Nice sont d'une grande légèreté, parce que nous sommes revenues de quelque chose. Il y a nos corps habillés de blanc quand nous descendons la rue des Ponchettes, il y a nos soirées sur le cours, il y a nos jeux au casino, sur la machine Betty Boop, il y a l'été qui nous couvre comme un corps chaud, nous prenons notre champagne au soleil, nous dansons jusqu'à l'aube, nous restons dans le silence de l'aube, c'est notre vie aussi, ce silence, quand nous regardons la baie, la ville, les montagnes, nous portons chacune notre secret. Cet été-là, qui est aussi l'été de mes mauvaises pensées, nous remontons vers Paris en voiture, je pense à la mer que nous laissons, je pense au banc d'anchois qui m'enserrent un jour, il faisait comme des bandes argentées autour de ma peau. Je pense à l'odeur de la peau après le bain, je ne sais pas si je pourrais écrire à Nice. Quel serait mon livre si j'écrivais sur le bureau de ma chambre d'Alger ? Aurais-je encore l'écriture dans ma main ? Je vous l'ai dit, je n'ai jamais écrit à mes amis d'Alger, je n'ai pas ce courage au 118 de la rue Saint-Charles. Je n'écris pas non plus à Diane quand je rentre de mes promenades avec ma mère autour du lac de Divonne, c'est là que je perds ma jeunesse, je crois, et c'est avec l'Amie que je la retrouve, en voiture, quand nous écoutons à fond nos chansons. Nous avons deux vies de garçon, je crois, il y a ce film, *Presque rien*, qui semble parler de nous, nous ne sommes pas comme les autres filles, nous étions différentes dès l'enfance, c'est le secret de nos solitudes passées, nous guérissons nos blessures et nous nous guérissons de nos blessures respectives. Je vous regarde dans les yeux à chaque séance, c'est un moyen de vous dire que je ne vous mens pas, je ne me suis jamais menti à moi-même, je crois que mon problème est là. J'ai toujours occupé le cœur de la vérité, j'ai toujours voulu tout voir et tout savoir. Quand mon père a peur pour son cœur, je lui demande de quoi est mort son père parce que je l'ignore et je trouve cela fou de l'ignorer ; mon père me dit qu'il souffrait d'emphysème, qu'il avait tant fumé, tant travaillé, et il me dit aussi cette phrase : « Ton grand-père faisait du vélo sous la pluie pendant la guerre. » Je suis frappée par cette image, vous savez, parce que mon père me rapporte encore des tableaux manquants ; alors je vois cet homme, mince et élégant, à vélo, sous la pluie ; quand je lui demande comment sa mère est morte, il me dit : « Elle s'est réveillée de son coma pour me dire adieu puis elle s'est éteinte » ; j'ai cette image de la dernière force, de la force d'amour. L'Amie dit : « Avant de mourir, tous les nerfs sont à vif, c'est pour cette raison qu'on croit, à tort, que le mourant est sauvé » ; ma mère me dit : « Avant de mourir, ta tante a eu un air étrange sur son visage. » Quand nous arrivons à Précy, l'Amie quitte l'autoroute et dit : « Allons voir mon père. » Nous achetons une fleur dans un pot, le cimetière est près de l'ancienne maison de ses grands-parents, il y a la forêt, chaude et noire, la forêt où l'Amie joue enfant, c'est comme la forêt d'eucalyptus, c'est là que la terre bat, je marche derrière l'Amie qui va vers la tombe de son père. Je sais que cela fait long-temps, l'Amie ne pouvait pas venir avant, je reste en retrait, l'Amie ferme les yeux puis les rouvre, elle a un geste d'une grande beauté, elle est à genoux, devant la tombe, elle baisse la tête et touche la pierre en signe d'amour. Je sais que je ne devrais pas pleurer mais je pleure. Il y a un vertige, dans ma tête, l'Amie sait, elle dit : « C'est étrange de voir son nom ainsi gravé. » Les spi-rales de mots viennent, et puis il y a comme un lien que je ne saurais définir, il y a des lignes qui se forment entre mon corps, le corps de l'Amie et la tombe de son père, je sais que nous formons un triangle, je sais et je sens l'amour, tout autour de nous, la mort n'emporte pas l'enfance, non, elle ne l'emporte pas. Je ne sais pas si j'ai le droit de vous raconter cela, je ne sais pas si les mots peuvent tout dire, il faudrait écrire un livre avec du silence, il faudrait écrire un livre de prières. Sur la route, le ciel est rouge et dégagé de tous les nuages qui nous suivaient depuis Nice. L'Amie dit : « Nous rentrons », ce que je comprends ainsi : « Nous rentrons avec mon père. » Je n'ai jamais vu les tombes de mes grands-parents, je ne m'y suis jamais recueillie. Je garde l'image de mon cousin qui porte, avec d'autres, sur ses épaules, le cercueil de sa mère, je garde l'image des hommes immergés qui portent la Vierge, le jour de sa fête, je garde les mots du Corbusier : « Il y a la mort dans la mer », je garde les peurs de ma sœur : « Je ne peux me représenter l'image de ma propre mort, elle est insoutenable », je garde les mots de ma mère : « Il n'y a rien à imaginer, on est et l'on est plus, c'est tout », je garde les mots de M. à votre sujet : « Je la voyais parce que j'avais l'angoisse du néant », je garde les mots de mon père : « Je n'ai pas peur parce que je sais », je garde l'image du couvent du père de Foucauld, dans le désert, il y a quelque chose d'autre que la vie, que notre vie, autour de nous, il y a quelque chose de bleu qui semble tomber du ciel et m'envelopper. Je garde les mots d'Eileen Gray : « Il faut déconstruire avant de construire. » Quand je viens vous voir, je garde l'idée d'une confession.

DU MÊME AUTEUR

Aux Éditions Gallimard

LA VOYEUSE INTERDITE, 1991. Prix du Livre Inter 1991 (Folio
  n° 2479).
POING MORT, 1992 (Folio n° 2622).

Aux Éditions Stock

LE JOUR DU SÉISME, 1999 (Le Livre de poche n° 14991).
GARÇON MANQUÉ, 2000 (Le Livre de poche n° 15254).
LA VIE HEUREUSE, 2002 (Le Livre de poche n° 30055).
POUPÉE BELLA, 2004 (Le Livre de poche n° 30384).
MES MAUVAISES PENSÉES, 2005. Prix Renaudot 2005 (Folio n° 4470).
AVANT LES HOMMES, 2007 (Folio n° 4826).
APPELEZ-MOI PAR MON PRÉNOM, 2008 (Folio n° 5034).
NOS BAISERS SONT DES ADIEUX, 2010 (J'ai lu n° 9788).
SAUVAGE, 2011 (J'ai lu n° 10324).

Aux Éditions Fayard

L'ÂGE BLESSÉ, 1998 (J'ai lu n° 9165).
LE BAL DES MURÈNES, 1996 (J'ai lu n° 9015).

Aux Éditions Flammarion

STANDARD, 2014 (J'ai lu n° 11205).

Aux Éditions JC Lattès

BEAUX RIVAGES, 2016 (Le Livre de poche n° 34619).
TOUS LES HOMMES DÉSIRENT NATURELLEMENT SA-
  VOIR, 2018.

Composition Interligne
Impression Novoprint
à Barcelone, le 16 janvier 2020
Dépôt légal : janvier 2020
1ᵉʳ dépôt légal dans la collection : décembre 2006

ISBN 978-2-07-033637-1./Imprimé en Espagne.

365475